競芳菲

上

文創風 065

薔薇檸檬 著

目錄

自序

每位作者大概都有自己偏愛的女主角類型。有些作者特別喜歡寫浪漫型的女主角，視愛情為生命的全部；有些作者則喜歡寫活潑型的女主角，精靈古怪調皮搞笑，有時又會犯些小迷糊……

每一種女主角類型，都自有其可愛之處。而薔薇自己筆下的女主角，也往往有著種種相似的特質。

例如獨立。

例如聰穎。

例如堅忍。

《競芳菲》裡，包括女主角芳菲在內的許多美好的女子，她們或多或少都有薔薇所欣賞的這些品性。

芳菲是一個身世飄零的孤女，然而她依然能將自己的小日子經營得有滋有味。「草樹知春不久歸，百般紅紫鬥芳菲」——花草樹木探得春將歸去的消息，便各自使出渾身解數，吐豔爭芳、色彩繽紛、繁花似錦……即使只有一絲的希望，也要綻放最絢麗的光芒。

這就是芳菲，永不低頭、永不言棄的秦芳菲。

希望在看書的你們，也能感受到芳菲這個角色所蘊含的力量，那就再好不過了！

也希望我們生活中的每一天，都能充滿著明媚的陽光。

楔子

盛夏時節。

天空黑沈沈的，空氣悶熱得讓人喘不過氣來。

王琳把旅館房間的窗戶開得大大的，仍然感受不到一絲涼意。看這天色，今晚肯定有一場暴雨。

她拿張紙巾擦擦額上的汗珠，心裡有些後悔到這山裡的小旅館來度假。名字叫得挺好聽，什麼「避暑山莊」，哪避暑了？跟山下一般的熱。而且這旅館年久失修，別的地方不說，就房間裡觸目所及處都是破破爛爛的，連屋裡的電線盒有些地方都裂開了，露出幾根紅紅綠綠的電線。而且，這麼熱的天氣，空調居然壞掉了還沒人來修理！

王琳在城市裡一所不錯的高中教書，是該校小有名氣的「王牌教師」。她工作才六年，就有五年帶著高三畢業班，而且每一屆畢業班的大學考試升學率都遠遠高於全市平均水準。可以說，這兩年只要進了王琳帶領的畢業班，最差的考生都能上還不錯的學校。

無論是上級、同事還是學生，都對王琳的工作能力十分佩服。不過也是因為她太過熱心工作的緣故，到現在還沒有談過戀愛。

才又送走了一屆高三的學生，王琳的暑假依然只能孤零零的在山裡度過。

「好熱好熱！天氣預報不是說有雷雨嘛，怎麼還不下啊？」

王琳一邊埋怨著天氣，一邊打開行李袋，取出兩個小小的玻璃罐子。

她從一個罐子裡取出幾片金銀花，再從另一個罐子裡倒出兩枚蓮子心。把這兩樣東西放進玻璃杯裡之後，她想了想，又拿出一個紙包。

「添點藿香和佩蘭吧，祛濕……」王琳自言自語，拿起水壺將早已燒開的沸水沖入杯中。霎時間，玻璃杯裡漾起幾縷黃綠，水色由澄清變成微黃，透出絲絲香氣。

「嗯，要是有點蜂蜜就更好了。算啦，出門在外講究不了這麼多。」

王琳噘嘴吹吹杯中熱氣，輕呷一口剛剛泡好的金銀花消暑茶，身上的燥熱稍有緩解。

雖然她是個「名師」，但和一般人印象中的刻板女教師不一樣，不僅外形俏麗，性格也滿活潑的——畢竟是個二十多歲的女孩子而已嘛！

她在工作之餘也有很多嗜好，不過最喜歡的則是研究一些保健養生方面的東西，比如這花草茶。

她沖泡的這杯金銀花茶，不但清火消熱，而且因為加了「獨門配方」——藿香和佩蘭，可以解暑濕。這種時候泡來喝，最適合不過。

再擦了一把汗，王琳坐到桌前，打開隨身攜帶的筆記電腦，想找本小說看看。

這筆記電腦是她用了好幾年的心愛之物，裡頭存了很多她從網上搜集來的保健養生資訊，光是電子版的養生書就不下上百本。除此之外，自然還存著她工作多年來的教學資料，和許多音樂、電影、小說什麼的。

她看了幾篇小說，想起最近電腦裡存進一本專門研究花草養生的書還沒來得及看。左右現在閒來無事，看看也好……

王琳才剛想打開那檔案，忽然眼前閃過一道亮光，緊接著就是轟隆隆的雷聲。

「終於要下雨了？」

王琳的高興勁還沒過，又一個驚雷落在附近的山頭上，引起陣陣回聲。

「對喔，雷雨天，還是關了電腦吧。」王琳趕緊關機，接著伸手去拔電源線。

就在她的手碰到電腦插頭的剎那，一道強烈的閃電從窗外射入，沿著電線擊中了她的身體！

一瞬間，王琳感覺全身都麻木了，腦子卻比平時還要清醒百倍，一些莫名其妙的句子在腦海中不停閃現——

「九月九日佩茱萸，食蓬餌，飲菊花酒，令人長壽。」這是《荊楚歲時記》上的記載。

「蓮子補中養神，除百病，常服能輕身耐老……」這是《本草綱目》。

「面臨經濟時代的來臨，一個國家和民族的創新能力和水準決定著一個國家和民族的地位和發展速度，創新能力和水準的提高又深深依賴於一個國家和民族的創新教育能否順利實現……」

這是她自己寫的一篇教育教學論文……

這些不都是她存在電腦裡面的資料嗎？

無數的文字、圖像、聲音在王琳的腦中來回盤旋，她只覺得腦子越來越發脹、發脹……而就在此時，她手上抓著的電源插座再次爆出火花！

她甚至來不及呼救，就這樣徹底失去了意識。

第一章　芳菲

王琳悠悠醒轉，只覺得渾身忽冷忽熱，口中乾渴，四肢綿軟，難受至極。

「水……」她嚅動嘴唇吐出一個字，好半晌才感覺到被人扶起了半個身子，又有人往她嘴裡送入一絲溫水。

喝了幾口水，王琳總算恢復了些許氣力。她勉強睜開眼睛，看見一個身著古裝的小姑娘在給自己餵水，而方才將她扶起的也是一個同樣打扮的小姑娘，兩人臉上盡是擔心憂慮的神色。

「姑娘，妳可好些了？」餵她喝水的那個圓臉小姑娘焦急地問。

王琳心中大震，再看了一眼周遭環境和自個兒身上的裝束，頓時明白自己成了眾多穿越女中的一員。

這一驚非同小可，王琳猛地坐起身來，忽然眼前一黑，又昏了過去。

當她再度清醒的時候，便發現自己原來的意識已經和她所附身的這具身體的記憶合二為一，混成一體。

這具身體的原主人是個名叫秦芳菲的小女孩，今年才剛滿十歲。秦芳菲的祖父、父母都早早亡故了，只留下她一個小孤女寄居在秦家本家大宅裡。

這裡是秦氏一族的本家宅子，而芳菲則是旁支的女兒。她那故去的祖父，和本家的老爺是堂兄弟，乃是一脈所出。

王琳躺在床上，微微嘆了一口氣。唉，看來是回不去了。既然如此，那就努力適應自己的新身分吧……

「胡嬤嬤，姑娘又昏倒了，是不是把陳大夫再請過來把把脈……」

王琳——現在該叫她芳菲了，聽出這是那個圓臉小丫頭的聲音。此刻她已經全盤接收了原主的記憶，知道這是自己的貼身丫鬟春喜，從她幾年前到秦家來就一直跟在她身邊伺候著。

那胡嬤嬤「哼」了一聲，略帶不滿地說：「請大夫請大夫，又是請大夫。請一回大夫哪有那麼容易啊，妳們這些個不懂事的！」

胡嬤嬤的話明著是在教訓小丫頭，芳菲聽在耳裡卻像是在嗔怪自己這個主子一般。

秦家把她接來時，她身邊一個服侍的人也沒有，秦老夫人就指了一個老嬤嬤和兩個小丫頭給她使喚，就是這胡嬤嬤和春喜、春雨幾個了。

春喜、春雨都是心思單純的，只懂得默默做事。胡嬤嬤卻不是什麼厚道人，每個月管著芳菲的二兩月例銀子，恨不得芳菲少用些，自己能剋扣下一點。

平時還好，遇到芳菲生病請人上門問診什麼的，卻是要從月例銀子裡扣，所以胡嬤嬤很是不樂意給芳菲請大夫。不僅如此，還仗著自己是府中老人，又欺負芳菲是個孤女，素日裡對芳菲一點也不恭敬。

胡嬤嬤一邊說話一邊進了屋，打起帳子來發現芳菲已經醒了。

「看看，姑娘不是醒著嘛。就妳們事多！」

這下胡嬤嬤更是理直氣壯，卻沒有細看芳菲病情的意思。原來芳菲一個月裡起碼有七、八天是病著的，胡嬤嬤早就心煩得不行了，總覺得這個孫小姐太嬌氣。

這一回芳菲傷了風，連著發燒兩天了胡嬤嬤也沒當回事，只讓芳菲多喝水下火。

還是春喜、春雨兩個心疼自個兒姑娘，一起上前把芳菲扶了起來，又給她斟茶倒水擦冷汗。

芳菲喝了茶水感覺肚子更餓了，便對春喜說：「拿點東西來給我填填肚子……」

春喜兩個一齊扭過頭去看著胡嬤嬤，胡嬤嬤卻皺了皺眉頭說：「姑娘，現在早過了午膳的時辰，難不成又巴巴地讓廚房裡給妳另做一頓？再等一個多時辰就擺晚飯了，不急在這一會兒！」說罷，胡嬤嬤竟不等芳菲回話，就轉身出了屋子。

她向來是不把芳菲這個小主子放在眼裡的。除了芳菲年紀小沒靠山之外，還因為芳菲從小性子木訥呆板，壓根兒得不到秦家老夫人的歡心。秦家孫子、孫女多，老夫人幾乎很少過問芳菲的事情，所以胡嬤嬤才會這麼有恃無恐。

芳菲總算見識到什麼叫「惡僕欺主」了。

怪不得她在接收原主的記憶時，總有一種悽惶無奈的悲傷之感，這個小孤女在秦家生活的幾年裡，日子並不好過。

以後可不能再這樣下去了！連一個老嬤嬤都可以隨便欺負到自己頭上，這日子過得也太憋屈了。

芳菲下定決心，既然要在這兒繼續生活下去，那就一定要改變自己目前的這種處境。

話雖如此，可眼下芳菲還真沒想到該怎麼做才是。

別的且不說，她的身子現在還發著高燒。胡嬤嬤見她醒過來了，又不樂意請人來給她看病吃藥，難不成要假裝再昏一次？芳菲心中苦笑不已。

「春喜，扶我下來走走。」一老在床上待著也不是個辦法。芳菲掀開被子，緩緩下地。

「姑娘，小心著涼！」春喜疾步上前攙住芳菲，春雨則忙著給芳菲披上外裳。

芳菲走到靠窗的小圓桌前坐下，這兒空氣流通，好歹比窩在帳子裡舒服些。

此時正是秋日午後，陽光充足。透過窗櫺，芳菲打量著她所住的這個院子。

這是秦家大宅裡的一處偏院，房舍略舊。因為芳菲不受重視，院子裡的花木便也沒什麼人來打理，顯得有些荒蕪。

她的目光在一叢叢花木間滑過。

「香附子、酢漿草、雞眼草、白茅……這院子裡的雜草可真夠多的……」芳菲喃喃自語。

咦？芳菲愣了一下，剛才自己怎麼一看到這些花草的模樣就能叫出它們的名頭？雖然她以前就很喜歡喝花草茶，可也只是在藥材鋪裡買來喝，哪認得出它們長在地裡的樣子……現在居然看了一眼就知道那是什麼雜草？

難道是她這具身體本來就懂得的？好像又不是這樣……

芳菲閉上眼睛靜下心來，發覺腦子裡有許多不屬於自己、也不屬於原主的信息。她細細思量，在腦中將這些有些陌生但又似曾相識的信息用心整理一番，恍然大悟——這都是她電腦中儲存的內容。

卻不知為何，這海量般的資料也隨之融入了她的靈魂之中。

芳菲既驚喜又惋惜，早知如此，應該多存些實用科學的資料進來才是。什麼做肥皂、製玻璃，多厲害啊。現在腦中資料庫裡卻只有些她平時最喜歡的養生、醫療、保健、草藥之類的東西。

本來還對自己沒存些歷史書感到遺憾，她想著要是熟知歷史，在這古代社會也好趨吉避凶。但她很快就通過搜索原主的記憶發現，即使她存了再多的歷史書也沒用。在原主的記憶裡她得知，這個王朝雖然也叫大明，皇帝也是姓朱，卻和她在現代所知道的那個大明根本不是一回事。

不知歷史在哪兒拐了個彎，總之這是個未知的時空。

「姑娘、姑娘妳是不是又頭痛了？」春喜和春雨見芳菲雙目緊閉不出聲，驚疑不定，以為她又要昏倒了。

「我沒頭痛，別擔心。」芳菲睜開眼睛對二人笑了一笑。這兩個丫鬟，卻是真心關懷自己的，並沒有因為自己是個不得寵的旁支孫小姐而有所怠慢。

二人卻更覺奇怪，姑娘一年裡也難得有個笑容，這會兒生著病還對她們笑……

芳菲的笑一方面是為自己有了這許多資料感到高興，雖然目下還不知道靠這些資料能不能幫自己改善處境，但總比兩眼一抹黑什麼依仗都沒有的好。

另一方面，卻是因為她總算想到法子能解決自己目前面臨的最大難題了。

芳菲吩咐春喜。「春喜，去院子裡摘些酢漿草來。」

「酢漿草？」

春喜一頭霧水，疑惑的問芳菲。「姑娘，酢漿草長什麼樣？」

芳菲往窗外牆底下一指。「就是那種，葉瓣像是雞心模樣，黃綠色的野草……摘多一些，另外再把那邊的菊花葉子也摘幾把進來。」

春雨在一旁不解地問：「姑娘要這些雜草來做什麼呀？」

芳菲笑而不語。等春喜採了酢漿草和菊花葉進來，她又讓二人把這些葉子洗淨，對二人說：「把我煎藥的爐子生起來。秤六錢酢漿草、三錢菊花葉子，煎成濃濃的湯藥給我喝。」

「就這些？能頂用嗎？」

春雨不太相信這兩把野草就能煎出什麼好藥，但她還是依照芳菲的吩咐，生火煎藥去了。由於長年生病要吃藥的緣故，芳菲的屋裡一直都有著秤藥、煎藥的器具，弄起來倒是很方便。

芳菲是從腦中儲存的一本叫《中國民間本草偏方大全》上得到這個藥方的。「酢漿草六錢、菊花葉三錢，用水煎服，可以治療傷風發熱」，她眼下的病症正是傷風感冒造成的高燒不退，應該適用。

希望這個簡單的偏方會有效吧！

第二章　壽禮

等春喜從大廚房領回芳菲今兒的晚飯，春雨也把湯藥煎好了。凡是治療傷風感冒的藥，都要趁熱服下，才能好好的發汗祛風。

芳菲喝了藥，又吃了滿滿的一碗米飯，把兩碟小菜也統統吃了個精光。

春喜和春雨見這個平日裡只肯吃兩筷子青菜一口飯的小主子，今天的胃口居然這麼好，又驚又喜。

「要是姑娘天天這麼好胃口，身子肯定會慢慢好起來的！」春喜一邊收拾碗筷一邊笑著對芳菲說。她以前老是勸芳菲多吃些東西，芳菲總不肯聽她的。

今天不知怎麼了，不僅整個人變得有主見多了，還吃光了飯菜。芳菲的這些變化，讓春喜覺得很是開心，她是從心底裡盼著芳菲快些康復的。

芳菲知道原主是個林妹妹似的病秧子，但她可不願意就這麼一直病下去。不好好吃飯，哪來的好身體？

她吃完飯簡單洗漱了一下，就躺進被窩裡休息，好讓身子發發汗。

快關院門之前，胡嬤嬤才慢悠悠的踱步過來問了問春喜芳菲的情形。聽說芳菲已經睡下，胡嬤嬤也不再多問什麼就走了。

次日清晨芳菲醒來，覺得身上鬆快許多，知道已經退了燒。

她鬆了口氣，心裡也隱隱有些歡喜——這些偏方真能派上用場！看來，自己的海量資料庫，肯定能發揮不少作用的……

春喜春雨見她病好了許多，也都為她感到高興。

芳菲梳洗一番，又讓兩個丫鬟把窗戶都打開通風透氣，心情開朗不少。

忽然聽見院門外傳來腳步聲，同時幾聲略帶童稚的女子笑聲也隨風而至。

「呵呵，咱幾個好久不來這兒，怎麼這院子越來越荒亂了。」

春喜聽見這話，臉上閃過一絲不忿，又把頭默默垂了下去。

芳菲站起身來迎客，幾個十歲上下的女孩子帶著一群丫鬟僕婦也到了房門前。

為首的一個十三、四歲的女孩穿著大紅撒花裙子，桃紅滾銀邊小襖，面如銀盤，一臉得色，正笑吟吟地看著芳菲。

「芳菲妹妹，妳近日來身子大好了？這都能下地了，姊姊我看了真是歡喜。」

明明是慰問病人，聽著卻不像什麼好話。再配上她那種高高在上的語氣，更讓人聽了刺耳。

芳菲認得這是秦家長房孫女，秦家三小姐秦芳苓。她身後的三個姑娘，依次是五小姐芳芷，六小姐芳芝和八小姐芳英。這些姊妹，都是本家的小姐。

這幾位秦家小姐和芳菲年紀相仿，卻從來都看不起她。雖說沒有明著欺負她，相處的時候冷嘲熱諷放肆譏笑之類的事情，可是沒少幹。

「有勞姊姊費心了，請屋裡坐吧。」

芳菲也沒打算跟幾個小孩子計較，她的心理年齡是她們的兩倍還有餘。就連她教的學生，都比這幾個女孩大得多，她怎麼會把她們放在心上。

幾人進屋坐下，加上跟著來的丫鬟婆子等人，屋子立刻被擠得滿滿當當。

「芳菲妹妹，老祖宗的生辰馬上就要到了，今年妳準備了什麼壽禮啊？」芳苓拿絹子掩著嘴輕笑了幾聲，其他幾個小姐也附和著笑了起來。

她們這笑，是有典故的。

過幾天就是秦家後宅當家人秦老夫人的六十九大壽。她們這些當兒孫的，自然要孝敬些壽禮，不拘多少，總是個禮數。

但是要置辦壽禮，還是送給家裡最尊貴的老祖宗，也不能太寒磣了。其他的小姐少爺們，上頭有父母親幫襯，自個兒的月例銀子當零花，當然都能淘換出些好東西來博老祖宗的歡心。

可是芳菲一個寄人籬下的孤女，本來就沒什麼財物。她的月例銀子全被胡嬤嬤掌管著，別說叫胡嬤嬤拿出些來給她買禮物了，胡嬤嬤還時常嚷嚷著。「這點月例壓根兒就不夠使，多少次我得從自家身上掏錢來給姑娘妳買藥呢！」

所以，芳菲去年只好自己動手給老祖宗繡了個荷包。

但由於她長年纏綿病榻，跟著刺繡師傅學功夫的時日並不多，繡功只是差強人意罷了。加上沒錢買好綢緞，做出的壽字荷包看著就有點小家子氣。

這個荷包送出去，老祖宗沒說什麼，只是淡淡地笑著說她一個小孩子做這個也算費心。芳苓、芳芝幾個卻把她這個荷包拿來嘲笑了好久。「唉喲，妹妹呀，這麼個東西的也拿來孝敬老祖宗！」

為了這事，那時候的芳菲還躲在房裡哭了好幾天，又小病了一場。

現在聽她們又提起這樁事來，站在一旁伺候著的春喜擔心芳菲難過，忙往她臉上看去。

芳菲卻沒有如她們所願那般露出尷尬的神情，而是很平靜地反問：「幾位姊姊又準備了什麼好禮物？」

開玩笑，她怎麼能夠讓這幾個囂張的千金小姐得逞呢？

芳菲明白芳苓等人的心理，不過是想藉著踐踏她這個孤女，滿足她們的優越感而已。她們越是想拿她取樂，她就越是要淡定，才不會像原來的芳菲那樣動不動就掉眼淚。

胖胖的六小姐芳芝得意地趕著回答：「也說不上什麼好禮物，不過趕巧前幾天舅舅帶我們去漱古齋玩，倒是買了幾個新鮮玩意兒。」

芳芝是芳苓的小尾巴，向來唯芳苓馬首是瞻。她這一句話裡滿是炫耀，一來暗諷芳菲是連個外親都沒有的小孤女，二來顯擺她們去了城裡最出名的古董店買東西。

芳菲還是一臉平和，笑著說：「那就好了，姊姊們眼光肯定好，老祖宗一定會喜歡的。」

「那是！」芳芝揚了揚下巴，嘴巴快咧到耳根了。

芳苓對芳菲異於尋常的反應卻不太適應，她已經習慣了看到這個小堂妹被她們擠兌以後總是懸淚欲泣的樣子。

她之所以老是看芳菲不順眼，最大的原因就是她母親無心中說過一句。「我們家裡這些姑娘，就數二老太爺家的芳菲長得最好。」

從那以後，芳苓就把芳菲給恨上了。

幾個小姐又刺了芳菲幾句。可芳菲以不變應萬變，不管她們說什麼，總是笑臉相迎，一點都沒有往常那種受氣包的表現。

這下子幾個人也都覺得沒意思了，再閒扯了兩句便起身告辭。

「哎呀，方才老祖宗使人叫我們去吃點心，我差點給忘了。妹妹們，我們走吧！」芳芩最後扔下這一句，斜斜瞥了芳菲一眼，帶著這一大群人急火火地走了。

遠遠的，芳菲聽見她對芳芷說：「聽說老祖宗這兩天好像有些頭暈，身子不太舒爽呢……」

芳菲把這句話放進心裡，若有所思。

從原主的記憶中，她知道這位秦家老夫人是家裡的絕對權威。用她現代人的思維來形容，就是金字塔頂端的人物。

秦家，是本城的大地主。秦老夫人孫氏，生有三子兩女，掌管家務數十年。自她丈夫秦老太爺死後，就一直是秦家兒孫們最尊敬的「老祖宗」。

芳芩能夠過得這麼風光，不是因為她是大老爺的女兒，而是老祖宗覺得芳芩像自己年輕時的樣子，所以特別寵她。有了老祖宗的寵愛，芳芩就成了孫輩中的拔尖人物，不僅僅奴僕們爭著獻媚，連其他的妹妹們都要來討好她。

如果自己也能讓老祖宗青眼有加……

芳菲眯起雙眼笑了笑。

老祖宗的生辰，對於自己而言，絕對是一個改變現狀的好機會！

第三章　賀壽

春喜看著芳菲翻箱倒櫃，感到十分不解。

「姑娘，您在找什麼？還是讓我來幫您吧。」

春喜走到芳菲身邊，卻聽見芳菲悠悠地嘆了一口氣。「唉……」

「姑娘在煩惱什麼？」春雨也放下手中的活計走過來問。

芳菲搖搖頭，意興闌珊地扔下手中的首飾匣子。

她在找自個兒有什麼值錢的東西可以換點錢用用，找了半天，卻是一無所獲。以前看古裝片裡頭那些小姐、夫人都不食人間煙火似的，想吃啥吃啥，想買啥買啥，毫無經濟壓力。現在擱到自己身上，完全不是那麼回事。

她是不能出門到街上去買東西，但在這深宅大院裡一樣有花錢的地方。不然，上頭也不用給他們這些少爺小姐發月例了。

比如說，她每天吃的菜是有定例的，這個不用她花錢。可是如果她自個兒想吃燕窩，就得讓丫鬟拿她的錢交給廚房管事，廚房才能給她送燕窩。不然，大家都跟廚房點菜說要這個要那個，廚房的帳怎麼算？

當然，對她這種無權無勢的窮親戚，廚房才會這麼明算帳。要是老祖宗房裡的大丫鬟桂枝說想吃燕窩，廚房的人早就自個兒貼錢做好給她送過去了。

跟紅頂白，捧高踩低，是宅門生存的一貫原則，不必感到驚奇。

所以胡嬤嬤才會對芳菲態度那麼冷淡，就因為芳菲連個私房錢都沒有，平時讓胡嬤嬤去做事沒法子給她打賞。胡嬤嬤跟了個沒油水的主子，自然怨氣沖天。

「錢啊，錢，從哪兒變點錢出來呢……」芳菲愁啊！

她已經想好了給老祖宗送什麼壽禮，也有五、六成把握這壽禮會得到老祖宗的喜愛。可是真應了那句老話——巧婦難為無米之炊！她總不能憑空變那些材料出來吧！

見識過胡嬤嬤的態度，芳菲是對自己的月例銀子已經死心了，只能從別的地方想辦法。但她那些比較值錢的頭面首飾，全是由胡嬤嬤掌管著的，要用的時候胡嬤嬤才會開鎖取出來給她穿戴上。

芳菲在屋裡轉來轉去，一無所獲，悶悶地坐回床上發呆。

她想了又想，咬咬牙從脖子上解下一個紅珊瑚雕刻的佛像，招手讓春喜過來吩咐了她兩句。

春喜越聽越驚，連連擺手說：「不行啊，姑娘，要是讓人知道了，奴婢會被活活打死的！」

「我不說妳不說，誰會知道？別說了，快去辦吧！」

這個紅珊瑚掛件是芳菲過世的母親留給她的遺物，打小就貼身戴在身上的。芳菲之所以決定把這掛件拿去典當，一來是因為她實在沒有別的值錢首飾；二來這掛件她總是貼肉掛在衣服裡頭，外人根本看不見，也無從察覺她是不是戴著。

她知道春喜的哥哥在二門外當差，常常能有機會到街市上去。雖說宅門裡嚴禁私私相授，其實上有政策下有對策，僕人們私下來往的多得是。

春喜拗不過芳菲，只好提心弔膽地去替她辦事了。

姑娘到底想幹什麼呢？這幾天姑娘做的事情說的話，讓人越來越捉摸不透了……

九月初一這天，秋高氣爽，秦家上上下下從天亮前就忙開了。原因無他，今兒是老祖宗六十九整壽的大日子。

秦老夫人孫氏在大丫鬟桂枝、桂蘭的服侍下，穿上紅底滾金邊、還用金線繡滿了「壽」字的吉服，喜氣洋洋的坐在壽堂正座上等著眾兒孫前來賀壽。

芳菲來到這世界後，頭一次走出她那間偏僻的小院子。

她不緊不慢的往壽堂走去，隨意打量著秦家後院的景色，心思卻在身邊的春喜端著的那個瓷罐上。

自己費盡心思準備的這份「壽禮」，能夠得到老祖宗的喜愛，從而博取她的歡心嗎？芳菲心裡有些忐忑。

「芳菲妹妹！」

一聽這聲音，就知道是那位三小姐芳苓到了。

芳菲輕輕地撇了下嘴角，轉向芳苓時已經是一臉笑容。

「姊姊。」她不鹹不淡地跟芳苓打了個招呼。

芳苓過來狀似親熱地攜了芳菲的手說：「正好，我們姊妹倆一道去給老祖宗祝壽吧。妹妹這帶的是……」芳苓的視線落在春喜手中的瓷罐上。

「沒什麼，也不過是我們做孫兒的一點心意罷了。」芳菲沒打算滿足芳苓的好奇心，隨口應了一句便接著往前走。

壽堂設在前院堂屋裡，這時正是兒孫們都趕著來祝壽的時候，秦家的子女輩、孫兒輩基本都到齊了。

芳菲站在孫女堆裡，一點也不扎眼。芳苓卻被秦老夫人喚到身邊站著，可是得意非常，臉上神采飛揚，一副目中無人的模樣。孫小姐們看著芳苓，表情各有不同，有豔羨的，也有妒恨的，還有人故意做出不屑的樣子。

芳菲偷眼看著秦老夫人，只見她梳著整整齊齊的大圓髻，面容慈和，但通身透著一股威嚴的氣息。

兒孫們按照輩分、親疏，陸陸續續上前拜壽。芳菲藉機看遍了秦家上下各色人等，把他們的言語做派一一記在心中。

各人在拜壽時都要附上壽禮，禮物多為壽桃、壽麵、壽帳、壽點等。秦老夫人不管內心怎麼想，但面上對兒孫們卻是一視同仁，每份壽禮都含笑收下。

不過在芳苓賀壽時，秦老夫人的笑容明顯多了起來。芳苓送的是她從漱古齋買來的一套檀香木做的小屏風，不單單料子金貴，上頭還精心雕刻了仙鶴和祥雲等吉祥圖案。

「孫女祝老祖宗貴壽無極，福壽安康！」芳苓邊叩頭邊說道。

秦老夫人呵呵笑道：「好，芳苓妳送的這份禮物，很有心思！」

芳苓喜氣洋洋地站起身來，今天這麼多人來祝壽，只有她得了這句「很有心思」，可見秦老夫人待她確實與別人不同。

緊接著芳芷、芳芝、芳英等孫女也呈上壽禮，但也無人能掠過芳苓的風頭去。

芳菲作為旁支的孫輩，是排在最後祝壽的。

此時秦老夫人坐了半日，也有些乏了。見上前來的是自己向來不甚在意的芳菲，臉上已經淡了幾分。

芳菲察言觀色，知道秦老夫人已經有些不耐煩，心下惴惴不安。但她依然擺出笑臉，盈盈拜倒。「恭祝老祖宗福如東海，日月昌明。松鶴長春，春秋不老，古稀重新，歡樂遠長！」

做慣了老師的芳菲在公眾場合說起話來落落大方，一連串祝語從她嘴裡吐出來恍若珠落玉盤，清脆動聽。和以往那個怯懦怕生的小姑娘比起來，如同天壤雲泥之別，根本不可同日而語。

大人們還好，幾個孫小姐卻感到極為詫異，芳菲這丫頭什麼時候變得這麼口齒伶俐了？

連秦老夫人聽了芳菲這幾句話，也是心中一喜，不禁多帶了幾分笑容出來。「乖孫女，起來吧。」

芳菲謝了一聲便站起身來，從春喜手中接過瓷罐雙手奉上。「老祖宗，這是孫女親手為您熬製的菊花延壽膏。」

「菊花延壽膏？這是什麼？」秦老夫人也算見多識廣，但卻從未聽過這個名堂。

要的就是妳這句話！

芳菲聽見秦老夫人反問了一句，心中大石落下一大半。要是秦老夫人什麼都不問隨便收下，芳菲估計這罐菊花延壽膏連進秦老夫人嘴巴的機會都不大。這麼多壽禮，秦老夫人哪能逐一使用？

只有勾起秦老夫人的好奇心，才有機會吸引她來嘗試這延壽膏。

而只要她肯食用……事情就好辦了！

當下芳菲打起精神，笑道：「老祖宗，菊花春生芽，夏葉茂，秋開花，冬結子，不畏風霜，四季常綠。有天地之真氣，能延年益壽之功效！孫女這菊花延壽膏，便是由此而來。」

秦老夫人收了半天壽禮，全是些常見的玩意兒，連芳苓送的屏風也不過是精緻些罷了。而芳菲這「菊花延壽膏」，卻是獨一無二，難怪秦老夫人感興趣。

人一到老年，就格外關心健康問題，秦老夫人當然不會是例外。

「呵呵，妳說得倒是有趣。是了，我們一到重陽就要喝菊花酒，是這個道理。」秦老夫人轉頭對站在她身後的大兒媳婦，秦家大夫人李氏說。

李氏忙應和說是。

芳菲又打鐵趁熱接著說：「菊花滋補肝腎，清熱祛風，治療頭疼目眩可收奇效。孫女這菊花延壽膏是用新鮮菊花加水煎煮，去渣熬成濃汁，拌入上品蜂蜜製成的蜜膏，清甜潤喉，老祖宗可以試一試。」

她口角生春，把一罐普通藥膏說得神乎其神，讓秦老夫人聽了頓時忍不住生起品嚐之念。秦老夫人誇了芳菲幾句，又叫芳菲也站到自己身邊來。

芳菲自然是毫不推辭就站了過去，和芳苓左右侍立在秦老夫人身邊，讓一眾孫女眼熱不已。

芳苓見芳菲居然能和自己並立，早就氣炸了心肺，在老祖宗面前卻是不敢表現出一星半點。

等眾人全部祝壽完畢，秦老夫人回了內堂馬上讓人取了一小碗菊花延壽膏來嚐嚐，然後又像往常那樣睡了個午覺。

也不知是藥膏的緣故，還是因為秦老夫人人逢喜事精神爽，下午起床後秦老夫人發覺自己的頭暈症狀居然輕了許多。

這一下秦老夫人可是極為歡喜。到了晚上女眷們看戲的時候，又特地讓人把芳菲叫過來，和芳苓一起坐在她身旁陪她看戲。

芳菲知道，自己已經走出了成功的第一步。

接下來，就該再接再厲鞏固戰果了……

第四章　補償

芳菲之所以選擇用菊花做材料，一方面是因為她住的小院子裡種的花木，就數菊花最多。另一方面，對於秦老夫人這種老年婦女，菊花的療效也較為合適。

趁著秦老夫人高興，芳菲又趕緊拿出用自己那紅珊瑚掛件換回的一點小錢，讓春喜去廚房取了幾樣材料過來。

上次的菊花延壽膏，芳菲是利用自個兒屋裡的煎藥爐子做的。她一個小姐，不能跑到下人們待的大廚房裡去做事，幸虧屋裡的器具還算齊備，方便她侍弄這些東西。

秦老夫人大壽後隔了一天，芳菲又主動去給秦老夫人請安，「順便」帶上了自己精心炮製出來的一味補品。

以前的芳菲膽小怕事，等閒不敢邁出她那個小偏院，更沒想過自個兒去親近秦老夫人。秦老夫人老是想不起芳菲來，也有這個緣故。

「芳菲來了？正好過來陪我老太婆說說話。」

秦老夫人看起來心情不錯，精神也挺足。見芳菲被下人領著進了屋子，她便招手讓芳菲到她跟前來陪著。

芳菲先是問了幾句秦老夫人這兩天身體如何，說最近正是秋深露重的時刻，要多加保重身體。接著閒閒說了兩句養生經，又不動聲色地把話題引到她送的菊花延壽膏上。

說到這個，秦老夫人甚是歡喜。「那延壽膏，我早晨剛剛吃完了。甜絲絲的倒是挺滋潤，喝了嗓子也爽利許多。妳一個小孩子，從哪兒學來的方子？」

芳菲推說是在自己家時見老人用過的，秦老夫人倒也沒有在意。

大丫鬟桂枝笑著插嘴說：「七姑娘要是方便，把這方子寫下來，奴婢讓廚房的人時常做上一點給老祖宗嚐嚐也好。」

這桂枝有十七、八歲了，是秦老夫人身邊最得力的臂助，在秦家比芳菲這種窮親戚還體面上幾分。所以主人們說話，桂枝也敢插兩句嘴，秦老夫人可不會因此責怪她什麼。

「好，待會兒我就把方子說給桂枝姊姊。不過……」

芳菲略頓了一頓。「那天孫女見菊花膏合了老祖宗胃口，高興得不得了，回去又自個兒胡鬧弄了一味點心。正想請老祖宗賞臉嚐嚐呢！」說罷，芳菲從春喜提著的食盒裡端出一個瓷盅，雙手捧到秦老夫人面前。

桂枝連忙接過，輕輕打開蓋子讓秦老夫人看這點心。

「怪香的！」秦老夫人見這小瓷盅裡的點心紅紅白白，不但賣相不錯，味道聞著也挺勾人，便讓桂枝伺候她用了幾口。

趁著秦老夫人用點心的時候，芳菲笑道：「這個叫『白菊杏仁湯』，秋天喝是最好不過的，清肝明目。」

秦老夫人喝得順口，索性把剩下的半盅也喝淨了。桂枝暗暗詫異，老祖宗胃口不好不是一天兩天了，平時吃塊糕餅就算正餐，這位芳菲小姐做的東西真的這麼好？

芳菲見秦老夫人喜歡這個白菊杏仁湯，心想自己果然押對寶了。她上次聽芳苓說秦老夫人老是頭昏，連結到如今的節氣，猜想秦老夫人可能是肝火上炎。菊花能平肝陽，解毒素，加以微苦的杏仁，可以緩解秦老夫人的病症。

她找人打聽過了，秦老夫人身子不適的時候家裡要給請大夫。但秦老夫人卻不耐煩喝苦藥汁子，說自己不是病症只是有點勞累，才會把一點小病拖延到如今。

再說她見到那天秦老夫人對菊花延壽膏的口感很是喜愛，知道這位老祖宗應該是個嗜甜的人。她多多的放冰糖，把這藥弄成甜湯，秦老夫人果然喝了個一乾二淨。

其實這府裡，廚子做的精細點心也不少。只是那些點心式樣，秦老夫人都是吃慣了的，本能的就覺得倒胃口。而芳菲呈上的這道點心清香甜潤，卻是秦老夫人沒見過的做法，勝在新奇有趣。

「這個白菊湯又是怎麼個做法?麻煩嗎？」秦老夫人一時興起隨口問道。

「先將二錢銀耳泡軟，二錢杏仁洗淨，加水熬湯後放進六顆紅棗，再加入冰糖和勻待涼，撒上漂洗瀝乾的白菊花瓣即可，一點也不麻煩。」芳菲恭恭敬敬地回答。

秦老夫人眼中露出一絲訝色，隨即笑道：「瞧這張小嘴，巴拉巴拉的說得多清脆，以前怎麼像個鋸了嘴的葫蘆似的？」

芳菲有些心虛，忙掩飾說：「以前年紀小，膽子也小。現在芳菲長大啦，知道要多多孝敬長輩才對。」

秦老夫人本來也沒起什麼疑心，只是覺得有點奇怪罷了，很快就把這話丟開了不提。芳菲又說，這些醫藥上的東西都是她病中和各個大夫聊天時得知的。

「人家說久病成醫，孫女雖然沒能學會什麼醫術，好歹也懂了點養生的法子。知道老祖宗有些不舒服，便胡鬧著弄了這些湯藥來，也不清楚對不對……」芳菲故意露出點羞澀的模樣來，垂下頭去只顧絞著她手裡的絹子。

聽到芳菲說她久病，秦老夫人想起自從芳菲到秦家來住，自己一次都沒去看過她。除了過年過節孫女們一起給自己請安的時候，芳菲會出現之外，其他時間根本就沒機會在自己面前待過。想到這裡，又記起芳菲的飄零身世，秦老夫人憐惜之心大起。

「都是我的疏忽，讓妳受委屈了。看看這小身板瘦的！」秦老夫人拉過芳菲的手，上下打量著這個被她忽視了多年的隔房孫女。

這一看，秦老夫人發現芳菲的衣裳不僅陳舊，而且尺寸還有些短小，像是穿了幾年似的。不是每個月都給了月例，過年換季還給送布料裁剪新衣的嗎？

秦老夫人臉色一沈，正想問問芳菲怎麼回事，卻又把話吞了回去。她微微嘆了口氣，明白是自己待家裡下人太過寬鬆了。

就算是來投奔本家的孤女，也是家裡人，穿戴成這個樣子……唉，不知道她還受了什麼委屈呢。

「妳放心，伯祖母一定好好補償妳。」

秦老夫人拍了拍芳菲的手，忽然吐出這句沒頭沒尾的話，芳菲卻明白了她的意思。

她面上帶著幾分感激，心裡卻是竊笑不已——「事情總算有了點轉機。」

她也沒指望秦老夫人對她有多好，只要別像原來那樣把自己扔在偏院裡頭不聞不問就算不錯了。

一口吃不成個胖子，芳菲深深明白這個道理。

來日方長，何必著急？

只是不知道，秦老夫人準備怎麼「補償」自己呢？

秦老夫人的「補償」很快就來了。

不到半天工夫，秦家內宅就都傳遍了各種小道消息。

七小姐房裡的用具，全被換成了新的！連被褥都和老祖宗房裡的一樣，是雲緞做的呢！

老祖宗讓人開了箱子，給七小姐拿了好些衣料，足足做了十幾套新衣裳！

七小姐的教養嬤嬤胡嬤嬤被老祖宗叫去狠狠教訓了一頓，還罰了她的差事，打發她到莊子上頭去養老了。

不但如此，老祖宗還給七小姐新換了教養嬤嬤，添了兩個丫頭……

三小姐芳苓聽人說著這些消息，臉上陰晴不定。

這才幾天啊？芳苓覺得有點糊塗了，這戲法是怎麼變的？

幾天前，這個向來不被自己放在眼裡、只能充作她取樂工具的小堂妹，還是個病懨懨的傻丫頭。一轉眼，就成了老祖宗心尖上的新寵了？

難道老祖宗不打算繼續寵愛自己了？芳苓感到一陣慌亂。

事實上，芳苓卻是想岔了。

秦老夫人對芳菲雖然比以前好，也不可能好過了芳苓去。芳苓是秦老夫人的嫡親孫女兒，又是帶在身邊養了這麼多年的，秦老夫人怎麼可能不疼她！

而秦老夫人之所以給芳菲做衣裳，換下人，只是見芳菲過得不好，她心裡有愧罷了。

芳菲對此看得是明明白白的，絕不會因為秦老夫人一時的疼愛就不知輕重，以為自己真成了什麼大小姐。

不過……這秦老夫人的「補償」，讓家裡一眾下人心裡都犯起了嘀咕，紛紛反省自己以前是不是對七小姐的態度太惡劣了……

這麼一來，芳菲的日子比起以前好過了一些，起碼新換的這個教養嬤嬤孫嬤嬤，就不敢像原來的胡嬤嬤那樣踩在她頭上。

芳菲暗想，現在情況有所改善，固然不錯。可是，自己本質上還是個寄人籬下，仰人鼻息，看人臉色的孤女……這種感覺，真不爽！

但這情況，又不是一朝一夕之間能夠改變的，唉……

孫嬤嬤從秦老夫人正房那邊過來，給芳菲傳話。「姑娘，老祖宗吩咐了，讓妳明兒陪著她去廟裡上香。」

芳菲一愣，去廟裡上香？印象中，孫女之中，只有芳苓是常常陪秦老夫人出門的，其他人根本沒資格。

「三姑娘去不去？」

孫嬤嬤聽芳菲問她，忙應道：「老祖宗說話的時候，三姑娘就在跟前。本來老祖宗讓她也去……不過三姑娘說她精神不好，想在家裡休息。」

芳菲心知肚明，這驕傲的小姊姊是吃自己的醋，心裡不好過呢……管她好不好過，既然秦老夫人想讓自己陪她出門，那就出門好了。

對於明天的出門，芳菲心裡隱隱有一絲期待。

能夠去看看外面的世界，總是一件好事。

第五章 上香

次日清晨，天方破曉，孫嬤嬤就催著芳菲起身梳洗。

今兒秦家是到城外的甘泉寺去上香，路途不算太近，從秦家到寺裡要走好幾個時辰，還要經過兩處山澗。

為了秦老夫人這次上香還願，秦家的長媳李氏從前一天就忙開了。她安排好了陪秦老夫人出行的丫鬟僕婦、護院家丁，又去查看了出門要坐的車子和路上可能用到的各種物事。

想起還在房裡鬧脾氣的女兒芳苓，李氏心裡就禁不住嘆息一聲。芳苓這兩年得秦老夫人高看，脾氣都被慣壞了，自個兒忙著管家也沒能多教教她。不過是祖母多疼了小妹妹一點，有什麼值得生氣的？過後她得好好說說女兒才是。

且不管躲在自己閨房裡的芳苓是多麼的不滿，秦老夫人的車駕照樣早早的離了家門往甘泉寺而去。

芳菲陪秦老夫人坐在馬車上，努力維持著臉上平靜的表情。

這樣的路況，這樣的馬車——實在是太顛簸了！她平生頭一回坐馬車，不一會兒胃裡就翻滾起來，她真想趴在窗口乾嘔一陣。

「芳菲，是不是坐不慣車子啊？」秦老夫人見芳菲臉色發青，知道她還沒適應馬車的顛簸。

芳菲本來想逞強說沒事，心念一轉，卻說：「是呀，老祖宗，我心裡鬧得慌。」說完，還可憐兮兮地望向秦老夫人。

「沒事沒事，坐慣就好了。」秦老夫人憐惜地把她摟在懷裡，輕輕拍她的背。又叫桂枝拿薄荷油來給七小姐抹太陽穴醒神。

芳菲輕翹嘴角，心喜自個兒的「示弱撒嬌」攻勢見效。很多時候，這樣怯弱的姿態更能激起老人家的憐愛之心……

芳菲抹了薄荷油，精神稍微恢復了一些。秦老夫人怕她還是難受，一直把她摟在懷裡，又指窗外風光讓她欣賞。

芳菲故意挑些秦老夫人感興趣的話題來說，比如求她講解這甘泉寺的典故，又要她說說佛經故事，自己也說一、兩個「因果報應」的鄉野傳聞來湊趣。

兩人的感情因此突飛猛進，等她們到達甘泉寺山門的時候，已經好得跟親祖孫一般了。

芳菲兩輩子以來第一次到寺廟上香，難免有些好奇，不住打量周圍環境。

俗云：「天下名山僧占多。」

寺院所在地大多是風景優美、清幽寧謐的勝地。甘泉寺地處陽城城外的青石山間，因為寺後有數股清泉而得名，確實是一處風光絕佳的所在。

這趟陪著秦老夫人出來上香的有大夫人李氏、二夫人林氏，還有就是芳菲這個隔房的小孫女了。他們秦家只是地主，並非官宦世家，雖然家資富足，出門的排場也並不大，每個主子身邊只跟了兩、三個使喚的丫鬟而已。

由於秦老夫人對芳菲很是親熱，李氏和林氏對她也很和氣。芳菲想起以前的她給這兩位夫人請安時她們冷淡的表情，心裡對她們是半點都親近不起來。只是表面上，還是要裝作恭順的模樣，乖乖的跟在長輩們的身後走進佛寺。

今天不是初一、十五這種「正日」，也不是佛誕、時節，寺廟裡客人極少。只是秦老夫人為了還願，才會特地過來拜佛。

春天時秦老夫人在佛前許願，為她重病的娘家兄長祈福。前天這位舅太爺傳了信來說他的病已經好了許多，秦老夫人高興之餘想起了自己曾許下的祈願，便忙著要來上香。

芳菲跟著大人們進了正殿磕頭燒香。隨後知客僧又引著幾位女眷去看轉經藏，順便藉著講經的由頭，游說她們多捐點香油錢。

芳菲被殿裡的檀香薰得頭暈，加上她對那些僧人所說的因果業報之類的東西不太感興趣，聽得就不太投入。

秦老夫人一回頭，看見她百無聊賴地打量著正殿上的幾尊佛像，笑道：「你們小孩子家，聽不懂這些經文奧義的。」便招手叫孫嬤嬤和春喜過來。「陪妳們姑娘到廟裡各處散散心吧！」

如果是官眷，規矩極嚴，是不容女孩子四處走動的。秦家只是尋常富戶，倒不至於有這麼多講究。

芳菲謝過秦老夫人，在一個知客僧的帶領下到殿外逛去了。

寺廟裡的知客僧全是些知情識趣的機靈僧侶——不然哪能從香客手裡掏出多多的香油錢來！

那知客僧曉得這個年紀的小姑娘喜歡看什麼，便說：「小施主，本寺後山有一處桂樹林最是清雅，小僧帶您去轉轉？」

孫嬤嬤還在猶豫，芳菲卻驚喜地催促那僧人。「好的，你帶路吧，我們馬上，就去。」

「我們甘泉寺的桂樹林！現在正是桂花飄香的時候，景色應該很不錯啊。」

孫嬤嬤說：「姑娘，跑到後山去，是不是太遠……」

「不遠，就幾步路而已。」知客僧笑著說。他是帶慣了客人去遊玩的。「我們甘泉寺的桂樹林，也算是寺中一絕呢！」

「既然這位大師父都說不遠了，嬤嬤，妳就陪我去一趟吧。」

芳菲既然都發了話，孫嬤嬤也不好拗她的意。想來有自己和春喜兩個人跟著，也出不了什麼事，便不再堅持己見了。

一行人出了甘泉寺後門，芳菲就聞到了隨風飄來的桂花甜香。春喜也正是天真爛漫的年紀，喜道：「姑娘，這香味真好聞！」

芳菲含笑點點頭，隨著知客僧步上寺後灑掃得乾乾淨淨的登山石階，很快就來到了那片桂樹林邊。只見半個山頭全是高達數丈的桂樹，枝繁葉茂，滿樹黃花。在正午的陽光照射下，樹上的桂花彷彿鍍上了一層金邊，美得耀眼。

芳菲欣賞著這難得的美景，聞著桂樹林裡濃郁的香氣，只覺方才因為車馬顛簸導致的些許不適消失得無影無蹤。

正好一陣微風吹過，落英繽紛，黃花落了一地。芳菲心思一動，吩咐春喜。「拿條帕子，揀些乾淨的花瓣包起來。」

春喜不知道姑娘想做什麼，不過她素來是乖巧柔順的，便蹲在地上挑些花瓣完整又沒沾什麼泥土的桂花包到帕子裡。

「姑娘這是要做香囊？」孫嬤嬤不解問道。

芳菲懶得多做解釋，便隨口應是。

在林中賞玩了一會兒，孫嬤嬤始終不太放心，再三催芳菲回寺。芳菲也不想她難做，接過春喜遞來的桂花便轉身往石階走去。

幾人沿著石階下山，卻聽得前方有人聲傳來。「這上頭就是你們寺裡出名的那片桂樹林？」這聲音略微有些沙啞，芳菲上輩子做老師時卻是常常聽到類似的聲音，那是少年男子變聲期特有的聲線。

芳菲遠遠望見一個僧人帶著幾個青年男子往山上走。那帶著他們上山的知客僧智林雙掌合十揚聲道：「智嚴師兄，這幾位檀越也是來賞桂花的吧？」

智嚴應聲說是。這石階雖然鋪設得較為整齊，卻並不寬敞，他們兩隊人又正好是一上一下，於是便堵在一塊兒了。

芳菲見智嚴身後站了一個年約十四、五歲的清俊少年，似乎是眾人之首。這少年濃眉星目，高鼻薄唇，相貌雖然不凡，臉上的倨傲之色卻讓人覺得難以親近。他身邊是幾個身材高壯的錦衣男子，對那少年態度恭敬，可能是他的隨從。

剛才說話的應該就是這少年了。不知道是哪來的大少爺……芳菲不想跟這種傲慢的富家子弟有什麼交集，側過身讓出通道。孫嬤嬤和春喜見她讓路，也跟著避讓到一旁。

那少年雖說眼角朝天，禮數卻還算周全，見她們幾個女眷讓路，也朝她們微微拱了拱手才繼續往山上走。

等芳菲幾人走遠了，那少年身邊的一個年長隨從略顯焦慮地說：「呃……公子，我們私下出來好半天了，還跑到這麼偏遠的地方來，還是快點回去吧。」

少年用力瞪了隨從一眼，怒道：「什麼叫私下出來？本……本公子要去哪兒，誰敢管我！你少多事，讓我靜靜賞一會兒桂花再說！」

那隨從還要再勸，被同伴扯了扯袖子，只好作罷。

唉，這個任性的小主子，也太磨人了……

芳菲回到寺裡，被告知秦老夫人決定要在寺裡用齋飯，晚些才能回去。

她倒是無所謂什麼時候走，能多玩一會兒也沒什麼不好。

這甘泉寺的齋飯，同樣是極為出名的。說是素菜，做法、用料都不簡單，光是那養生百菌湯裡用到的菇類就不下十種，極其鮮美。

秦老夫人這幾天吃了芳菲奉上的湯藥，夜裡的咳嗽都緩解不少，所以胃口比往日要好得多。她心情一好，又拉著芳菲說了好一會兒話。

「芳菲啊，還是妳這孩子會說話，比妳那幾個姊妹要強多了。」

聽到秦老夫人讚賞芳菲，李氏倒還沒什麼，二夫人林氏的臉色就難看了許多。她趁眾人不注意撇了撇嘴角——不就是個親戚家的小女孩嗎，至於誇成這樣嘛，連自個兒家的孫女兒都往下踩。

用過齋飯，秦家眾人終於要啟程回城了。

芳菲扶著秦老夫人上了馬車，正當她踩上腳踏也要坐進車子裡的時候，幾匹駿馬從她們身邊疾馳而過。

咦？當頭那匹白馬上的騎士，不是剛才的傲慢少年嗎……

不過，這又關自己什麼事呢。芳菲收回目光，坐進馬車。

車伕揚鞭一喝，車隊迎著秋風往陽城方向馳去。

第六章 遇襲

從甘泉寺到陽城這一路上，路途不算平坦，有幾段路還是在兩山山縫之間開鑿出來的。雖然如今是太平盛世，一般人也不敢在這種荒涼道路上多做停留。要是天色近晚，就更沒有人敢走這段路了。

不過現在離天黑也還有一個多時辰，所以秦家車伕也不擔心會耽誤路程。

芳菲覺得自己已經慢慢適應了馬車的顛簸，比早上坐車那會兒好過多了。

「老祖宗，您可是乏了？」

秦老夫人年紀大了，又出來了大半天，確實有些困倦。

「沒事，我歪一歪就好……」秦老夫人往身旁的軟枕靠了靠，正想休息一下，馬車卻忽然停了下來。

秦老夫人面容一沈，撩起車窗布簾往外喊了一聲——

「怎麼回事？」

桂枝忙走到她車窗下稟報說：「老祖宗，有幾個騎馬的人停在前頭……好像是他們的坐騎出了些問題。」

騎馬的人？

芳菲心想，莫非就是她遇到的那幾個……

秦老夫人剛想再問，異變忽生！

只聽得隆隆隆幾聲悶響，接著便是馬嘶人嚷，間雜著男女數人驚恐的叫聲。

發生了什麼事？芳菲飛快撩起車簾探頭朝外看去，焦急的張望著外頭的情形。

她看見秦家的男女下人們不停尖叫跑動著，躲避著路邊山崖上滾落下來的石頭！

這……怎麼會有石頭滾下來？

芳菲驚恐不已，坐在她對面的秦老夫人也是一臉懼色。

秦老夫人張嘴喊了一聲。「桂枝！」她們的馬車就被狠狠地撞了幾撞！

芳菲迅速判斷出是不住往下滾落的石塊砸中了車身。不行，一直待在車裡太危險了！

「老祖宗，我們下車！」芳菲顧不上裝嬌弱了，打開馬車車門就跳了下去。

秦老夫人被嚇得六神無主，她一個深宅婦人，活了大半輩子還沒遇見過這種事。

秦老夫人被芳菲半拉半扶著下了車，桂枝和兩個家丁趕緊圍了過來，護著她們二人往落石較少的地方跑。才跑出兩步，芳菲耳邊傳來「轟」的一聲巨響，她回頭一看，看到一塊巨石正好就砸在她們剛才坐的馬車上。

如果沒有及時跑下來……

冷汗颼颼地爬滿了芳菲的背脊，饒是她膽量並不算小，也感到深深的後怕。

這時李氏和林氏兩人也被丫鬟扶著跑到了秦老夫人跟前，幾人沒顧上見禮，便被山崖上衝下來的一股人馬嚇了個肝膽俱裂。

「是山賊！」

護著秦老夫人的二管家龐勇直到方才還力持鎮定，現在也禁不住變了臉色。

青石山已經有好多年沒出過山賊了，這夥山賊是從哪兒冒出來的？

別說芳菲，秦老夫人、李氏、林氏還有眾丫鬟們哪見過這等陣勢，女眷們全都腿軟得走不動了。

龐勇指揮家丁們把女眷圍在中間，自己帶著幾個護院和衝過來的山賊搏鬥了起來。

芳菲人小個子矮，被圍在一群大人身後看不清周圍狀況。她實在不想就這麼坐以待斃，可是自己這弱小身體根本不可能對抗那些看起來極為慓悍的山賊啊……

她從人群的縫隙中看出去，發現這股身穿勁裝的山賊人數不多，大約十幾人左右。他們手上都拿著大刀，身手強勁，比秦家那幾個練過武的護院還要凶猛。

幸虧衝著秦家眾人而來的山賊只有三、四個，其他人都去圍攻另一群香客了，也就是原來因為坐騎出了問題停留在山路上的那幾個騎士。

……咦？不對……

縱使現在情況極度危急，芳菲仍察覺出了一絲詭異。

她們這車隊有二十幾個人，對方才派出了三、四個山賊來攻打；那邊的香客才幾個人……卻吸引了山賊的大部隊？

而且，她們這邊女眷很多，又坐著馬車，一看就是好打劫的富戶眷屬。為什麼山賊們捨易求難？何況從山賊們預先埋伏在路上推落石頭這一舉動看來，他們這次打劫是早早就盤算好了的……而且，又是在大白天裡打劫，很反常啊……

「呀——」

桂枝慘叫一聲，芳菲忙往她看去，只見她身上臉上都濺滿了鮮血。那是一個護在她們前面的護院被山賊的大刀劈中前胸後飛灑出來的，芳菲眼睜睜地看著那護院就這麼身子一軟倒了下去。

此起彼伏的慘呼和刀劍相擊的聲音讓芳菲膽寒不已，心想自己好不容易重活一回，難道又要這樣死於非命嗎……

她們一行人被家丁們護著節節後退，芳菲眼尖的發現她們就快沒有退路了，身後就是一個陡峭的斜坡！

「啊！」

又一個家丁中刀倒下，不過山賊那邊也有兩人掛彩。

山賊們身上染血，反而被激起了凶性，齊齊揮舞著大刀朝他們砍來。秦老夫人畢竟是個老人家了，驚嚇之下身子一抖癱在了地上。芳菲大急想把她拉起來，奈何身子瘦弱使不上勁。

「老二！扯呼！」

在混亂之中，芳菲隱約聽到另一戰團中有人衝著這邊大喊。圍攻秦家的幾個山賊一聽，便奮起朝秦家護院家丁們虛砍了幾刀，邊戰邊往那邊跑，似乎是那邊的山賊遇到了強敵在向這裡求援。

難道那些騎士身手比山賊要好得多……

秦家的困境暫時緩解，龐勇來不及多想，就呼喝著家丁們去解馬車上的幾匹馬，打算就靠這些馬兒帶主人們逃生。

芳菲終於把秦老夫人扶了起來。「老祖宗，您堅持一下，龐管家有辦法了！」

「哦，哦……」秦老夫人此時完全成了一個尋常老婦，平時的威嚴氣度半點不剩。李氏和林氏釵橫鬢亂，兩人衣服上也都沾著血跡，舉止比芳菲這個小孩子還慌亂。

那些山賊在另一邊似乎鏖戰不休，被那幾個騎士絆住了沒能分人手到這邊來。但他們一發現秦家的家丁去解馬車，又有兩個山賊朝他們衝過來繼續砍殺！

龐勇眼見剛有點逃生希望又被打破，急得不住跳腳，鼓起餘勇又向山賊殺去。他也是武館出身，等閒幾個壯漢也奈何不了他的，可今天這些山賊卻個個悍勇，龐勇拚了老命也只能跟他們打個平手。

女眷們已經嚇傻了，芳菲這個「死過一回」的人雖然比她們稍好一點，也強不到哪兒去。但她依然關注著周遭的戰況，忽然聽到一陣兵刃破空之聲朝她們的方向而來，原來是龐勇用盡全力挑飛了一個山賊的大刀，卻沒想到這刀竟飛向了秦老夫人！

「小心！」

芳菲用力一拉秦老夫人，那刀貼著秦老夫人的鬢角飛過跌落山坡。芳菲剛想鬆一口氣，誰知她剛才用力過猛，自個兒一腳就踩過了路邊——

她頓感身子一歪，頭重腳輕的快速朝山坡下滾去！

完了，完了……

芳菲已經聽不見上頭那些女人們的呼叫聲，她只覺得自己沿著這坎坷陡斜的山坡一路下滑，她伸出兩手胡亂抓著，希望能抓住一根樹枝讓自己能夠停下來……

想不到還真讓她抓住了一根略粗的樹幹，芳菲大喜過望，緊緊地揪住這根救命稻草不放。

她現在已經滑過了一半的山坡，往上望去看不見山路上的情況，只能聽見刀刃交擊之聲和嘈雜的人聲。

芳菲迅速想明瞭自己的處境，她只有繼續往下滑才有生路。要是爬上去的話，很有可能成為山賊的刀下之鬼。

這個山坡在她摔下來之前，看著倒是挺險峻，但她如今懸在半山，覺得它倒沒有看起來那麼可怕。山坡上滿是野草，蓋住了地上的土石，所以她身上被刮傷的地方並不太多。

芳菲小心翼翼地觀察著下面的地形，她開始慢慢的抓住在她下方的小樹，往坡下緩緩移動……

費了九牛二虎之力，當她的雙腳踏上平地的時候，芳菲心中的大石才放下了一半。

總算還活著……

芳菲抹了抹臉上的汗，但看到自己身處的地方和已經逐漸黑下來的天空，她的心情又馬上沈重起來。

這是真正的荒郊野外啊！

在這個沒有手機的年代，該怎麼跟人取得聯繫，讓秦家的人來救自己回去？

想到要在這種荒野過夜，芳菲身上的熱汗全都要結冰了。

狼群、毒蛇、野獸……

這些平日裡感覺很遙遠的詞語在芳菲的腦海裡一個個浮現出來，每一個都讓她害怕得渾身發抖。

她身上甚至連個生火的火摺子都沒有，而此時已經是晚秋，就憑她這身破破爛爛的衣裳，能不能熬過一個晚上還是個問題……

芳菲思來想去，放棄了在天黑前走出這片荒野的打算。眼下最靠得住的計劃，應該是找個避風的山洞躲起來，明兒天一亮再爬回山路上，沿著回到甘泉寺求救。

至於秦家的人是死是活，她是沒法管了，先保住自己再說吧。且不說她跟他們沒什麼深厚感情，就算有感情她也沒救人的能力啊。

芳菲拖著疲憊不堪的身軀，撥開身邊的亂草和樹枝，尋找著可以藏身的洞穴。

嗯？

天無絕人之路，她竟在天黑之前找到了一個合適的山洞。要不是她一直撥動著樹枝還看不到呢，這個洞口幾乎全被小樹遮擋住了。

要不要進去呢……會不會有什麼動物棲息在裡頭？

芳菲心裡掙扎了好久，直到天色完全黑了下來，才下定決心鑽進洞裡去。

洞口很小，差不多只能容得下一個人通過。她笨手笨腳地爬進山洞，感覺裡頭比洞口要稍微寬敞一點。

忽然，她被一隻從身後伸來的手掌捂住了口鼻！

第七章　少年

芳菲一瞬間魂飛魄散，腦子一片空白。

她還沒來得及做出任何反應，又一隻手掌掐住了她的脖子！

芳菲本來就難以呼吸，猛地被掐了這一下更是難受。

但被這突然的攻擊所刺激，她的神智反而恢復了一些，拚命掙扎起來。

「咦……是個小孩子？」

攻擊她的那人摸到了她纖細的脖子，發出了一聲疑問，掐住她脖子的手隨之鬆開。不過他依然捂住她的嘴巴，只是把壓著她鼻子的手指移開了一些。

「你是誰！」

剛才芳菲慌亂之下沒注意這人的聲音，現在聽他再次問話，隱約覺得這聲音她之前是聽過的——

啊，對了，就是那個和她在石階上錯身而過的少年！

不會錯的，他這低沈沙啞的「鴨公嗓」辨識度很高，雖然芳菲只聽他說過一句話，此刻依然能夠記起他是誰。

他怎麼會躲在這裡？

「說，你是什麼人！」

那少年的語氣極為不耐煩，芳菲現在倒沒有那麼害怕了。她還想敲敲他的腦門看看他是不是囟門沒長攏，怎麼這麼笨？

芳菲發出「嗚嗚」的聲音，又拍打了一下他捂著她嘴巴的手。他才意識到自己犯了一個常識性的錯誤——捂著人家的嘴還叫人回答問題……

「呃……好吧，我可以把手放開，但是如果你大叫的話——就別想有命出去了！」

意思是我不大叫，你就讓我出去了嗎……芳菲不敢有這種奢望，不過她還是用力地點點頭。

那少年終於鬆開了死死捂住芳菲嘴巴的手掌，芳菲忍不住狠狠呼吸了幾口空氣，好不容易才緩過勁來。

她進了山洞也有好一會兒了，眼睛已經逐漸適應了洞裡幽暗的光線。借著從洞口外射入的幾縷微弱的月光，她看到那少年從她身後移坐到了對面。

兩人在狹小的山洞裡面對面坐著，彼此都有些愣神。

她看見他全身的衣服爛成一條一條的，臉上沾滿泥巴，連頭上梳的書生髻都散亂得不成樣子，上面還掛著幾片樹葉。

不過在那少年的眼裡，芳菲的模樣也好不到哪兒去，同樣是渾身破爛，披頭散髮，狼狽不堪。

「是妳？」

少年顯然也認出了芳菲，面上的戒備之色逐漸散去。看芳菲這個樣子，應該是跟自己一樣被山賊襲擊了。

從方才芳菲摸索著想進洞開始，少年就繃緊了全身的神經，不知來者是敵是友。現在發現進來的是芳菲這麼一個稚齡弱女，他一下子便放鬆下來，卻禁不住叫了聲「唉喲」。

芳菲發覺他的異樣，遲疑了一下才問道：「你……受傷了？」

少年「哼」了一聲扭過頭去，沒有回答芳菲的問題。

芳菲不計較他的惡劣態度，再次仔細打量起他來，果然發現了問題。

他的坐姿很是彆扭，右腿回盤，而左腿卻直直地拖在一邊——她定睛看著他左邊大腿上方那一大塊深色的痕跡，雖然光線實在太暗看不清楚，但芳菲直覺的想到那應該是血漬。

少年見芳菲看向他的傷處，臉上多了幾分惱怒。「看什麼！」

那麼大的一片血漬，加上他剛剛那聲痛呼，芳菲想這人應該傷得不清。不知道他傷到了哪裡？大腿上可是有大動脈的，一旦傷及大動脈，在如今的情況下他絕對會因為失血過多而死！

「給我看看！」

芳菲想到他可能遭遇的危險，一時忘記了自己現在是個「小孩子」，忍不住緊張起來。多年來照顧學生的習慣，讓她下意識地想幫助這個受傷的少年。

少年沒想到這看起來嬌嬌怯怯的小女孩竟一下子按住了他的傷腿，剛想怒喝一聲「滾開」，卻聽見她焦急地說——

「你趕緊把褲子撕開給我看看傷勢！快！」

「妳少管……」少年還想逞強。

芳菲急了，提高聲音吼了他一聲。「你以為我想管！再耽誤下去別說你的腿可能廢掉，能不能保命還是個問題！」

少年向來也是慣於發號施令的人物，在他十四年的人生中除了父親還沒人敢對他這麼說話。可不知道為什麼，在這一刻，他竟為芳菲的氣勢所壓倒，居然真的聽了她的話，忍痛把傷處的褲子撕開了。

「嘶——」他疼得倒抽一口冷氣。

「看不清楚……你身上有火摺子嗎？」

「沒有！」少年撇了撇嘴，他怎麼會帶著那種東西？都是侍衛們帶著的。

芳菲只好又讓他努力挪到靠近洞口的地方，才勉強把傷口看了個大概。

從位置和出血情況來看，不像是傷及動脈，還好……芳菲吁出一口氣。

「這是被那些山賊的大刀砍傷的嗎？」

少年搖搖頭。「不是，是我跌下來的時候被尖銳的石塊劃傷的。」

想到自己也是從山路上滑了下來，芳菲不由一陣慶幸，自己沒撞上這種利石。不然的話，以這小身軀的嬌弱程度，估計很快就又得穿回去了——如果閻羅王還不收容她的話。

「雖然沒有大出血，不過不包紮起來也不行……你等一等！」

芳菲說著就往洞口外爬，那少年錯愕地看著她就要爬出山洞，脫口而出喊了一聲。「妳要走？」

話一出口他就後悔了。這話難道是在留她嗎！他才不會承認自己害怕一個人待在這個破山洞裡呢——他是擔心她這麼個小孩子胡亂跑出去會有危險！嗯，對，是這樣沒錯！

芳菲沒注意少年的臉色在剎那間變了又變，回頭對他說：「我不走，你放心。我是去給你找點藥。」

「哼，誰不放心了。」少年聽了芳菲的話先是一陣莫名的安心，又覺得自己剛才叫住她實在太丟臉了，心裡不知是什麼滋味。

他養尊處優地活了十幾年，被人眾星拱月般奉承著長大，可經過這半天來的變故，他的心境不知不覺中發生了變化，以前那些他根本不放在心上的事情，此時卻不停地在腦中縈繞。

自從京城傳出那個風聲以後，家裡就對他的安全憂心忡忡，非要給他多安排幾隊侍衛。他還覺得家裡人小題大做，把自己拘得慌，今天故意只帶著幾個貼身侍衛跑出來玩……

直到遭遇這場劫殺，他才明白家人的擔心絕對不是無中生有……

那些人根本不是山賊，他心裡清楚得很！

可是，究竟是哪一方人馬派來的呢？

少年被再次爬進山洞的芳菲打斷了思緒。他收拾心情，望向他現下唯一的「同伴」，只見芳菲手裡抓著一大把野草。

「妳這是幹什麼？」少年奇道。

他見芳菲將那把鋸齒狀的野草放在洞內地上，再拿著一塊小石塊用力地捶打著。

芳菲邊捶打邊回答他。「算你運氣好，這附近長有土荊芥。等我搗爛了給你敷在傷口上，可以止血。」

「妳行不行啊？隨便兩把爛草爛葉就拿來給我敷傷口？」少年半信半疑。

「不是『隨便兩把』，我可是認真挑選過的好不好！」芳菲不滿地咕噥兩聲，她曉得自個兒的外表確實很難讓別人相信她會弄什麼草藥。

剛剛她出去在腦子裡找了半天，想出幾樣野外常見的外傷止血藥，比如白茅根、車前草、山蒼子、土荊芥什麼的，都是比較容易在山野裡找到的野草。不過這時候天都黑了，她又不熟悉周圍環境，找了許久才找到些土荊芥葉子。

她把土荊芥草搗爛，在身上摸索了一會兒，找出個小布包。

「唉，可惜了……」她惋惜地搖搖頭，把布包一抖。

少年忽然聞到一陣濃郁的桂花香氣，不覺一怔。

他想起曾在甘泉寺後山與她相遇，這些桂花應該是她在那兒撿到的吧？

儘管腿上的傷口疼痛難當，但聞到這香氣後，少年的精神不由為之一振，胸口的抑鬱之氣都消散了許多。

「妳撿桂花花瓣做什麼？」他好奇地問。

這個小姑娘的言行舉止，怎麼……和普通的小姑娘不一樣呢？他也說不出來有什麼不同，就是感覺她的種種行為透著古怪。

不過，並不惹人討厭，起碼他不覺得討厭……

芳菲嘆道：「這些桂花……我本來想做點心吃的。算了，反正也壓壞了。」

她先用他撕下的腿褲殘布，將他傷口周圍的血痕略擦一擦，便把那搗爛的草藥細細地敷了上去。接著，再用原來包桂花的帕子包紮好他的傷口，最後用力打了個結。

「暫時就這麼處理吧……荒郊野嶺沒有急救藥，你先忍忍，明天天亮我們再想辦法。」

少年見她「老氣橫秋」的安慰著他，真是哭笑不得。他明明比她大很多好不好，怎麼她反而像對待小孩子似的對他？

不過，不知是不是她的草藥起了作用，他感覺傷口好像真的沒那麼疼了……

可是，他們真的要在這兒熬一夜嗎？

少年想，自己的人應該已經發現他出事了……如無意外，他們會掘地三尺的把他找出來——要是他沒了，他們也都要給他陪葬的！

傷口的痛楚暫時得到緩解，可少年發現自己又面臨著另一個問題，而且是他幾乎沒有遇到過的問題……

他好像，有點餓……

「咕——」

少年的臉唰地一下全紅了，啊……太丟臉了，他的肚子真不爭氣！

芳菲似笑非笑地看著他，像變戲法一般從她懷裡掏出幾個野果。「你要吃嗎？」

第八章　獲救

少年吃完這幾個他平時絕對不屑一顧的野果，竟然還有種意猶未盡的感覺。

「挺好吃的，什麼果子？」他覺得這果子又酸又甜，吃完之後滿嘴生津，真是爽口極了。

「山楂。」芳菲也是頭一次吃野山楂，滋味還不錯。不過餓肚子的時候吃酸果，待會兒估計會更餓啊，唉……

「我以前也吃過山楂果，怎麼沒這個滋味？」少年咂巴咂巴嘴，又說：「唔，改明兒回去了，讓人給買些山楂來吃……」

芳菲「噗哧」一笑，說：「等你回到家，家裡下人買來的山楂你肯定覺得不好吃，起碼是不如現在的好吃。」

少年不解。「為什麼？難道這山裡的山楂果，是神仙種的不成？」

此時距離他們被人襲擊已經過去了大約兩個時辰，月兒早就掛上了中天。深秋的晚上，越夜越冷，芳菲感覺自己很需要找點事做來分散一下注意力。

「哎，我給你講個故事吧！」

少年聽到芳菲的提議先是一愣，接著饒有興味的點頭同意。「妳說吧！」

芳菲笑了笑，便將那故事娓娓道來。

「很久很久以前有一個皇帝……」她忍不住又笑了起來，這個開頭真是爛透了。怎麼像在給小朋友說枕邊故事哄人睡覺似的。她卻沒察覺，少年在聽到「皇帝」二字時，臉上閃過一絲異樣的表情。

「這皇帝處理國事英明神武，治下太平。但他平時只有一樁嗜好，就是喜歡時不時偷偷出宮遊玩……」

少年突然打斷她。「既然是皇帝，哪能隨便出宮！」

芳菲嘟了嘟嘴反駁說：「不是說了是講故事嗎！你還要不要聽啦？」

「……要。」

被芳菲一駁，少年氣勢又弱了幾分，只好低聲應了一句。

芳菲接著往下說。

「那皇帝有一次南下江南，一天中午走到了一個小村莊，忽然覺得肚子餓極了。這鄉野之處也沒有酒家，就在一家農戶家中找點食物充饑。

「那家農婦將廚房裡僅有的豆腐和菠菜同燒之後，盛了一大碗，端給皇帝吃，說這綠白相間的小菜叫『翡翠白玉羹』。皇帝在皇宮裡每天吃的都是山珍海味，哪裡吃過農家小菜？加上腹中實在飢餓，一下子就把菜吃光了。

「後來皇帝回到宮裡，對這『翡翠白玉羹』念念不忘。御廚們照皇帝說的樣子去做菜，皇帝總是不滿意。最後皇帝索性把那農婦接到了宮裡，讓她專門給他做這道菜，可菜做好了，皇帝卻只吃了一口就吐了出來！」

少年聽到此處，驚奇地問道：「這是為何？」

「你猜呢？」

芳菲笑咪咪地看著少年。

少年眨巴眨巴眼睛，想了一會兒才說：「猜不出來。」

在少年的記憶中，只有他的乳娘才給他講過故事。不過，這小姑娘講的故事比乳娘講的有趣多了，而且乳娘也不會這樣嬌癡地讓他猜……

他家中嫡出庶出的姊妹有好幾個，但那些循規蹈矩，十天半月才見一次面的姊妹，給他的感覺還不如這個小姑娘親切……

芳菲笑道：「原因就跟你現在一樣啊！如今你肚子餓慘了，吃什麼都覺得美味；但等過後再找一模一樣的東西給你吃，你瞧都未必想瞧一眼呢！」

少年也笑了起來。「不會吧？」

「怎麼不會？」芳菲若有所思的瞥了他一眼。「就像眼下這般，你落了難，才會跟我這小丫頭說說笑笑。擱在平時，你會理睬我嗎？」之所以這麼說，是因為她想起了在甘泉寺後山初遇這少年時，他那一臉倨傲的神情。

少年聽芳菲這麼一說，臉上頓時有些訕訕地。「何至於……」

「何至於?你都不知道你原來看人那樣子，眼睛像長在頭頂上！」

芳菲是訓人訓慣了的。在秦家裝了幾天乖，這會兒跟少年說說話混熟了，本性就漸漸露了出來。

少年聞言，不禁愣在一旁，半晌說不出話來。

從來沒有人像這樣當面訓斥他，包括他那地位尊崇的父親，也不曾對他說過什麼重話。他或許從未像他那些身分相當的親戚朋友一樣，驕橫過市，欺壓良民。可他的身分擺在那裡，眾人當然把他當成珍寶似的哄著寵著，慢慢地讓他養成了這副脾氣。

好一會兒，他才開口說話。「妳……一定覺得我是個傲慢的紈袴子弟吧？」

這個嘛……芳菲也沒想到他會這麼問，一時不知應什麼好。

「我確實是個紈袴……」

少年突然有一種強烈的言說慾望。他也不知自己為何要對這比自己還要小得多的小丫頭說這些，也許是因為她的表現超乎尋常的成熟？也許是因為在這個淒冷的秋夜，在這個幽靜的山洞裡，他感到分外的孤獨……

也許，是因為今天的襲擊，讓他終於看清了自己將要面臨的殘酷現實！

「我是個紈袴，而且是天生的紈袴。作為父親的第二個兒子，我又沒有當繼承人的權利；可是也不能離開家族去外頭闖蕩，什麼考科舉、做翰林，都是別人的事情……」

芳菲聽了覺得怪怪的，她可以理解次子不能繼承家業，但是不能考科舉？這個時代，只有賤民不能考科舉啊，連商家之子都是可以參加科舉考試的。難道是他們家的家訓如此？

少年沒發現芳菲面有疑色，仍沈浸在自己的情緒之中。

「有時我甚至會羨慕那些寒門學子，他們讀書辛苦是辛苦，但若一朝高中，當年有多辛苦，高中後就有多快樂。而我呢？

「我從生下來，一生的富貴也就到了頭。除了吃吃喝喝，享受富貴，再不許有別的念頭……」

他是身嬌肉貴的天子驕子，也是注定不能有任何成就的富貴閒人。

他原以為自己會這樣度過一生，直到京城裡傳出那個消息。

本來，他還以為那只是別人胡亂傳說的，從來沒當過真……但這次蹊蹺的遇襲，卻讓他醒悟過來——

在他還懵懵懂懂的時候，別人已經開始行動了！

他不願意就這樣坐以待斃！

芳菲越聽越糊塗，剛想發問，忽然聽到洞外傳來一陣陣嘈雜的人聲，似乎還夾雜著犬吠。

「別出聲！」

她全身的汗毛都豎了起來，身子不由自主的有些發抖。不會是那幫山賊追到這兒來了吧？

她實在是被嚇怕了，在太平年月長大的她哪見過這些刀光劍影？

隨即她又想到了秦家的人，不知她滾下山後，他們有沒有脫險？

少年也很緊張，但他年紀雖幼，也自有一股男子氣概。他悄悄地對芳菲說了句「不要怕」，一把將她拉到了他的身後護著。

雖然他現在受了傷，要真有起事來根本自身難保，根本不可能救得了她。但是芳菲見到他這樣的舉動，依然心中一暖，起碼……他有這個心意，知道身為男子漢，在關鍵時刻應該挺身而出。

有多少比他年長高大的男人，一旦遭遇危險，跑得比女人還要快呢！

犬吠聲越來越近，兩人的心都提到了嗓子眼，幾乎連呼吸都要停止了。

少年突然感覺手臂上傳來一陣刺痛，他皺著眉忍下差點脫口而出的痛呼，轉過頭去看了看芳菲。

他看見剛才一直是個小大人模樣的芳菲此刻緊緊咬著下唇，左手抓著他的小臂，儘管她並沒有說過「害怕」二字，他卻知道她心裡一定是怕得很的。

看見芳菲露出膽怯之意，少年反而覺得和她更親近了些。他伸過手來握了握芳菲垂在膝上的小手，示意她不要太擔心。

少年想，來的人有可能是那群「山賊」，也可能是自己人……

「公子！公子！」

遠遠近近的呼叫聲傳到山洞裡，少年眼睛為之一亮！

「毓升公子，您在哪裡？」

「公子，小人是朱善！您在哪裡……」

聽到此處，少年這才徹底放下心來，長長的吁了一口氣。

是朱善的聲音沒錯……

芳菲看少年的反應也明白了幾分，這些人一定是來找這富貴少爺的。

少年回頭跟她說：「是我的人！」接著他衝著洞外大聲的呼喊。「朱善！朱善！」

呼喊了幾聲之後，芳菲聽到無數的腳步聲朝著這山洞而來。

「公子！小人來遲了！」

幾個壯年大漢如飛箭般衝到了洞口前，用力撥開擋在洞口的樹枝。當看到少年的那一刻，幾個人竟撲通一下跪到了地上。

「小人來遲，小人有罪！」

芳菲驚奇地看著這幾個跪在地上的壯漢，他們穿的衣服好像不是普通的武士勁裝，倒有點像官服……

而那少年已經恢復了他冷傲的模樣，向眾人喝道：「還不快把我扶起來！」

為首一個特別高壯的四方臉大漢上前把少年扶出山洞，眾人這才發現少年身後還有一個衣衫破爛的小女孩。

「這是和我一起遇襲的平常香客家的女孩子。把她也帶回去，好好伺候著。」

少年隨口吩咐了兩句。

芳菲看他對待下人的態度，似乎不太像一般有錢人家的少爺……

當她走出洞口看到外面密密麻麻跪拜著上百人，而且這些人大多還穿著官兵服飾的時候，才真真正正被驚呆了。

他……到底是什麼人？

第九章　知府

芳菲躺在柔軟溫暖的床鋪上，身上是一套乾乾淨淨的絲緞中衣。而在此之前，她已經吃了頓飽飯，痛痛快快地洗了個熱水澡。

之前發生的事情，彷彿是一場噩夢，現在想起來竟有一種遙遠的感覺。

但芳菲知道，那全都是真的。揮舞的刀劍，橫飛的血肉，來不及慘叫就倒地身亡的秦家家丁，寒冷的秋夜，幽深的山洞……

還有那個落難的少年。

這一切，都曾真真切切地發生過。

「小姐，這蘇合香聞著慣不慣？」

一個穿著青緞比甲月白裙子，眉目頗為清秀的丫鬟，走過來替她放下帳子，詢問她是否喜歡房裡的薰香。

芳菲隨口應了聲「唔」，拉過被子蓋住自己大半個頭，翻身朝裡睡了。

那丫鬟不以為意，以為她是受驚過度不想說話。

「小姐，奴婢在外間上夜伺候著，有事您就叫一聲，」想了想，她又補充了一句。「奴婢叫青蓮。」說罷，便把蠟燭吹熄悄悄掩門退下了。

芳菲在黑暗中睜開眼睛，雖然身子疲倦至極，腦中卻有許多疑問纏繞不休，使得她難以安心入睡。

那叫「毓升」的少年公子，到底是個什麼身分？

剛才來解救他們的，竟是在這府城外駐紮守衛的驍營官兵。

而她現在所住的地方，是陽城知府府衙的後宅！

一個出了事便牽動了官府的少年，他的身分絕對非同小可。

他是大官的子弟，還是……

芳菲又想到他跟自己說過的那些莫名其妙的話，心中微動。不可能吧……他會是……

在府衙後宅另一處院落裡，朱毓升也梳洗一番，換上了乾淨衣服，正躺在軟榻上喝湯藥。

他的傷口已經被重新包紮妥當。大夫說，幸虧傷口處理得很及時，沒有任由它繼續流血，不然他雖然不至於有性命之憂，也要大病上許久才能復原。

朱毓升想到是芳菲當時堅決要替他處理傷口，心裡再次生出一絲感激。

她是真心的想幫助他，而不是想得到他什麼好處……

他特地讓人把原來包在他傷口上的那條帕子留著，還叫人好生洗淨再給他帶回來。得命的下人不知道他要這條沾滿了血漬和草藥的帕子有什麼用，不過主子吩咐了，他們當然要乖乖地照做。

不就是洗個帕子嗎？只要主子平平安安的回來了，他想幹點啥，大家都高興。

「這藥真苦……」朱毓升喝完藥咂巴咂巴嘴，伸了伸舌頭。

侍立一邊的小丫鬟忙遞上蜜餞盒子。朱毓升隨便挑了塊填進嘴裡，卻愣了愣神，是蜜漬山楂果……

長著一張方臉的侍衛統領朱善匆匆走到軟榻前，行禮後說道：「殿下，陽城知府龔如錚求見！」

朱毓升劍眉一挑，臉上露出不耐煩的神色。「不見！就說我已經歇下了！」

朱善欲言又止，想到小主人素日是個任性使氣的脾氣，便把到嘴的勸說吞了回去。雖說知府是堂堂四品官員，不是可以隨便敷衍的微末鼠輩，但在朱毓升這位天家貴胄面前哪敢托大。

何況這次朱毓升是在他轄下出事，差點就沒了性命，龔知府如今正惶恐不安怕丟烏紗呢，哪裡還會計較朱毓升落他面子不肯見他？

候在院門外的龔知府見朱善走出來衝他搖了搖頭，不禁失望地問：「殿下不願接見下官？」

朱善說：「龔知府，您知道殿下是受了重傷的，哪有精神見人呢？您還是先請回吧，這份心意我給您捎到了。」

龔知府只怕朱毓升一怒之下回去告他的黑狀，壞他前途，忙又抓著朱善的手問：「殿下對這次事件是否震怒非常？」說話間，還悄悄塞了一卷銀票到朱善的手中。

朱善眉頭大皺，毫不客氣的把銀票往回一推，冷冷說道：「殿下自然氣憤難當！這回若不是殿下吉人天相，逃過一劫，你我都別想有好果子吃。龔知府應該把精神放在追緝凶匪上，早點給殿下一個交代。」

龔知府見朱善硬氣不肯收錢，又聽得他言辭激憤，汗唰地就全下來了。

他忙點頭應道：「一定一定，下官一定全力緝凶，務必讓殿下滿意！」朱善一雙銳目狠狠盯了龔知府兩眼，躬身行禮，快步回身離開了院門。

龔知府想著朱善言語間透露出朱毓升的怒意，又想起了自己寒窗數載，為官多年的艱辛，登時心亂如麻。

唉，這群悍匪到底是從哪兒冒出來的！

次晨，芳菲被窗外的鶯鶯鳥鳴從睡夢中喚醒。她擁被坐起，靠在軟枕上呆了半晌，一時對自己所處的環境還有些迷糊。

她起身下地找到衣架上的外裳，才穿了一半便聽見那叫青蓮的丫鬟敲門問道：「小姐，奴婢進來幫您梳洗吧！」

青蓮推門而入，手上還提著一個銅壺，壺嘴往外冒著熱氣。

她俐俐落落的替芳菲穿好衣裳，又倒熱水給芳菲淨了臉，拿青鹽給她漱口。接著幫芳菲通頭梳髻，梳了一個漂亮的雙鬟頭，最後給她紮上彩綢絲帶。

「小姐，梳好了，您看看是否滿意？」青蓮端著銅鏡讓芳菲查看。

芳菲瞧了幾眼，笑道：「妳倒是挺會梳頭的。」她的那兩個丫鬟春喜和春雨都只會梳最簡單的小童髻，沒有青蓮這般巧手。

說到春喜……不知道她還好嗎？

一思及此，芳菲神色一黯。青蓮見芳菲突然又陰下臉來，忙逗她說：「小姐臉兒尖尖，眉眼水秀，梳這個雙鬟頭最好看不過。」

芳菲勉強笑了笑。她在青蓮引領下穿過幾個月洞門，走了兩條迴廊，來到後宅一座小花廳中。

小花廳裡早坐著一位微胖的中年婦人，雖然穿著家常服飾，也能看出她的身分不低，身前身後站了好幾個垂首低眉的丫鬟使女。

那婦人見芳菲走進花廳，面上綻開一朵溫煦的笑容，更添幾分親切。

芳菲聽那婦人自我介紹之後，才知道她便是陽城知府龔如錚的正妻盧氏，這府院後宅的女主人。

一位四品誥命夫人竟親自出面接待自己這個小孩子，芳菲再傻也知這不是自己的面子，而是因為她是那「毓升公子」帶來的人。

那人的地位該有多高，竟讓人「愛屋及烏」到了這樣的地步？

昨晚龔知府回到自己院子裡，輾轉半夜怎麼也睡不著。

發生這樣的禍事，自己隨時可能捲鋪蓋走人，半生奮鬥眼看就要付諸流水。年近半百的龔知府怎能不急？

盧氏素來賢慧，不是個愛干涉丈夫政事的。但見一向沈穩的丈夫竟著急成這個樣子，也不由得來詢問一番。

龔知府和盧氏多年來相敬如賓，他對這賢淑的妻子也是信賴有加。無奈之下，他只得向盧氏吐露自己的心事，只是想發洩發洩心中煩鬱，也沒指望盧氏能幫得上什麼忙。

盧氏得知丈夫竟惹上大麻煩，雖然同樣焦急萬分，卻苦苦思索著能否有法子改變毓升殿下對丈夫的惡感。

她聽龔知府說，毓升殿下遭難時受了重傷，是被一個同樣去上香的小女孩救了。毓升殿下獲救的時候，連那女孩一併帶了回來。而且毓升殿下還特地交代了，要人好好照顧那女孩。

「老爺，我雖是深宅婦人，也隱約聽服侍毓升殿下的人說過，殿下從來沒把誰放在心上，對誰都是淡淡的……他對這個救了他的小女孩這般關照，可見對她極為看重。」

龔知府一愣，他只是隨便吩咐了府裡下人安頓好這個女孩子而已，沒想過這麼多。

「夫人妳的意思是……」

「讓妾身出面，好好安撫照料這個小女孩吧。」

龔知府想了想，也明白了盧氏的意思。「如此，便麻煩夫人了……」

盧氏存了親近芳菲的念頭，第二天一早就讓人在小花廳裡擺下餐點，交代青蓮等芳菲一醒就請她來小花廳共進早膳。

盧氏聽說芳菲是尋常香客的女兒，只當芳菲是個怕事的小家碧玉，所以她一上來就擺出特別平易近人的模樣。

但見到芳菲真人之後，盧氏越看越奇，心裡暗暗驚訝不已。

別的不說，普通人家的女孩子聽到眼前這位是知府夫人，早就驚呆了，連手腳都不知該往哪兒擺。這種女孩子，盧氏見得不少。

可是這個秦姑娘……在得知自己身分之後，也只是略略動了動眉毛，便規規矩矩朝自己行禮。瞧她神色一直平靜如水，這份氣度涵養，哪像個才十歲的平民少女？

心裡想歸想，盧氏的言語動作卻未曾停滯下來，熱情地招呼芳菲坐下用早點。

芳菲微笑謝過盧氏的好意，也不多說客套話，款款坐下用膳。

「秦姑娘，這是新蒸的栗子糕，這個是豆沙卷……這邊的是綠豆紅豆做的雙色豆糕，妳多吃點。」

芳菲每樣都嚐了一點。盧氏看芳菲吃相斯文，不禁默默點頭，這女孩子十足十的大家閨秀風範，不會是小門小戶出來的。

芳菲吃飽了，端著一杯清茶慢慢呷著，正準備開口向盧氏告辭，想讓她派人送自己回秦府。

卻看見一個丫鬟匆匆走進花廳，向盧氏行禮後說道：「毓升公子聽說秦姑娘醒了，想請秦姑娘到他院子裡去說話。」

第十章 喪事

看著眼前的錦衣公子，要不是她見過他受傷前的樣子，還真難把他跟山洞裡的落難少年聯繫在一起。

果然是人要衣裝，佛要金裝。芳菲不得不承認，他身上有一種天生的貴氣，襯上這華服玉飾，確是儀表不凡，氣度雍容。比起初次在甘泉寺後山見到他的時候，此刻的他少了些傲慢，卻多出幾分沈穩。

聽到他自稱「朱毓升」的時候，芳菲更加篤定了自己的想法——

果然是皇族……

想來也是，如果不是皇族，哪能一出事就如此興師動眾？

不過，芳菲知道他不會是皇子——很簡單，因為當今聖上儘管已經年過半百，可膝下只有兩位已經出嫁的公主。

他姓朱，更不會是公主的兒子，皇上的外孫……那麼，是宗室子弟的可能性最大。

朱毓升沒想到芳菲腦子裡轉過這麼多的念頭，他雖然覺得芳菲比一般的小丫頭要懂事許多，但以為她只是較為早慧而已。

從朱毓升的口中，芳菲得知受襲的秦家車隊中有數人遇難，但生還者也不少。這是因為剛好有兩家車隊也從甘泉寺離開路過那裡，山賊見有人來，便扔下秦家的人匆忙撤退了。

朱毓升沒有告訴芳菲的是，他帶出去的那些侍從，無一生還，全部喪命。

現在回想起來，整件事就是一個陰謀。

他這次從父親的藩屬跑到陽城來，是為了給住在陽城的外祖父送上壽禮。再過半月，就是他那曾任陽城府學學政的外祖父的壽辰——本朝老例，藩王妃出身不必太高，只要是清白人家女子便可。

朱毓升住在陽城府衙裡等著參加外祖父的壽宴，很是無聊。王府家訓嚴明，不許他隨意張揚，所以他一般也只讓人稱呼他「公子」，不許在外人面前叫他「殿下」。這樣一來，少有人知道府衙裡來了一位皇親，他便避免了許多官員前來巴結的麻煩。

他昨日本來也沒有出去遊玩的念頭，是他一個叫夏華的侍衛，極力跟他描述甘泉寺桂花的美景，攛掇他出去賞玩一番。

他一時任性，找個法子瞞著朱善，只帶夏華等幾個人就跑到甘泉寺去了。

誰知回頭路上，每個人的馬都像是犯了什麼怪病——應該是被夏華下了藥，跑到出事的路段那裡就跑不動了。不過，也無法跟夏華求證了，因為夏華也在死者之列。是被人滅口了吧……

他們才停留了一小會兒，那夥山賊，就要多巧有多巧的衝了下來！

朱毓升只是被寵過了頭有些壞脾氣，人卻是極聰明的，眼看侍衛們就要抵擋不住山賊，他便開始想著逃走的法子。

別人還以為他是無意掉落山坡的，卻不知是他刻意藉著被賊人向他劈砍的一個機會，虛晃一下自己滾了下去……

死處即是生門！

事實證明，他這麼做是完全正確的，如果他沒有滾下山坡……只會成為那堆屍體中的一個。

但他沒想到在下滾時會撞上尖銳的石塊……受了傷的他根本跑不遠，只好找個山洞躲起來等救兵。

若沒有芳菲及時幫他處理傷口，怕是等不到救兵到來，他就會因為失血過多昏過去了……以他的性子，不可能對芳菲說什麼感激的話。但芳菲對他的幫助，他是記下了。

「妳不是喜歡撿桂花花瓣嗎？」

朱毓升邊和芳菲說話，邊看了身邊的侍女一眼。

侍女忙移步上前，將一個錦盒遞送到芳菲面前。芳菲好奇地看了朱毓升一眼，剛打開錦盒便聞到了桂花獨有的芳香。

「這是？」芳菲只看到兩個白瓷小罐，疑惑的眨了眨眼睛。

那侍女笑道：「秦姑娘，這裡一罐是桂花香粉，一罐是桂花清露，都是上妝梳頭用的。」

原來是這時代的化妝品啊……

朱毓升說：「為了給我包紮傷口，讓妳把那些花瓣撒了……就拿這個賠給妳吧。妳是想拿那些花瓣做香囊？」

芳菲展顏一笑。「是這樣啊……芳菲謝謝公子了。不過我搜集那些花瓣，不是要做香囊，而是嘴饞了想做些點心嚐嚐。」

「哦？」朱毓升來了興致。「妳還會做點心？是做廣寒糕嗎？」

朝廷舉行「秋闈」科舉取士就是在秋天，而此時往往又是桂花盛開的季節。所以各地就有了秋天取桂花與米粉一起蒸成米糕的習俗，這種米糕被稱為「廣寒糕」，取廣寒高中之意。廣寒糕也成了秋天人們最常使用的點心之一。

「不是廣寒糕……」芳菲搖了搖頭。「有機會我做給公子吃吧！到時候你就知道了。」

朱毓升很高興。「好，那我就等著吃了。」

朱善站在一旁，心中暗暗驚奇。

小主人什麼時候對生人這麼和氣過？

在王府裡，朱毓升除了王爺和世子二人之外，是誰都不放在眼裡的。他也不是沒有姊妹，但即使對著那群姊姊妹妹，他頂多是客客氣氣，哪會像現在這樣喜怒皆形於色？

他和這個小丫頭，才認識了一天……其實算起來，兩人也就相處過幾個時辰罷了。這小丫頭有什麼魔力，讓眼高於頂的殿下對她另眼相看？記憶中殿下只有跟蕭家少爺在一起時，才會這樣有說有笑。

朱善想不通這是什麼道理，也只能用「投緣」二字來解釋了。

芳菲坐了一會兒，看得出朱毓升精神不太好，知道他受傷之後身子虛弱，便向他告辭。順便提到了自己想要回家裡去，請他幫忙派人送自己一程。

這也是芳菲最無奈的一點——她這軀體，只有十歲，雖然她不願意麻煩別人，可是想獨立自主很難啊……

朱毓升並未留她。既然這丫頭的家就在陽城之內，哪有不回家反而跟他住在府衙裡的道理，何況她身上也沒有什麼大傷，那些刮蹭小傷應該都包紮處理好了。

「朱善，吩咐你的都做好了嗎？」朱毓升看向他的心腹侍從。

「昨天小人已經派人去秦姑娘家報了信，好讓秦姑娘的家人安心。」朱善向朱毓升稟報說。

「秦家還沒派人來接……算了，朱善你就替我走一趟，安排車馬送秦姑娘回去吧。」

朱善點頭應下，帶了兩個手下到外頭安排車馬去了。

芳菲起身告退。「公子請好生休養，芳菲這便回去了。」說罷，她捧著那錦盒就要離開。

「喂……」朱毓升叫住她說：「小丫頭……」

「嗯？」

芳菲止住腳步。「公子還有什麼事？」

「妳跟我說話這麼客氣，我真不習慣，」朱毓升說。「還是像昨天一樣好了。」

芳菲挑了挑眉毛，像昨天一樣——吼他嗎？嘿，難道這皇族子弟跟金老先生筆下的建寧公主一個愛好？那真是……

「還有，妳就不要叫我公子了……呃，妳比我小這麼多，叫我一聲大哥也行。」

朱毓升是個極端的性子，要嘛不理人，可要真是看誰順眼了，也是不管不顧的對人好——當然，到目前為止，能讓朱毓升看得順眼的人，是極少極少的。

芳菲也不囉嗦，叫了聲「毓升哥哥」——朱毓升雖是沒有對她明言自己的身分，可是她也猜到了個大概，叫兩聲哥哥有什麼打緊？

離開府衙前，還是知府夫人盧氏親自將她送上車的。

早有下人跟盧氏報告，說殿下對這位秦姑娘極為和善，還跟秦姑娘說過些天再接她來玩——朱毓升惦記著芳菲用桂花做的點心呢。

芳菲身上穿的戴的都是嶄新的上等衣飾，盧氏還特地包了一包新衣裳給她帶著。「秦姑娘，等妳精神好了，伯母再接妳來逛逛。」

「謝謝夫人。」

芳菲不亢不卑地行了個禮，踏上馬車，在朱善等人的護衛下回秦家去了。

不曉得秦家的人現在怎樣了？

一路上，芳菲對秦老夫人等人的安危感到有些憂心。她滾下山坡前，有兩、三個家丁已經死在山賊刀下，但其他人尚算平安。不知他們是否都安全逃出……

芳菲想著心事，不知不覺間車子已經漸漸慢了下來。朱善的聲音在車窗外響起。「秦姑娘，您府上到了。」

芳菲撩起車簾，在一個隨行僕婦的攙扶下走下馬車，映入眼簾的竟是整片整片的白幡。府門外，還扎起了一整溜的白色喪棚……

她心下一緊，情知不妙。

如果光是下人死了，主人家不可能這麼大張旗鼓的辦喪事，所以……肯定是主人出了事。

昨天一起去上香的統共就四個女眷，秦老夫人、大夫人李氏、二夫人林氏和自己。是誰出了事？

芳菲定了定心神，走上石階叩響大門。

吱呀——

大門打開，門房一看到是芳菲回來了，臉上的神色極為古怪。「七小姐您回來了……」

芳菲點點頭，又指了指身後的朱善等人說：「是這幾位壯士護送我回來的。」

門房低著頭不出聲，芳菲覺得他的舉動很是奇怪，但現在的她也沒空想別的。她匆匆往正廳趕去，想知道家裡到底是在辦誰的喪事，是不是老祖宗……

朱善等人的任務是將芳菲安全護送回秦府，但芳菲還沒發話讓他們走，他們也不好一聲招呼不打就離開，遂也跟在芳菲身後走向正廳。

正廳裡哭聲一片，芳菲剛剛踏進廳門，眾人的目光「唰」地就落在了她的身上。

一個全身縞素的人兒飛身撲了過來，死死揪住芳菲的衣裳。「妳為什麼沒有死！妳為什麼要回來！」

第十一章 冷眼

芳菲被這突如其來的一撲嚇了一大跳，踉踉蹌蹌往後退了好幾步。

那人繼續哭鬧不休，芳菲這時才看清，這是她那個驕傲的小姊姊芳苓。

「妳還敢回來！」

這時的芳苓穿著一身素白麻衣，脂粉不施，蓬頭垢面，滿臉淚痕。她揪著芳菲衣裳的前襟放聲大哭。「把我娘還給我，把我娘還給我！」

芳菲被芳苓一纏，也有些手足無措。兩個同樣穿著素服的婦人來將芳苓拉開，口中勸道：「三姑娘，您可要保重些，別傷心得太過了。」

鬧了這麼一齣，廳中眾人都走了過來，大多是些勸芳苓不要太傷心的。另外一些人冷冷看著芳菲，好像她身上沾有什麼不潔的東西，那些眼神裡全透著深深的厭惡。

芳菲不明白眾人為何有這樣的反應。

在人堆裡，芳菲看見了她的教養嬷嬷孫嬷嬷，便將她喚到跟前來問了個究竟。

原來，死者是芳苓的母親，秦家大夫人李氏！

這一次遇襲事件，跟著去的家丁護院死了四人，重傷二人，另外每人身上都或多或少掛了彩。還有一個丫鬟一個女僕，也都死於非命。

據說大夫人李氏是因為護著秦老夫人，替秦老夫人擋了一刀，導致失血過多。被路過的兩隊香客救下來以後，人還沒回到家就不行了。

秦老夫人雖然性命無憂，卻受到極大的驚嚇。加上她最看重的長媳因為救護自己被砍死，秦老夫人心中愧疚，從昨晚回來後幾乎都處於半昏迷狀態，到現在還發著高燒。

二夫人林氏同樣被嚇破了膽子，而且她的手臂上也被大刀劃了一道深深的傷口，眼下還在她的院子裡靜養。

大家當時以為滾落山坡的芳菲凶多吉少，沒想到昨兒深夜裡接到通報，說芳菲被人在山下找到了，安全生還。

芳菲聽了孫嬤嬤的這些話，知道了自己落山後秦家諸人的遭遇。她理解芳苓死了母親，自然心情激動，可是——李氏的死跟自己有什麼關係？

那些人幹麼要用看怪物的眼神看著自己？

不過，她心中的疑團很快就被解開了。

「別拉著我！我要跟這個小賤人拚了！」在孫嬤嬤跟芳菲說話的時候，芳苓還在一邊叫罵不休。

「妳這個小賤人禍害妳自個兒家人就算了，幹麼還跑到我們家來！妳把妳祖父祖母、親爹親娘都給剋死了，又來剋別人！」

芳苓歇斯底里地叫喊著，芳菲聽她這麼一說，隱約明白了幾分。

這話，不是現在才聽到。

就在芳菲投靠到秦氏本家這幾年來，時不時就聽人說她這個孤女是「掃把星」，剋死了家裡所有的長輩。

現在秦家死了人，又莫名其妙地牽扯到自個兒頭上來了。

如果是原來的那個芳菲，一定會因為芳苓與眾人的態度感到極度難過吧。可惜現在住在芳菲體內的，是一個堅強的靈魂，哪會為這莫須有的罪名掉一滴眼淚？

她冷冷地注視著芳苓，說：「妳如今心情不好，我不跟妳計較。但是請不要胡亂攀咬，把什麼事都往我身上推！妳該恨的，是那些山賊，而不是我！」

「就是妳！就是妳！」芳苓激動得近乎瘋狂。「若不是妳死皮賴臉地跟著去，秦家怎麼會遇到山賊，我娘怎麼會死！老祖宗，到現在還臥床不起，連服侍妳的丫頭，也都被妳連累死了！」

芳菲臉上終於變色，她疾聲問孫嬤嬤。「春喜……死了？」

孫嬤嬤遲疑了一下，無奈地點點頭。

芳菲心裡一陣酸楚，她沒想到……

春喜不過才十二歲……在這些年裡，春喜對自己這個不得勢的小主人一直忠心耿耿。這回卻沒能躲過去……

不過，芳菲傷心歸傷心，也沒聖母到把錯往自己身上擔著的地步。殺死春喜的，是山賊，不是她。她為何要為這些人的慘死負責任？

她也是受害者不是嗎？更何況她只是個十歲幼童罷了！

這些人居然不去怨恨真正罪惡的山賊，卻來怪一個才十歲的小孩子？這是什麼樣的邏輯？

「好啦，不要吵了！」

一個身形富態的白胖中年男子大步邁進正廳，芳菲認得他便是秦家大老爺秦易紳，輪輩分，她該叫他一聲大伯父。

芳苓被父親一吼，果然安靜了許多，只是仍在不停抽泣。

秦大老爺一樣身著喪服，面沈如水。他環視廳中眾人一眼，對那兩個攙著芳苓的婦人說：「先把三姑娘送回房去！」

秦大老爺在秦家的權威僅次於秦老夫人，他一發話，誰都得乖乖聽著。他又讓其他的人回到自己的崗位上去做事，這才轉過身來面對著芳菲。

芳菲低眉順眼的站著，不知這位身為族長的大伯父會如何對待自己。

「七丫頭，這幾位是？」

秦大老爺一發問，不等芳菲回答，朱善就搶在前頭說：「小人姓朱，是跟著我家公子從外地來陽城辦事的。昨兒我家公子也被賊人襲擊，同樣掉下了山坡，小人等幾人去尋找公子時順道救起了秦姑娘。」

昨晚到秦家送信的，也是朱善的手下而不是府衙裡的官兵，所以秦大老爺還不知道侄女兒在府衙後宅裡過了一夜。

聽得朱善回話，秦大老爺拱手說：「秦某人替我過世的堂弟一家，謝過朱壯士。我那堂弟只剩七丫頭這滴骨血，要是她有個好歹，秦某人真是愧對他托孤之意了。」

無論如何，秦大老爺當著外人這樣表態，還算得體，不愧是一族之長。

朱善推辭了秦大老爺讓人捧來的謝禮，率領部下告辭離去。秦大老爺見他衣著華貴，談吐不凡，這樣的人物竟是人家的奴僕，可見他的主人不是尋常富戶。想到此處，秦大老爺也不堅持，只是親自將朱善幾人送到大門外才回來。

孫嬤嬤早得了秦大老爺的吩咐，伺候芳菲回她的偏院休息。

芳菲一回到院子，春雨就快步迎了出來。芳菲見她兩眼紅紅，腫得像兩顆桃子一般，知道她一方面是擔憂自己的安危，另一方面是傷心春喜的辭世。芳菲也是極為難過，強忍下心中苦痛安撫了春雨好一會兒。

芳菲在偏院裡休養了兩天，便想著去探望秦老夫人。誰知才去到秦老夫人的院子門口，就被婆子攔了下來，說老祖宗精神太差，誰也不見。

她只得回轉，還沒走幾步，就看見芳苓和芳芝從秦老夫人的院子裡走了出來。

她頓時了然——不是誰也不見，是不想見她罷了。

秦老夫人……芳菲還以為這個老祖宗能統管後宅數十年，該是有些手段和見識的，誰知她和那些愚夫愚婦也沒什麼區別。都把自個兒當成了掃把星，怕自己會「剋」她。

前些天秦老夫人還說要「補償」自己，就在那天去上香的時候，兩人也相談甚歡。說起來，自己還是為了救她才失足掉下山坡的……轉眼間，她就把自己狠狠推開了不理。

呵！

芳菲心中冷笑。如今這個宅子，從秦老夫人這位老祖宗往下，個個都對自己避之唯恐而不及，生怕沾上自己什麼晦氣。就連她院子裡新來的兩個粗使丫鬟和孫嬤嬤，都對她能避則避，輕易不近她的身。

只有春雨，待她一如往昔。

「呼……」芳菲重重地吐出一口濁氣。她感覺越來越憋屈了。原來的芳菲不過是被人無視而已，現在的她，周圍卻全都是敵視的目光，要不是她心志堅忍，早就要發瘋了。

這些無聊人越傳越玄乎，把她說得極為不堪。什麼生而喪母、繼而喪祖，父親命途多舛，勞累半生一事無成，潦倒而死……然後，這些全都變成了她的錯！

多麼可笑，但又多麼無奈。

芳菲看著院子裡的高牆。有時她甚至在想，也許自己應該找個夜深人靜的時刻爬出去，遠離這一幫可怕的長舌愚人，從此到處流浪也比現在的日子要好得多。

孫嬤嬤小心翼翼地走到離芳菲幾步遠的地方，低聲稟報道：「姑娘……外頭有客人說要請您出去見上一見。」

芳菲皺了皺眉，就是他們這種把她當成病菌一樣的態度，讓她沒法子不心煩。

「什麼人？」芳菲一邊隨著孫嬤嬤往外走，一邊問道。居然會有外客說要見她？

孫嬤嬤回答說：「陸家的。」

「陸家？」芳菲沒反應過來，這陸家是什麼親戚？

孫嬤嬤奇怪地瞅了芳菲一眼，提醒說：「就是……姑娘您那個陸家。」

孫嬤嬤說得隱晦，芳菲看了看她的表情，又想了好一會兒，才猛然想了起來。

啊……「那個陸家」！

是她的「未來夫家」啊！

第十二章 陸家

芳菲父親生前，便已經替她定下了一門親事。

按理說來，時人並不提倡定這種「娃娃親」。因為當時年幼的孩子，十個裡頭總有兩、三個是養不大的。要是給女兒訂下的「小夫君」年幼夭折，這女孩兒還沒出嫁就會擔上「剋夫」之名，以後基本上也就難再議親了。

但是芳菲的父親秦雙鶴明知定娃娃親的弊處，還是執意替女兒定下親事。原因就在於，這陸家少年的父親陸月名，是秦雙鶴自幼相知的同窗好友。

秦陸兩家本來住得就近，秦雙鶴和陸月名從小跟著同一個私塾先生開蒙。稍長以後，他們一起進學，一起入場，甚至在同一年考中了秀才……

就在他們中了秀才的那年，兩人的妻子也同時懷孕了。

雙喜臨門的兩人，決定再來一個「喜上加喜」，就是仿效古人來「指腹為婚」。

當時兩家就約定好了——若同生男，則為手足；若皆生女，便結金蘭；而若是一男一女，就做夫妻。

結果陸家的先生了一個兒子，取名陸寒。一個月後，芳菲降生。兩家果然依照前盟，請來中人見證，給兩個孩子訂下了終生。

但是自那年考中秀才後，秦雙鶴和陸月名的科舉之路，再無寸進。

後來秦雙鶴妻子老父相繼去世，他自己也染病不起，秦家就此敗落。秦家的族產被本家收回，芳菲來到秦家大宅依附本家生活。

而陸月名，在屢試不第後，終於放棄科舉之念，繼承父親的醫館，當了一名坐堂大夫。

自古讀書人就有「不為良相，便為良醫」的說法，很多落第秀才都選擇了從醫作為退路。說實在的，這也不失為一條比較體面的退路——起碼比在大街上賣字寫信什麼的要體面些。

幾年前芳菲來到本家居住後，就沒再見到陸家的人。但是，逢年過節，陸家都會捎些節禮過來。這證明陸家還記得有她這麼個「兒媳婦」，沒有悔婚的意思。

芳菲一面跟在孫嬤嬤後頭往客廳走，一面回想著關於陸家的點點滴滴。

對於她這個「未來夫家」，芳菲一直是懵懵懂懂地沒怎麼放在心上。實在是因為她現在才十歲，談婚論嫁什麼的，為時尚早。所以，她雖然記得有這麼一回事，卻總覺得離自己很遠很遠。

陸家的人突然要見她，到底是為什麼？

「大老爺，七姑娘來了。」孫嬤嬤向坐在客廳上首的秦大老爺躬身行禮，稟報芳菲已到。

芳菲抬眼望去，在客廳裡除了秦大老爺之外，還有一個三十許的圓臉婦人。這婦人臉上肉呼呼的，一雙小眼睛笑咪咪像兩道縫兒似的，看著就挺和氣。

「大伯父。」芳菲朝秦大老爺微微一福。

秦大老爺「唔」了一聲算是回答。

芳菲垂下眼簾，乖巧地站在一旁不說話。

「這就是七小姐吧？」那圓臉婦人的聲線略高，說話時給人感覺很是爽快。

秦大老爺應道：「是了，這就是我家七姑娘。」他又對芳菲說：「這位是陸家的管家娘子莫大娘。」

「莫大娘好。」芳菲淡淡打了個招呼。

莫大娘倒不計較她態度冷淡，依然笑呵呵地說：「多年不見，七小姐長成大姑娘了。說起來不怕七小姐怪責，您小的時候，奴婢還曾抱過您呢——一眨眼，就長這麼大了……」她臉色忽然暗淡下來。「要是令堂秦家娘子還在，見到七小姐出落得美人似的，不知道有多歡喜！秦家娘子待我們下人是最和善不過的了，這麼個善心人怎麼說沒就沒了呢……」

這莫大娘一時高興一時難過，倒弄得芳菲驚奇不已。在這秦家宅子裡她見識了太多皮笑肉不笑的嘴臉，像莫大娘這種性情中人卻是見得少了。

她這番做派讓愛講究規矩的秦大老爺大皺眉頭，卻讓芳菲心中對她生出幾絲好感。

秦大老爺咳嗽一聲，說：「莫大娘，死者已矣，還是向七姑娘說說妳的來意吧。」

「是了是了，奴婢糊塗了……」莫大娘忙自責一番，才說：「聽聞七小姐前些兒遇上了山賊受了傷，不知眼下可好些了？」

「我？受傷？」芳菲有點摸不著頭腦，她滾下山坡時是被刮蹭了不少地方，但大多只破了一層油皮而已。當天晚上在府衙裡就有大夫來幫她處理好了，現在過去了好些天，都痊癒得差不多了。

秦大老爺在一旁說：「這孩子被嚇壞了，如今身上還不大爽利呢。」

芳菲聽秦大老爺這麼說她，不知道他葫蘆裡想賣什麼藥。但是她不想在外人面前辯解什麼，低頭不語算是默認。

莫大娘心疼的走過來拉著芳菲的手，上上下下打量了她一通，說道：「可憐見的，七小姐看著氣色是不大好呢，真得好好養著才行。」

「就是呀！唉，為了這侄女兒，我真是沒少操心。她本來就是個多災多病的，又經了這一遭，身體越發弱了。」秦大老爺嘆息道。

芳菲不言不語，卻將二人的對話盡數收入耳中。

她聽得出莫大娘對她的關懷確是出自真心，可是她這大伯父所說的話，她卻不敢苟同。來秦家這幾年，他什麼時候關心過自己的死活？被山賊襲擊後這些天裡，他更是完全沒理過她一星半點。現在他這番作態，和他素日的行徑可不是一回事啊。

秦大老爺不知芳菲暗中起了警惕之心，猶自說道：「莫大娘，妳家老爺是個有心的，七姑娘有陸大夫這樣的長輩，真是她的福氣。」

莫大娘忙說：「秦老爺這話從何說起？七小姐遲早是陸家的人，我家老爺自然是關愛著的。昨兒聽貴管家來說七小姐染病多日，老爺夫人都著急得不得了呢，今天早早就催著我出門過來看看七小姐了。」

芳菲聽出了點端倪。這莫大娘之所以過來，是因為秦大老爺派了管家去陸家，說了她遇匪受傷的事情。問題來了——秦大老爺這麼做，有何用意？

這位大老爺要是真有這麼關心她，那她前幾年也不至於過得淒苦辛酸了。

秦大老爺又說：「唉！本來照顧七姑娘的事，都是她祖母和伯母們在管著。可莫大娘妳也知道，我母親如今臥病不起，拙荊又……」
莫大娘見秦大老爺面露哀色，連連勸他節哀順變。
「連我的二弟媳婦，也都受了傷，現在還沒能下地。後宅現在是亂糟糟的，我在外頭做事也顧不上她……真怕耽誤了七姑娘的病情，那我可真是沒臉去見黃泉下的堂弟一家了。這些，我昨天也都讓管家跟你家老爺說過了……」
嗯？有古怪，秦大老爺巴巴地托個管家去陸家說這些家務事做什麼？
芳菲呼吸漸漸急促起來，她隱約捕捉到了點什麼，好像有些她所不能控制的事情要發生了……
這時，她聽得莫大娘開口說道：「是的是的，老爺和夫人昨兒已經商量好了。所以今兒才使喚奴婢來見七小姐。」
她看向芳菲，柔聲問道：「七小姐，可願意跟奴婢回陸家去休養一陣子？」
原來是這樣！芳菲心中大震，糾結了半天的疑問終於水落石出。
秦家的人，居然已經容不下她了，竟要使出這麼卑劣的手段將她逐出家門！
她心裡冷笑不止，卻極力控制著臉上的表情，只露出疑惑的樣子。
「這個……我為什麼要去陸家呀？」她裝作不明白秦大老爺的用心，睜著一雙「天真無邪」的大眼睛，看著這兩個大人。
秦大老爺特地放柔了表情，和藹地對她說道：「七丫頭啊，妳祖母和二伯母的情況，妳也是知道的。現在三伯母忙著接手家務，我又要操辦妳大伯母的喪事……唉，家裡亂成什麼樣子，妳都看見了。這樣下去，妳的病也養不好。陸家老爺是名醫，妳去陸家暫住一陣子，養好了身體再回來可好？」

說的比唱的還好聽——芳菲覺得這句話簡直是為秦大老爺量身訂做的。

芳菲暗想，這裡頭估計還有秦老夫人的意思……據她所知，這種事情沒有秦老夫人點頭，秦大老爺未必敢去做。畢竟在這個年代，照顧孤兒是本家應盡的義務，如非萬不得已，一般人家都不敢冒著被外人唾罵的風險，將沒有親人的孤兒趕出本家。

所以他們才把話說得這麼好聽，拐了個大彎將她使到陸家去……

不過，陸家的老爺夫人，看起來倒真的很在意她這個「未來兒媳」。昨天才聽到消息，今天就讓管家娘子來接她過去，還算是熱心人家……

她現在，該怎麼辦？

就這麼如了秦家這群賤人的意，灰溜溜的去陸家「小住」？芳菲百分之百的肯定，她這一去絕對不會是「小住」，絕對是「長駐」。只要她離了秦家的門，他們會想盡各種辦法和藉口阻止她再回來。

一切，只因為他們相信她是個「掃把星」、「喪門神」！

她該怎麼辦……芳菲禁不住苦笑起來，她還能怎麼辦？

她根本就沒得選擇。

第十三章　初見

想起秦家眾人送自己出門的態度，芳菲只會用三個字來形容——送瘟神。

呵，你們不待見我？我也極度討厭你們，大家扯平了！

「姑娘，您先閉上眼睛休息一會兒吧，坐馬車總是很累人的。」

芳菲坐在陸家雇來的簡陋馬車上，聽得身邊的春雨對自己溫言相勸，轉過頭對她笑了一笑說：「沒事的，我好著呢，多少天沒有過這麼好的心情了。」

她走的時候，秦大老爺假惺惺地問她還需要什麼。既然他要裝大方，她也就不客氣了，直接說要把春雨帶走使喚。

你不是說讓我去「小住」而已嗎？那我帶個貼身丫頭去，你總不會有意見吧！

秦大老爺猶豫了一下，還是答應了，心裡卻暗恨自己不該多嘴說那麼一句話。一個小丫頭也很值錢的呀，十幾兩銀子呢！這一送去，想再要回來就難了。雖然現在芳菲不可能把春雨的賣身契帶走，可是等芳菲真的成了親，她肯定會跟本家要春雨的賣身契當嫁妝的。

算了算了，就當多給她一份陪嫁吧，只要能把這個掃把星早點趕出去就行。

芳菲想的不錯，這件事確實是在秦老夫人授意下進行的。秦老夫人現在一閉上眼睛，滿腦子全是那天的刀光劍影。芳苓又整天在她耳邊說這回的事情全是芳菲這掃把星帶來的，一來二去，秦老夫人就信了幾分——不然自己去了那麼多次甘泉寺怎麼都沒事，一帶芳菲出門就遭了山賊？

所以秦老夫人才會將大兒子叫來，讓他派人去陸家行事。

她想著要讓芳菲速速離開秦家，怕芳菲禍害她的子子孫孫，卻不知道芳菲也根本不想再在秦家待著。

只不過，她也不知道自己離了秦家能去哪兒？一個才十歲的小姑娘，就是在現代社會也不可能獨自生活啊。

雖然寄居的地方從秦家換到了陸家，她的身分依然沒有多大的改變，還是個寄人籬下的孤女。

夫家……

想到這兩個字，芳菲就只有搖頭苦笑的分。上輩子她到死都是個剩女，這輩子才十歲就已經要去夫家和公婆丈夫一起生活了……差別還真不是一般的大啊！

也好，唉。芳菲安慰自己，上輩子老找不到對象的時候，不也常常發狠說「還是舊社會的包辦婚姻最好，根本不用自己煩惱」嗎？

這下子如願以償，她可是一點都高興不起來。因為她那個小夫君，還是個十歲的小屁孩呢！

十歲，擱在她以前那會兒，還是個小學生吧？

唉……芳菲再重重地，嘆了一口氣。

陸家是開醫館的，在鄉下也有十來畝薄田，家境算過得去。他家在陽城東南角上，離秦家老宅路途挺遠，馬車足足走了半個多時辰才到了陸家宅子。

「七小姐，到了！」

莫大娘從另一輛馬車上下來，趕緊過來替芳菲打起簾子。春雨先下了地，和莫大娘一左一右的攙著芳菲下車。其實芳菲覺得自個兒下車沒什麼難度，用不著這麼大陣仗要兩個人扶著——不過她也明白宅門規矩如此，她沒必要標新立異，還是讓人家服侍吧。

她先不忙邁步往前，而是在陸家宅子前站定了，打量著這座宅院和它周圍的環境。

這兒是大街的後巷，鬧中取靜，算是不錯的住宅地段。陸家宅子門臉不大，兩扇紅漆大門久經歲月，稍顯陳舊，但是門口石階上打掃得乾乾淨淨，大門上兩個銅環也都擦得油亮油亮的，看得出當家主母在家務上挺上心。

莫大娘剛走上臺階想敲門，大門卻正好從裡頭打開了。一個穿靛青褂子的丫鬟開門出來一看見莫大娘，驚喜地說：「莫大娘回來了！娘子正在裡頭著急呢，還催奴婢出來等門呢——這就是秦七小姐吧？」最後一句是問芳菲的。

芳菲微微頷首一笑算是回應。她見這十五、六歲的丫鬟跟莫大娘甚是熟稔，言語中又透出是在當家娘子跟前當差的意思，知道這是陸家內宅說得上話的大丫鬟。

果然莫大娘向芳菲介紹說：「這是娘子房裡的秀萍，娘子要差人辦事多是叫她去做的。七小姐來家住著若是有使喚人的地方，儘管找她就是了。」

秀萍忙說：「七小姐只管吩咐，奴婢一定盡力。」

秀萍知道這位秦七小姐可不是閒雜親戚，而是自家少爺的未婚妻，將來陸家的小主母，所以態度分外熱情。

芳菲聽了她二人對話，也沒多說什麼，但笑不語。

來到一個陌生環境，總要摸清了所有情況再做打算的好，芳菲不急著跟任何人套近乎。

陸家是一個兩進小院，芳菲一行人才走到前院客廳，就看見一個青衫男子疾步迎了出來。他後頭跟著一個穿鵝黃衫裙的婦人，打扮素雅，面容可喜。芳菲想，這就是陸氏夫婦了。

「侄女兒，總算見到妳了！」陸月名稍微有些激動。

他跟芳菲的父親秦雙鶴是總角之交，又有同窗之誼，甚至是科舉場上的同年。這份交情，不可謂不厚。

秦雙鶴去世後，年幼的芳菲被本家接走，陸月名也不方便上門去探望她。但是每到年節，他都會讓妻子準備些應時的禮物給秦家送過去。

由於芳菲年紀太小，又兼之養在深閨，少與外人交際。所以她被秦家薄待的事情，陸家一概不知，只以為芳菲在本家過得不錯。

誰知前些天聽說秦家有人在青石山遇上了山賊，陸家夫婦正掛心著呢，昨天秦家大老爺就派管家來說芳菲就在遇襲之列。秦家管家把芳菲遇襲說得驚險萬分，又說她受驚後身子極差，希望能送來陸家休養一段時間。

陸月名一聽芳菲是這般情況，二話不說就拍板讓莫大娘次日一早去接人。要知道芳菲不但是他故友之女，更是他的未來兒媳婦，哪有不重視的道理？

陸妻何氏摟著芳菲的肩膀，將她帶進客廳坐下。

幾番問答下來，芳菲大致瞭解陸氏夫婦是什麼樣的脾性了。果然觀其僕可知其主，她見莫大娘這個管家娘子是個熱心腸，便想著陸家夫婦應該不會太難相處。

親眼見到陸家夫婦後，更加印證了她先前的猜測。陸月名看起來頗為古道熱腸，一直問她的各種情況，對她在秦家的衣食住行極為關心。又馬上伸手替她把脈，唰唰唰寫出單子來催小廝去鋪子裡抓藥煎好。

何氏沒有丈夫那麼外向，言行舉止較為內斂。不過她對芳菲的關心，並不亞於陸月名。芳菲才坐下一會兒，她就讓秀萍帶著春雨下去安放好芳菲的行李，又說：「侄女兒，昨兒我想著妳要來，匆匆收拾出了一間屋子，待會兒妳去看看是否合意。要是覺得佈置得不好，再叫人重新換換家具擺設，務必要住得舒心才好，不要跟我們客氣。」

芳菲見慣秦家的冷眼，來到陸家卻是從上到下人人都對她極為和善親熱，這種差別待遇讓她又喜又憂。

喜的是，她即將安頓下來的這個地方好歹不算討厭，她的日子應該會比前段時間好過得多。

但她憂的卻是這番轉變太過順當，總讓她有種不踏實的感覺。難道說她真的否極泰來，霉運走到頂，就要過上好日子了？

何氏看著坐在她身側的芳菲，真是越看越愛。

她也不是完人，最大的毛病就是太過寵溺兒子，這一點老是被陸月名拿出來念叨不休，說她「慈母多敗兒」。為著過早定下親事，尤其是秦家大人相繼亡故以後，她就沒少跟丈夫嘮叨。

「你學什麼古人，給兒子早早定了親！那女孩子父母都去世了，她在親戚家住著也不知道有沒有人教養，萬一長成後品行低劣，不是害了我兒子嗎？」

陸月名自然不滿她這樣說自己好友的女兒，勸她說：「那女孩子身世可憐，我們身為長輩，正應該多疼惜她，妳還這樣說！當年秦家娘子跟妳好得就差義結金蘭了，妳想想妳這麼說羞也不羞！」

每當陸月名這樣反駁何氏，她總是期期艾艾說不出話來。她也不是壞人，心裡也是憐惜芳菲這個可憐孤女的，只是事關自己兒子的終身幸福才會說出偏心的話罷了。

即便如此，昨天丈夫決定將芳菲接來休養，她也沒有異議。不過她心裡頭暗暗的想著，先接過來看看這女孩子好不好，也不失為一道良策，若是實在太差……那可以再做打算。反正不論如何她也不會丟下芳菲不管，最多是另外給芳菲安排一門親事罷了。

沒辦法，世人對於無父母教養的孩子總有偏見，何氏也是凡人一個，未能免俗。

不過今天一見芳菲，何氏頓時放下心來。

這女孩子哪裡像是失了父母教養的呢？且不說她長相端麗，只看她那沈穩的舉止，斯文的談吐，還有通身的氣派……許多父母雙全的姑娘，都未必有她這份涵養。

一個才十歲的女孩子，來到陌生的地方還表現得如此落落大方，確實非常難得。

何氏一高興，便問陸月名。「寒兒呢？不是說今兒侄女要來，叫他別去學裡上課了嘛。怎麼還沒見人？」

陸月名呵呵笑道：「方才我叫侍墨去喚人了，應該就要出來了。」

芳菲聽到陸寒的名字，不禁支起了耳朵，好奇之心大盛。

她的小夫君，到底是個什麼樣的少年呢？

第十四章　陸寒

在芳菲的印象中，十歲的男孩，還屬於「小朋友」的範疇。

他們的主要日常活動，應該是——上課、嬉鬧、爬樹、捉弄女同學……

不然還能怎樣？又不是人人都像她，心理年齡遠遠超於身體年齡，才會表現出異於同齡人的淡定。

所以芳菲認為陸寒一定是個咋咋呼呼的尋常少年。尤其是聽了陸月名對兒子的評價之後，她就更加篤定了這個想法。

「侄女兒，妳這個哥哥跟妳同年，但可沒妳懂事。連書都不肯好好讀，一天到晚不務正業，見了面妳可別笑他。」

何氏聽丈夫這麼埋汰兒子，心中不滿，忙又說：「侄女兒，妳哥哥雖然讀書上不見得太出色，人還是聰明的。妳可曾開蒙？妳在這兒住著，正好讓妳哥哥教妳學學寫字。」

芳菲心中暗暗偷笑，陸月名和何氏這一對夫妻，就像她上輩子見到的無數家長一樣，是典型的嚴父慈母組合。父親嚴厲，總覺得孩子還不夠好；母親溺愛，卻認為自個兒的孩子最優秀不過……

可憐天下父母心，無論什麼時代都是一樣的呀！

「回伯母的話，芳菲在秦家跟著姊妹們上過幾天閨學，識得幾個大字。不過，多數字都是認不全的。」她說的是實話，秦家有一段時間剛好請過一位女先生來教家裡女兒們認字。只是這位女先生後來因病辭館，秦家女兒們的功課也就耽誤下來了。

至於她本人，文化水平不算太低，腦子裡還有個資料庫，但對於繁體字和寫書法……還是沒什麼底。也好，十歲的女孩子嘛，就該這個樣子啊。

何氏說：「開了蒙就好，女兒家雖說不用考科舉，也要懂些字的。不然家裡的帳目都看不明白，那可不成。」她這話就是明明白白把芳菲當兒媳婦看待了。

芳菲笑著應下了。陸月名看芳菲臉色雖然蒼白些，脈象也偏弱，但也還不至於病得太厲害——怎麼秦家說得那麼誇張？但芳菲身體沒大礙，陸月名只有高興的分，也懶得跟秦家計較了。

陸氏夫婦正和芳菲說得投契，便聽得站在廳門的莫大娘歡笑一聲，叫道：「少爺來了！」

芳菲聞得「少爺」二字，眉頭微微一蹙。她垂下了頭不去看那來人，免得顯得多急著見他似的——裝閨秀也是個技術活啊。

何氏笑著說：「寒兒，快來見過你秦家妹妹！」

芳菲只見一雙黑面千層底的布鞋出現在自己眼前，她微微一愣——這雙黑布鞋上，竟幾乎沒有一點泥印子。

「秦家妹妹好。聽說妹妹近日身子不大好？」

略顯童稚的男聲在芳菲耳畔響起，芳菲這才抬頭看向陸寒。

站著她面前的是一個身形稍嫌清瘦的少年。

芳菲看到他的第一感覺不是俊秀，雖然他比她所見過的大多數男孩子都要清秀幾分；也不是斯文，儘管他身上有著濃濃的書卷氣……

她看到他的第一眼，便感覺到了兩個字——乾淨。

是的，乾淨，她從沒見過這麼整齊潔淨的男孩子。從他的頭髮到指甲，從他的眼神到笑容，都是那麼乾淨清爽。整個人像被清冽的雪水濯洗過似的，散發出一種明朗的氣息。

這是一個很特別的男孩子。他讓她想起梨花院落溶溶月，柳絮池塘淡淡風，想起枝頭嫩芽，山間清泉——他完全顛覆了她腦中對於十歲男孩的刻板印象。

芳菲的鼻端竟還聞到了他身上飄來的一絲淡淡的好聞的味道……那是草藥特有的香氣。

「呃……已經好多了，多謝陸家哥哥。」芳菲收斂心神，斟酌著字眼回答他。

也難怪何氏娘子待這兒子如珍似寶，這確實是個讓人一見之下很容易生出好感的小男孩。

陸寒不拘禮數，便在芳菲身旁的椅子上坐了下來，問她最近吃的什麼藥，覺得藥效如何。

芳菲近日哪有吃藥？秦家眾人根本沒管過她生死，能按時送飯來給她吃，都算不錯了。

芳菲胡謅了幾句，陸寒覺得奇怪，正想追問她吃藥的事情。陸月名卻不耐煩的說：「你呀，又來了！這些醫術上的事情，有我管著呢，你給我好好看聖賢書是正經！」

陸寒被父親斥責慣了，不以為意的笑了笑，應了聲是。

陸月名又問他這幾天學堂裡教了什麼，他的功課如何，更出問題來考究他學得怎樣。陸寒有時能答上來，有些問題卻回答不出，不過他答不出來的時候也並不怎麼在意，坦然說自己不會。

陸月名皺眉訓道：「你看看你的功課，總是沒有進益！一天到晚想著看醫書，不去背文章。

往後不可如此了！我得跟你們先生好好說說，要他再管束管束你。」

何氏見丈夫當著芳菲的面教兒子，怕兒子難堪，岔開來說：「你看侄女兒在這裡陪我們坐了半天，精神早乏了。我帶她下去歇息吧，你讓他們快些把藥煎好了送來。」

陸月名果然被轉移了注意力，不再教訓兒子，而是找人催藥去了。

陸寒對芳菲笑著說：「不好意思，我剛才專注看書耽擱了時間，出來晚了。改明兒等妹妹妳身子大好，我們再好好說說話。」

芳菲點點頭，輕聲道謝，跟著何氏下去了。

何氏臨時給她準備的這間客房，芳菲很是滿意，根本沒打算換什麼擺設。她也毫不在意住得是不是舒適，重要的是周圍的人好不好相處。住處和吃喝什麼的……過得去就行。

此時將近午膳時間，何氏說這一頓就讓芳菲先在屋裡吃，不用再走來走去勞累身體。

芳菲換過家常服飾，春雨又拿來巾盆伺候她洗了一回手臉。隨意用過午膳後，芳菲喝了莫大娘送來的藥，便躺在床上想心事。

嗯，總算安頓下來了……而且，初步接觸了在未來相當長的一段時間內，要跟她在一起共同生活的這群人。

陸月名，熱心的老好人，對她關懷備至。就是有些粗心，看著不像是個精明人。

何氏，也是個和善的性子。雖然對兒子有點偏心溺愛，但為人尚算純良，看來不會刻薄她。

陸寒……

她原以為朱毓升已經算美少年，但今日一見陸寒，才發現天外有天，人外有人。

不過，陸寒給她的印象雖然不錯，她也不會因此就對他心動情迷……再特別的男孩子，也只是個男孩子罷了。她現在最多只能拿他當個弟弟看待，要她把他看成未來良人……也未免太強她所難了。

她倒覺得，比起陸寒，朱毓升更讓她有想親近的感覺……

哎呀，自己在想些什麼？

朱毓升也是個少年而已……不知道是不是被這具軀體原有的思想慢慢同化的緣故，怎麼最近自己的心態也越來越像十來歲的少女了……

「哈啾！」

朱毓升猛地打了個噴嚏，坐在他對面的少年忙不迭躲開了去。

「我的好殿下，你噴鼻水前先打個招呼成不成？」

那少年比朱毓升略大一些，面如冠玉，也穿得一身鮮亮，看得出是大戶人家的子弟。

朱毓升拿著錦帕擦了擦鼻子，惱怒道：「你什麼時候聽說過，人打噴嚏前還能跟人提個醒的？」不知道什麼人在念叨著自己，害自己狂打噴嚏。難道是遠在安宜的父親母親？他們應該還不知道自己遇襲的消息吧……他是交代了朱善要把消息壓下去的。

兩人正坐在陽城府衙後宅的花園之中，擺下一盤圍棋，已對弈多時。

這個能陪藩王王子下棋的少年當然不會是普通人家的孩子。他是朱毓升母妃親姊之子蕭卓，輪輩分是朱毓升的表哥。

朱毓升母妃張氏，出身書香世家。張妃之父張琛曾是陽城府學學政，桃李滿天下。張學政生有一子兩女，這兩個女兒就是朱毓升和蕭卓各自的母親了。

蕭卓的父親蕭梓海是張學政最得意的弟子，現任西北名城肅州知州，官聲甚佳。

但是蕭卓的母親卻去世得早，張妃姊妹情深，便把甥兒接到自己身邊養育。所以蕭卓是跟朱毓升兄弟幾個一起長大的。這回他因為偶感風寒，比朱毓升晚了幾天來陽城為外祖父賀壽，沒想到差點就見不到這小表弟了。

說來也奇怪，在王府中，朱毓升跟自己的大哥和兩個異母弟弟都不算親近，反而跟蕭卓的感情很好。

其實兩個人的性格，真是南轅北轍。朱毓升個性高傲，等閒不願理人；蕭卓卻常常嬉皮笑臉，為人有些玩世不恭，跟誰都能稱兄道弟，在王府中過得如魚得水。

儘管兩人的言行看起來差異巨大，實則性情相投，愛好相似，比如下圍棋就是其中一樣。

「不下了！下了老半天總是輸給你，沒意思。」朱毓升伸了個懶腰，把棋盤推到一邊。最近傷了腿，哪兒都去不了，更因為安全起見，他只能靜靜待在府衙裡。連著跟蕭卓下了幾天的棋，居然就沒幾次能勝過他的，真鬱悶！

「嘿嘿，你的棋藝真是數年如一日的……爛。不下棋，那你想找點什麼樂子？要不……把你那個小恩人叫來，讓我也見識見識？」蕭卓笑咪咪地提議著。

朱毓升聽了，頗為意動。幾天不見那個小丫頭了……她還好嗎？

第十五章　痢疾

在陸家的日子，果然比在秦家好過不知多少倍。

陸家人口簡單，就陸月名夫妻帶著陸寒這個獨子過活。底下幾房傭人，人數不過十來個。就算加上她和春雨二人，整個院子裡往來走動的人也不算多。

不像秦家，秦老夫人以下有好幾個兒子，又沒分家。一家大宅子裡人擠著人，這就容易生是非，何況秦家的家風……芳菲實在不敢恭維。

陸氏夫婦待芳菲極好。陸月名一天到晚給芳菲開安神藥，何氏又讓廚房給她燉補品。芳菲自己是懂得醫道的，隱隱覺得這樣吃下去反而有礙，所以再三婉轉地向陸月名表示自己真的好了，不用再服藥了。

陸月名身為大夫，其實是明白過猶不及的道理。只是一時關心太過，才會如此行事。他給芳菲診了脈以後，覺得她說得也在理，便讓她停了藥。

不用每天三頓把那苦藥當飯吃，芳菲好不容易鬆了口氣。

她把陸月名給她開的方子，跟自己的資料庫默默印證一番，發現陸月名這個大夫在醫藥方面的水平——往好聽了說是穩健，往難聽了說，就是略嫌平庸。開的方子都沒什麼錯處，但也毫不特別，有點照本宣科的味道。

這也難怪，陸月名少年時根本就不想當大夫，一心求取功名。他父親算是陽城裡挺有名的大夫，開了家醫館叫濟世堂。陸月名兄弟兩個，他是家中長子，本來想著讓他弟弟陸月思繼承醫館，自己好好考個進士的。

但科舉一途，絕對的千軍萬馬擠獨木，陸月名沒能在這場殘酷的戰役中有所斬獲。就在他屢次科舉不第後，老父病重。他也看出自己不是考進士的材料，只得罷了科舉的心思，回來子承父業，半路出家當了大夫。

而當陸月名的父親去世後，他就跟弟弟分了家，把除了醫館之外的大部分田地都留給了弟弟。

陸寒出生以後，陸月名又生出了新的希望。他期盼著兒子能夠好好讀書，陸寒從小也極為聰慧，三歲能誦，七歲能文，讓陸月名欣喜不已。

可是……

陸寒彷彿是得了祖父的遺傳，偏偏對醫術草藥極感興趣。一有機會，就到濟世堂裡去看父親開方子。他還喜歡爬上醫館裡的百子櫃，一樣一樣的辨識藥材，又不厭其煩地詢問父親醫理。

一開始陸月名也沒在意，陸寒問什麼他就教什麼。漸漸的，陸月名發現陸寒對醫術的興趣遠遠超過了讀書，他才開始著了急。

陸月名不想兒子還是當大夫，他對兒子的期望是考中進士，光耀門楣。

於是，他便開始阻止兒子再接觸醫書和藥草，同時對兒子的功課也更加上心。但陸寒並未因為父親的反對而乖乖停止學醫，課業上也沒什麼進益……這讓陸月名真是苦惱萬分。

芳菲對於陸月名的心理，倒是挺瞭解的。這種家長她見得太多太多了……把自己年輕時沒能實現的願望和理想，全寄託在下一輩的身上。孩子如果不走他設定好的道路，便覺得孩子不學好，不懂得大人的苦心……

平心而論，這種教育方式，芳菲是不太贊同的。

她認為每個人都應該有權利選擇自己的生活方式，只要這種生活方式不妨礙別人就好……陸寒想學醫有什麼不好呢？

不過，她是不會對人家教育兒子提出任何異議的——當然提了也是白提。

何氏夾在望子成龍的丈夫，和極有主見的兒子之間，真是左右為難……

芳菲冷眼旁觀了幾天這家人的生活狀況，對陸家的家務事算是有了個底。

「芳菲，妳怎麼到院子裡來了？這清晨露水重，小心著涼。」

早晨何氏經過後院，見芳菲站在樹叢裡不知在看些什麼，忙過去找她說話。幾天相處下來，何氏已經深深喜歡上了這個未來兒媳婦，以至於把對她的稱呼從「侄女兒」直接改成了閨名。

何氏又嗔怪跟著芳菲的春雨。

「怎麼伺候的，咋不給妳們姑娘披件大衣裳？」

「伯母，沒事的。是我不想穿太厚實，不是春雨的錯。」

在清晨的陽光下，芳菲注意到何氏臉色慘綠，像是患病的樣子。忙問道：「伯母這是怎麼了？」

何氏也不瞞她，苦笑著說：「不知道是吃錯什麼東西，肚子難受，昨兒瀉了一晚上。」

拉肚子？那真是可大可小。

方子吧。」

屋。

芳菲問道：「伯母有沒有吃藥？可不能諱疾忌醫啊。」

「吃啦，妳伯父早就給開了方子。我已經吃了兩、三天……唉，今天再不見好，就讓他改個方子吧。」

聽說何氏已經吃了藥，芳菲便不再問下去了。何氏怕芳菲在風地裡站久了難受，催著她進屋。

芳菲也不堅持，跟著何氏進屋用早膳去。

她來了幾天，早發現陸家後院種了不少藥材。雖說都不是什麼名貴好藥，只是最普通的家常用藥，卻都被人很精心的護理著……

以她對陸月名的觀察，他應該沒這番心思。照陸月名平日裡的行事看來，他可能都沒注意到在院子裡那一叢叢灌木後，種著很多藥草呢。

那……想來都是陸寒弄的了。

看來，他對醫藥還真是上心啊！

午膳時，芳菲只見到了陸月名和陸寒，卻不見何氏出來吃飯。陸寒見芳菲疑惑，便說：「母親身子不適，在她房裡歇息了。妹妹不必等了，我們三人先吃吧。」

「哦……」芳菲有些擔心何氏的病情。從何氏的氣色和她早上的描述看來，應該是得了痢疾。痢疾不是大病，拖得久了，卻也很傷身的。

「她身體素來很好，不妨事的，這回也不知怎麼就病了。」陸月名安慰芳菲，「倒是妳自己要好好保重，我聽妳伯母說，妳大清早站在院子裡吹風，這可不好。」

「芳菲知道了。」她乖乖應下，三人便不再說話專心用飯。

飯後，陸月名讓小廝拿過紙筆來，他打算再開張藥單給妻子服用。

芳菲在一旁好奇的看了幾眼。芍藥、當歸、大黃、黃芩、黃連、木香、桂枝、甘草……嗯，都是治痢疾的藥……不過，似乎是針對熱痢開的方子。

陸寒也站在一邊看著，欲言又止，終是忍不住張嘴說：「父親，我看母親的脈象有些虛……」

陸月名臉色一沈，怒道：「你才幾歲，就懂得把脈了？胡鬧！還有，我說過了不准你管這些事！」

芳菲聽他父子二人的對話，心中一動。

她記得，《景岳全書》上說：「凡治痢疾，最當察虛實，辨寒熱，此瀉痢最大關係，若四者不明，則殺人甚易也。」陸月名診斷妻子是熱痢，陸寒卻說何氏脈象虛浮……到底誰說的對呢？

她腦子有個念頭轉了又轉，斟酌了一會兒才說：「伯父，說起痢疾，我倒記起個故事來。」

「呃？故事？痢疾有什麼故事？」

陸氏父子同時感到驚奇。

芳菲看了眼他們的反應，見他們沒有阻止她往下說的意思，便接著說：「聽說宋孝宗曾經患上痢疾，太醫們開了藥方，久治不癒。其父高宗趙構十分著急，讓人遍尋民間偏方。有人推薦了一位民間大夫進宮給孝宗看病，那大夫進宮後遂望聞問切。後來問出孝宗喜歡吃湖蟹，才知道病根在哪裡。

「原來湖蟹雖然鮮美，但多食易損傷脾胃。久而久之導致脾胃陽虛，引起冷痢。太醫們卻以熱症下藥，所以才一直沒能見效。

「這大夫就讓人採來蓮藕節，將其搗爛取汁，囑咐孝宗以溫酒調服。幾次服用後，孝宗果然就痊癒了。」

這是宋人趙溍在《養痾漫筆》上的記載，芳菲覺得還是比較可信的。她現在所在的時空，到元人入侵前的歷史，倒是跟她在歷史書上看到的一模一樣。

陸氏父子聽後表情各異。陸月名若有所思，而陸寒則一臉詫異地看著芳菲。

芳菲再看了看二人，說道：「芳菲見識淺薄，也根本不懂醫藥……只是芳菲想，是不是先弄清楚伯母是從何起病的比較好呢？像故事裡的那位民間大夫，也是問清楚了孝宗的病根，才好開方子對症下藥……」她見陸月名臉上表情有些僵硬，怕自己說錯了話，忙補救說：「芳菲真是什麼都不懂的，胡說罷了，伯父不要見怪。」

真是的，自己沒事抖什麼能耐啊？唉，都是太關心何氏的病情了……這才多了嘴。要是因此惹得陸月名不快，這日子可就難過了。

沒想到陸月名卻感慨說：「哎呀，芳菲，妳真提醒了我啊！」

其實一般病人來到他濟世堂看病，他也會循例問人家最近吃了什麼，做了什麼，會想著去弄清楚別人起病的原因。這回卻是因為病的是自己最親近的妻子，自以為妻子的一切衣食住行他都是再清楚不過的。他問都沒問妻子近來飲食情況，就靠診脈來開方子……

經過芳菲一說，他才恍然醒悟。自己明明是個大夫，卻耽誤了妻子的病情。真是要不得！

「芳菲，妳是個有見識的。伯父謝謝妳了！」

陸月名說罷匆匆回後堂去詢問妻子病情，留下陸寒與芳菲二人在飯廳裡相對而立。

陸寒眼中滿是欽佩。「芳菲妹妹，想不到妳也會看醫書？」

第十六章　訪客

原來何氏真的是得了冷痢。經陸月名一問，她仔細回憶，才想起她發病前一天多吃了幾塊放冷了的綠豆糕，發病當天又喝了兩盞冷酒——兩者交侵，她的脾胃就鬧騰了起來，導致生了這場痢疾。

陸月名還真的按照芳菲說的那個偏方，用蓮藕節榨汁調溫酒讓何氏服下。果然用過兩、三趟藥後，何氏的痢疾就漸漸止住了。

「芳菲妹妹，妳的方子真厲害。是從哪本醫書上看來的？」

陸寒因為這事對芳菲更親近了幾分。不僅是因為芳菲幫了何氏，還因為他覺得她和自己是「同道同人」，很想跟她探討一下醫術。

芳菲忙不迭擺手說：「看什麼醫書，這些故事我都是聽家裡的老人家講古的。想不到真的有效……我哪懂看什麼書呀？字都不認識幾個！」

聽到這話，陸寒微感失望，不過他很快又笑著說：「聽過的故事能記得這麼牢實，妹妹妳好聰明。要是不嫌棄，我可以教妳寫字，好不好？」

「當然好！」芳菲求之不得。她也沒打算一輩子裝文盲，那不是挺難受的嘛。

她沒想過陸月名真的會採納她那個藕汁加酒的偏方來給何氏治病。印象中，做大夫的人應該是對自己的醫術極度自信的，自己開的方子容不得別人質疑，更別說用人家開的方子了——特別是自己這種黃口小兒！

看來陸月名絕對是大夫中的異類……也可以說他根本沒有做大夫的職業自豪感，不會想著去維護自己的專業尊嚴……呃，算了，沒什麼不好。

她可以感受到陸月名自始至終對大夫這個職業無法投入的心情，在陸月名心目中，只有科舉才是正道。

這也就注定了陸氏父子之間的矛盾……很無奈啊。

「芳菲妹妹，妳要回房休息嗎？」陸寒見芳菲剛跟自己說了兩句話就要告退，以為她身子又不舒服了。

為了免除陸寒的疑惑，芳菲只好據實以告。「我去廚房。」

「廚房？」陸寒說：「妳要是想吃些什麼，讓春雨到廚房去要就好了。何必自己去那煙燻火燎的地方呢？」

芳菲笑了笑說：「我看今兒早晨莫大叔運了好些新鮮蓮藕回來，我想去做一味點心給伯母吃，她吃藥吃了好些日子，估計舌頭上都麻木得沒感覺了。」

陸寒更是好奇，一定要跟著芳菲去廚房看看她想弄什麼東西。芳菲看看陸寒，實在不想這整潔無比的小男孩染上什麼煙灰之類的東西，說了好些「君子遠庖廚」之類的話才把他勸住了。

其實芳菲之所以起了做點心的念頭，除了她嘴饞那些新鮮蓮藕之外，還在於她在陸家後院發現了一棵開花的桂樹。

那些飄落的桂花，讓她想起自己在甘泉寺後山撿的那包花瓣。當時她讓春喜撿花瓣，就是想弄桂花點心來吃的……春喜已經不在了。

芳菲想到春喜，心裡又是一陣難過，好不容易才把這情緒壓了下去。無論如何，死者已矣，活著的人總要繼續生活下去的。

她帶著春雨來到廚房。之前她就跟廚房娘子三姑打過招呼，所以等她來到的時候，三姑已經把她需要的材料都準備好了。

「蓮藕、糯米、竹籤……嗯，謝謝三姑。」

芳菲向三姑綻開一個感激的微笑，壯實的三姑忙說：「七小姐哪裡話，您說了是要給我們大娘子做點心的，這本來是我們的分內事，說什麼謝不謝呢！」

一邊的春雨將她早上採集來的桂花花瓣也拿出來放在案板上。

芳菲將兩節蓮藕洗淨後擦乾，從一端切下一指厚的一節作為帽蓋。又洗淨糯米，把糯米塞入蓮藕孔內，塞滿後將蓮藕帽蓋蓋上，再用細細的竹籤子扎牢。

接著她讓三姑生起灶火，將蓮藕放入蒸籠蒸了一個時辰。

「七小姐，這蓮藕要蒸這麼久啊？」

沒做過什麼精細吃食的三姑對這位秦家小姐來下廚充滿了好奇，尤其看到她一連串俐落動作之後，更是詫異。

芳菲上輩子因為長年獨自生活的緣故，廚藝算是不錯的，儘管現在廚具不太趁手，有了三姑的幫忙也可以應付了。

「嗯，是要蒸透一些，」芳菲微笑說道：「等蒸透了取出來處理一下，還要上鍋再蒸小半個時辰呢！」

「真費心思呀！」三姑嘆道。

三姑也是知道芳菲和陸寒親事的人，心想七小姐對未來婆婆倒是肯下功夫。卻不知芳菲並沒這方面的想法，純粹是因為何氏這些天很關心她，她便投桃報李罷了。

一個時辰後，芳菲將蓮藕取出，泡水刨皮，分切為半指厚的片狀。隨即裝入大海碗中，加桂花花瓣，再蓋上碗蓋。

「行了，三姑妳再幫我看著火，過小半個時辰也就差不多了。」

三姑爽利地應了下來。

「哎呀我的好小姐，您怎麼跑廚房裡來了！」

芳菲剛剛洗淨手，便聽到莫大娘高聲喚她。

莫大娘走進廚房，對三姑讓芳菲下廚有點不滿。「三姑，七小姐是來我們家養病的呢。妳這不是讓七小姐添病嘛！」

芳菲忙攔在前頭。「莫大娘，是我磨著三姑要她幫我弄的。我是看伯母大病初癒，沒胃口吃東西，才想著要給伯母做點開胃的點心，都是我給大家添麻煩了。」

她這話是把莫大娘和三姑都包在裡面了，兩人聽了心裡都舒坦得很。莫大娘讚嘆說：「好小姐，妳是個有孝心的！只這一回便罷了，往後可別再勞累了。」

芳菲不想再跟她就這個話題糾纏下去，便問她。「莫大娘妳剛才是要來找我吧？」

「對對對！」莫大娘一拍腦門。「瞧我，一說話就給忘了。七小姐，有客人來找您。」

客人？芳菲愣了一下。什麼人會找到這兒來啊……

「是秦家的人嗎？」她邊往廚房外走邊問。

莫大娘跟在她身後出了廚房，說道：「不是，是一位姓朱的大爺。」

原來是他。芳菲想起了朱善健碩的模樣，但隨即又更加疑惑了——他來找自己做什麼？

芳菲可沒想過那位皇族子弟朱毓升和自己還會再有交集。

朱善坐在陸家大廳裡，陸月名坐在一旁陪話。得知眼前這人便是將芳菲從山下救上來的恩人，陸月名的態度更加友善了。

朱善一面和陸月名閒話，一面觀察四周環境。

見芳菲走進客廳，朱善忙起身迎接，拱手為禮。陸月名才從朱善口中聽說過，當時芳菲和朱善的小主人一起落難，是芳菲替他小主人包紮了傷口。所以此刻見到朱善的表現，陸月名並未覺得奇怪。

說起來，這就是芳菲年紀小的好處了。她才剛滿十歲，還是個小小孩童。路遇山賊也好，和男孩子一起落山避難也好，別人都不會說她什麼閒話——要是她年紀再大個三、四歲，光是遇上賊人這一點就夠別人用唾沫星子把她淹死了。那時她為了表示自己的「清白」，說不定還得上個吊跳個井啥的，才能堵住世人的嘴巴呢……

「秦姑娘，我家公子派我來向您問好。」

朱善奉上一份禮單。「這是我家公子讓我送來的一些安神滋補的藥品，請秦姑娘收下。禮物我都送到貴親門房裡了。」

芳菲遲疑地看了看朱善，又看向陸月名。「伯父，這……」

陸月名倒是不拘小節，大手一揮說道：「既然是人家的好意，妳收下就是了。」

「是，芳菲知道了。」芳菲便不推辭，雙手接過禮單。既然受了人家的禮，那她也該送一份回禮才對。

她向朱善微微一福，說道：「朱壯士，可否稍待片刻？我想會內宅去取一份回禮，送給貴公子。」

朱善有些為難，芳菲補充說：「不是什麼值錢東西，是我親手做的一份點心。」她本想說，原來也正好跟朱毓升說過要做給他吃的。但仔細想了想，當著她的未來公公陸月名說這些，未免有些過於輕佻，顯得自己跟這位公子很有交情似的——雖然粗線條的陸月名估計也想不到這麼多，小心些總是好的。

聽說只是點心，朱善就點頭應下了。芳菲托陸月名替自己先招待招待朱善，便又回到了後宅廚房。

廚房裡三姑正準備熄了灶火，把蒸好的蓮藕取出來。芳菲把這蓮藕分了兩份，一份讓三姑給何氏送去。另一份則讓春雨取了一個食盒過來，細細裝好。

她帶著春雨回到前廳，示意春雨將食盒遞給朱善。

「你們公子受了傷，想來這些日子湯藥是斷不了的。每天喝苦藥湯，估計他也沒什麼胃口吃正經飯菜吧？這是我親手做的『桂花糯米藕』，健脾散瘀，生津開胃，他或許會喜歡吃，就當做是我的回禮吧。」

朱善躬身接過食盒，再跟陸月名寒暄兩句，這才告辭離開。

芳菲本來是為了何氏才做的點心，朱善的到來純屬意外。

可當朱毓升聽朱善說，這是芳菲親手做的回禮，又聽他轉述了芳菲的那一段話，他心裡便有了異樣的感覺。

「桂花糯米藕……」

他挾了一小塊蓮藕放進嘴裡，細細咀嚼著。不知為何，已經嚐遍天下美味的他，卻覺得這道點心吃起來格外香甜。

「好甜……」

芳菲嬌俏的笑臉，又清晰地浮現在朱毓升的眼前。

第十七章　邀約

朱毓升從朱善的報告裡，對芳菲的身世處境瞭解得極為詳盡。

一個被視為「喪門星」的小孤女，在親戚的冷眼和薄待中長大。近來更因為受了自己的牽連，遭山賊襲擊後，竟被本家嫌棄而使計將她送到未來夫家去。

那麼小的丫頭就定了親？朱毓升倒是有些意外。

他不知出於什麼樣的心理，居然有些擔心她在夫家受人欺辱，才使朱善上陸家去探望她。送那麼多名貴藥材，也是存著威懾陸家的心思。讓陸家知道芳菲和富貴人家有來往，也許就不敢太過欺負她。

不過朱善說那陸家的老爺是個豪爽性子，芳菲看起來在陸家過得滿不錯……朱毓升卻也高興不起來。

他都不清楚自己為什麼不高興。他應該替她感到慶幸不是嗎？可是……

唉，自己老想著她幹什麼？不就是個才十歲的毛丫頭嘛！

但為什麼自己總覺得她根本不像十歲的孩子，反而像是比自己還要大上一些似的。

「毓升，你會嘆氣？」蕭卓拿著一個酒壺走進朱毓升的屋子，看見他竟然對著一盤點心嘆氣，驚訝至極。

「我怎麼就不能嘆氣？」朱毓升白了蕭卓一眼。

「嘿嘿嘿，能啊……不過我就是奇怪啊，聽說過對月抒懷，觀海有感，沒見過誰會看著一盤點心唉聲嘆氣的……話說你這碟是啥點心？」

蕭卓邊說邊伸手想拿一塊嚐嚐，手都快伸到碟子邊了，被朱毓升「啪」地一下打開了。

蕭卓瞪了瞪眼睛，還沒來得及說話，便看見朱毓升拿起碟子把剩下的幾塊蓮藕「唰唰唰」全掃進了嘴裡。

看著瞬間從一張冷面變成了包子臉的朱毓升，蕭卓張口結舌，一時半會兒說不出話來。這什麼點心啊……小表弟這麼寶貝，一個都不給別人吃，還全部自己吞下肚？

咦，莫非他……春心動了？

蕭卓很想再打趣朱毓升幾句，但看到朱毓升已經飛快的把腦袋扭開了，也就把到嘴的話吞了下去。

嗯，絕對有古怪。不過嘛……現在就先放過他好啦！

能夠在人際關係複雜的安王府裡，和王府上下各色人等都相處融洽，蕭卓靠的可不僅僅是一張討喜的面孔和會說話的本事。他知道什麼時候該開口，什麼時候要閉嘴，對什麼樣的人要說什麼話——他都心裡有數。

這固然是他的天賦，也是在後天的寄居生活裡被迫培養出來的能耐。

朱毓升正尷尬著呢，朱善適時出現。「殿下，龔知府又來求見。」

要擱在平時，朱毓升才不耐煩見這龔某人。如果不是不想把自己遇襲的事情鬧大，以免讓那些想看他好戲的人漁翁得利，朱毓升早就發作了龔如錚這官兒了。

不管怎麼說，都是龔如錚對境內治安管理不力，才會讓賊人有機可乘。朱毓升會給他好臉色看才怪！

不過此時朱毓升正需要一個藉口來打打岔，免得蕭卓再追問下去。

「叫他進來吧！一天到晚要見我，有什麼好見！」

龔如錚得了朱善通報，喜孜孜地躬著身子小步跑了進來。動作之輕快，可真是看不出他「老人家」的真實年齡，可見「人逢喜事精神爽」的話絕對是有道理的。

見到朱毓升，龔如錚畢恭畢敬地向他行了禮。其實要說起來，四品大員龔知府可比手上沒有半分實權的安王爺要有權勢，本不該對朱毓升這安王次子如此恭謹。但龔如錚能夠做到知府，也不是吃素的，上頭焉能沒點人脈？

幾個月前皇帝重病後，京城就傳出膝下無子的老皇帝打算從分封各地的藩王子弟中選擇嗣君的流言。

雖然上頭嚴密封鎖著消息，但越是封鎖，底下人就傳得越玄乎。好些沈寂多年的藩王都開始蠢蠢欲動，往後宮裡探消息去了。

據說皇上屬意的幾個宗室子弟中，這位安王次子朱毓升被選中的可能性很大。安王可是和皇上一母同胞的親兄弟，皆為詹太后所出。在諸王中這可是獨一份！更何況皇上最是純孝，極為尊敬太后。

詹太后在後宮之中權威極盛，誰都不會懷疑她在立嗣這件事裡的分量。

就衝著朱毓升可能成為皇太子這一點，足夠讓龔如錚的腰骨變軟了。

「龔大人今日前來有何要事？」

朱毓升也沒有過分怠慢龔如錚。他端端正正地坐著和龔如錚說話，只是態度很是冷淡，意思就是——沒有要事你就快點滾吧。

誰知龔知府這回來，還真是有正事稟報——安王派出了一隊人馬來接朱毓升回安宜！

朱毓升神色微動，抬眼看了看垂頭肅立一旁的朱善。父王都被驚動了……也好，先回安宜去和父王商議商議吧！

他的腿也好得差不多了，再養上兩天，坐馬車上路應該沒有問題。不過他看見眼前一臉虛偽笑容的龔如錚，還是不輕不重地刺了一句。「龔大人心情很好啊！」

「沒有，沒有。」龔如錚馬上反應過來暗罵自己笨蛋，急忙補救了兩句。

真不該笑得太燦爛，這不是明擺著承認自己對於朱毓升要離開的事情感到很高興嗎？雖然他是真的很高興沒錯……

沒辦法，龔知府壓力大啊！

朱毓升一出事，龔如錚再聯想到這位宗室子弟可能被立為皇嗣的傳言，哪能不驚心？他立刻明白襲擊朱毓升的那夥山賊不尋常。

事情一旦關係到皇家，那是絕對沒有「巧合」、「恰好」和「意外」可言的。明知這裡頭牽涉著如此重大的皇室之爭，龔如錚當然心中恐懼。朱毓升在他陽城待一天，身為知府的他就得擔一天的干係——再鬧出點什麼事來，就不僅僅是掉烏紗的問題，很有可能會掉腦袋的呀！

因此，龔如錚很是盼著朱毓升快些離了自己轄區，這尊大佛他實在是供不起。

朱毓升輕輕掃了龔如錚一眼，沒有再刁難他。只說等再養兩天腿上的傷口癒合了就立刻離城，便以精神不濟為由讓他退下了。

龔如錚回到家中，不免流露出些頹然之色。

「老爺，又被什麼事情煩著了？」

盧氏見丈夫飯都沒吃半碗，暗道奇怪。中午夫妻二人用膳時，看他臉上神情還是滿高興的，怎麼一到晚間就又面帶憂色……是衙門裡的事情嗎？又或者還是為了住在後院裡的那位爺……

龔如錚也沒什麼好瞞妻子的，就將朱毓升對自己的不滿說了一些。

「宮裡選太子？」盧氏還是首次得知此事，聞言不禁變色。她想了一會兒，便埋怨龔如錚說：「老爺你好糊塗！」

龔如錚大吃一驚，成親多少年來，他還是第一次聽到妻子這樣說自己。「我……我什麼地方糊塗了？」龔如錚皺起了眉頭，對妻子這句話很是不滿。自己好歹也是一方主官，在官場上混了十來二十年，上上下下都對自己讚譽有加。

「老爺，你也太過小心了。不錯，在官場上小心駛得萬年船，不求有功，但求無過，這些都是對的。可也要分時候啊！眼前這麼好的機會，你竟要白白將它錯過了，難道不糊塗！」

「機會？」龔如錚的臉要皺成苦瓜了。「丟官的機會嗎？我可不能再讓殿下出半點差錯了。」

盧氏很少干預丈夫從政，但不代表她不關心丈夫的仕途。要知道，盧氏的娘家，也曾是一方封疆大吏，當初龔如錚娶了她還算高攀呢。盧氏家學淵博，從小見慣了父親在官場上的人情往來，很多門道都拎得賊清。

她知道龔如錚天性謹慎，這是他的優點也是他的缺點。比如這一回，龔如錚發現這大有可能是皇室之爭後，第一反應就是置身事外，不擔風險。朱毓升被人襲擊本來就對龔如錚心懷不滿，再看見他這麼個態度，哪有不氣的！

「老爺，你只想著別捲了進去，怕得罪裡頭任何一方勢力。可你也該知道，做得人上人的，最恨什麼？最恨屬下蛇鼠兩端！你這一縮頭，殿下只會覺得你想當騎牆派——要是別人覺得，也就沒什麼，你自己都說了殿下最有可能登位大寶的……你想想，要是有朝一日，殿下真的坐上了那把椅子……」盧氏的聲音越來越輕，卻如同一聲聲響雷炸在龔如錚的心頭。

他頓時出了一身冷汗。是啊，當了多年官油子，當出毛病來了。一有事，馬上想到推脫干係……可他忘記了有些人是推脫不得的！

「老爺，想謀富貴，就得下得了決心。如今趁著殿下還沒走，老爺你應該努力挽回殿下對你的不良印象才對……例如那些山賊的事情，殿下雖然一直沒催促，老爺你也別鬆下來了！」

龔如錚怕真的追查山賊的後臺，會挖到自己惹不起的人物。所以他對查山賊去向這回事，沒怎麼上心。被夫人一提醒，他才緊張了許多。看來，拚著得罪人也得挖下去了……不這樣，怎麼向殿下表忠心呢？

盧氏見丈夫對她的意見表示贊同，心裡好過了些。她又轉念一想，光是這樣還不夠的……幸好自己一直讓人留意著殿下那邊，聽說他剛剛讓手下送了一堆名貴藥材去給那位秦姑娘……

次日，陸家又來了一位訪客。

這回的訪客是位大娘子，說是代表知府夫人來拜訪秦七小姐。還下了帖子，說請秦七小姐到府上去遊玩……

陸氏夫婦聽到「知府夫人」四字，半晌都回不過神來。

這……是怎麼回事？

第十八章　赴約

別說陸氏夫婦驚異萬分，對於知府夫人的邀約，芳菲自個兒都很意外。

那天她離開府衙後宅時，盧氏是說過要請她再來玩，還說了許多和她一見就投緣之類的親熱話。

不過芳菲從來就沒把這種客套話當真。呃，套一句她曾經很熟悉的話來說就是——「你認真你就輸了……」

但她也很快的想通了其中的門道。原因就是，在這之前一天，朱毓升派朱善送了一批禮物來，而且還是些挺名貴的藥材。

是想藉著向自己示好，來巴結朱毓升吧……盧氏的心思也並不難猜。只是，自己要不要去呢？

陸氏夫婦聽了芳菲的「解釋」——她對他們說，她幫助過的那位朱公子是知府大人上峰的親屬，而且她被救回來的時候就在知府衙門過了一夜。她還說當時那位知府夫人偶然見過她一次，對她很和氣，也許這位夫人特別喜歡親近年輕的女孩子……

總之，這段解釋也算是讓陸氏夫婦滿意了。他們是好心人，不過同樣是俗人兩個，生活在一個官本位的社會裡，官太太的主動邀請對他們來說絕對是一件大喜事。

「去呀，怎麼不去？」何氏對於芳菲這事格外熱心，她的未來兒媳婦居然得到了一位誥命夫人的賞識，這往後要在親友間說起來，多麼光榮啊！出入知府府衙後宅，和官家太太小姐們交往……光是想像，就足以讓何氏頭暈目眩。

陸月名的反應沒有妻子那麼露骨，可是心情是同樣的激動。作為一個以進入士大夫集團為終身志願而沒能實現的讀書人，他對功名的渴望極為強烈，自己當不了官，兒子能當也是好的。芳菲要是跟官太太有了聯繫，將來給兒子弄個進府學讀書的名額不就容易了許多？

看著陸氏夫婦熱切的眼神，芳菲實在沒法子說出一個「不」字，只好向那位知府家的管家娘子表示自己明日一定按時赴約。

那位大娘子還說夫人會安排車馬來接送她，讓她在陸家等著便可。既然人家都安排得那麼妥貼了……那就去吧。

赴個約而已，又不要她上刀山下火海的，去去又何妨？

對於陸氏夫婦表現出來的功利情緒，芳菲很能理解。大家都是努力掙扎著活在這世上的普通人，開門七件事樣樣都不輕鬆。他們只是有點虛榮罷了，人又沒存著什麼壞心，沒必要因此就看輕了人家。

說起來，陸家能夠不理會自己「掃把星」的名頭，一如既往的寬待自己，這一點就已經很不俗了。

且不說芳菲在陸家如何為出門赴約做各種準備。盧氏這邊得了芳菲願意上門來的確切消息，心裡也很高興。

芳菲猜得沒錯，盧氏請她到府上來作客，是存了藉著她來討好朱毓升的心思。

龔如錚知道夫人原來就款待過這小女孩，當時她便說是要藉此來緩解朱毓升的不滿。不過龔如錚還是有點懷疑這女孩子在朱毓升面前的分量，不就是個庶民家裡的幼女嗎？怕殿下早把她給忘了呢！

「老爺，你一天到晚在衙門裡辦公，哪留意過殿下身邊的事！你知不知道，殿下剛剛派了他最心腹的侍衛朱善，送了一大批禮物去給那女孩子呢！」

「真的假的？」

「當然是真的了。家裡派去服侍殿下的人還告訴我，她走的那天，殿下親口讓她叫自己哥哥，你說殿下看不看重她？」

龔如錚這才信服。盧氏又說：「我請她過府，因為她是殿下的恩人。明裡請的是她，表示的卻是我們對殿下的尊敬，這點我相信殿下會明白的……」

「還有，」盧氏繼續悄聲說：「殿下目前，正是用人之際……老爺你不是說聖上心中有好幾個人選嗎？老爺你的官位不顯，但在士林裡的口碑可是很好的……殿下要是個曉事的，見你對他忠心了，自然就會想起了老爺你能給他的幫助……」這便是勸龔如錚做個從龍之臣了。

龔如錚拈鬚微笑不止，嘆息說：「娶得夫人如此賢妻，真是我龔如錚一生最大的幸事！」

芳菲畢竟不是神仙，頂多能想到盧氏是要討好朱毓升而已，根本想不到自己這麼個小孩子，竟也會牽扯到皇位之爭這種天下大事裡去……

她對這次赴約，淡然處之。

拜後世傳媒業太過發達所賜，她對於官員和官員家屬的敬畏，遠遠比不上當世的人們，要知道，國家領導人的臉她都是天天看見的。

她當金牌教師那會兒，省級表彰會也參加過兩次，起碼和主管教育的副省長握過手……擱這會兒，省長就是三品官，比知府還高一個級別。

而一個知府，放在後世就是一個地級市的市長罷了，也就只有上地方電視臺的分。呃，地方電視臺的新聞這種東西，基本上僅僅是退休老幹部會看吧……至於區區一位市長夫人，那更是震懾不了芳菲。

心態淡定，她的表現便更從容。以至於連來接她的那位陳大娘子，都為她這種從容悠然的態度所折服。心想不愧是能讓自家夫人高看一眼的姑娘啊，跟別人就是不一樣！

盧氏上次已經見識過芳菲的不凡之處，這回見到她的表現也就沒有太過意外。

「秦姑娘，我早說要請妳來家裡坐坐，咱娘兒倆好好說說話。想到妳受了傷，該是要清清靜靜的養幾天，才沒讓人去找妳。」

芳菲一聽「娘兒倆」這個字眼，心裡一陣惡寒。她想著夫人您也太愛亂認親戚了，我們其實不熟……當然她是不會這麼說話的，反而還要做出同樣親熱的表情來回應。「是呀，芳菲也很想念夫人您呢。像夫人您這麼和善的長輩，真是芳菲平生裡少見。」

盧氏聞言笑得更「和善」了，回頭對下人說：「快叫小姐和表小姐出來見見客人。」

又對芳菲說：「我的三個女兒裡，兩個大的都嫁人了。就這個小的還跟在我身邊，只比芳菲妳大兩、三歲。還有我一個外甥女兒，也跟妳差不多。妳們小女孩子可以多親近親近。」

如果不是芳菲，換了任何一個小女孩看到盧氏這番做派，怕都要感動得熱淚盈眶了——多麼溫柔和藹，多麼平易近人！不但對尋常人家的小姑娘和和氣氣，還把女兒跟外甥女找出來拉近距離增進感情。往哪兒找這樣好說話的官家太太喲！

可惜芳菲不是真正的小女孩。

她只感到了盧氏對自己拚命示好的決心……呃，盧氏居然不是一個人在戰鬥，還有兩個小戰友……盧氏越是這樣，芳菲就越是警醒。可別被人利用了就好！

但是，自己也許可以反過來利用利用盧氏。說到底，跟一位官太太，和幾位官小姐認識認識，打好關係，對自己不會有壞處。

在成人世界裡打滾過的芳菲，太明白「人脈」的重要。眼下的自己，沒有可以依仗的血親。秦家人為什麼敢這樣踐踏自己？不就是因為自己無依無靠嗎？

既然天生沒了依靠，那就自己來創造依靠吧——即使這依靠，可能是充滿了利益關係的虛假感情……

就在她默默想著自己心事的時候，一粉一綠兩個嬌小身影走進了小花廳。

芳菲放下手中茶盅往她們望去，微感詫異。

走在前面穿粉色裙子的少女，粉面桃腮，一雙杏眼顧盼生姿。雖然年紀不大，已經看得出是個美人胚子。最可愛的是她爽朗的笑容，隱約在朱唇間露出兩行珍珠般的貝齒，讓人一眼看去便覺得心生歡喜。

後頭穿嫩綠衫裙的，卻是個很苗條的小姑娘，看面相比前面那位要小一些。她眉毛彎彎，雙眼略圓，顯得特別調皮動人。

「母親，這位就是您說過的秦家妹妹？」

粉裙少女走到盧氏面前，見盧氏點頭，便對芳菲笑了笑。「秦家妹妹，妳真好看！」

芳菲一下子就喜歡上了這個單純直率的小姑娘。她抿嘴一笑，說道：「哪裡，龔姊姊妳才是真的好看。」她說的可不是客套話。

那綠裙少女格格笑了幾聲，打趣說：「表姊，妳誇秦妹妹，就是為了等人家回誇妳吧？不害臊！」

「妳才不害臊呢！」粉裙少女也不著惱，伸手刮了刮綠裙少女的面皮，說：「咱們來比一比，看誰的臉皮厚！」

「好啦好啦！」

盧氏一手拉一個，讓她們姊妹倆都在圓桌前坐下。「妳們這樣，哪有半分大家閨秀的樣子？比妳們秦妹妹差遠了！妳們要是有秦妹妹這般嫻靜，我是作夢都會笑醒呢。」

兩個少女又黏著盧氏一個勁兒的撒嬌，說她偏心芳菲。芳菲看到自這兩個少女進屋，盧氏就像變了個人似的。從原先的虛偽客套，變成真心的歡喜，尤其是看向粉裙少女時那種眼光，慈愛無比。

芳菲心頭暗嘆——盧氏別的方面不一定很好，但絕對是一位稱職的好母親。

第十九章 千金

四人坐定了，方才重新廝見一番。粉裙少女是盧氏幼女，龔家三小姐惠如，今年十三歲。而綠裙少女是盧夫人妹妹的女兒孟潔雅，今年十一，恰恰大芳菲一歲。

兩人都是活潑的性子，沒有芳菲想像中的官小姐那種驕嬌二氣。尤其是惠如小姐，最是嬌憨，和芳菲剛聊了幾句就把她當妹妹看待了。「秦妹妹，妳脾氣真好！我母親大人老說讓我文雅些文雅些，我總覺得那樣太做作。今兒一見了妳，我才知道原來真有斯文人。」

盧氏笑罵道：「這瘋丫頭，都是我縱壞了妳。說起話來瘋瘋癲癲沒個正經，也不怕秦妹妹笑話，幸虧秦妹妹也不是外人。」不經意間就跟芳菲再拉近了些關係。

芳菲挑了挑眉毛沒接話。喲，這就不是外人了……

盧氏又問她外甥女。「潔雅，妳的咳嗽可好些了？要是還難受，就再跟閨學裡請幾天假吧，也不急在這一時。」

潔雅還沒說話，惠如先搶著說了。「母親，您還是讓人再去閨學給潔雅請假吧。她昨兒咳了好幾次呢！」

「沒關係……」潔雅忙說：「大夫說咳嗽就是這樣，即使吃了藥也不是馬上就能好的。把病壓住了，好好養幾天，自然就沒事了。」

芳菲聽到她們這麼說，便注意看了一下潔雅的氣色。果然看見潔雅的小臉白中帶著不自然的青色，眼下也有較重的陰影。

「孟姊姊吃著藥呢？」芳菲問了一句。

潔雅點點頭。惠如在一旁吐了吐舌頭說：「潔雅真可憐，每天要灌那麼多苦藥汁子……吃藥最可怕了。」

盧氏沒好氣地說：「妳呀，淨說些孩子話。病了哪有不用吃藥的？」不過她也確實心疼外甥女，立刻讓人叫了管廚房的娘子來。「表小姐這兩天胃口不開，妳們弄點甜點心給表小姐嚐嚐。」

潔雅連連擺手。「姨媽，不用麻煩了，我就用跟平常一樣的飯菜就好。」

芳菲對這兩個小姑娘印象不錯，也有心跟她們交交朋友。她等潔雅說完，從旁插了一句問道：「孟姊姊這咳嗽，是從何而起？」

潔雅只當芳菲和她扯閒話聊天，也沒多想，就說：「大夫說是秋深露重，驟冷遇風而起，診斷我肺水不足，開的藥吃了好幾天，慢慢好著了。」

惠如嘟囔說：「好得還真慢……」

芳菲又問：「孟姊姊是不是覺得嗓子又乾又疼，咳起來就難停下，但是痰水不多？」

「咦？就是這樣。」潔雅驚奇地看著芳菲。「秦妹妹妳怎麼知道的？」

「我去年秋天也是得過這個咳嗽病，所以才知道得這麼清楚嘛。」芳菲一句話就解開了身邊三人的疑惑。

「不過我去年沒怎麼喝苦藥，只是每天做一道甜點心吃，吃了一些日子就全好了。」

「光吃點心就能治好病？」

惠如和潔雅都還是小女孩，聽到這裡不免意動。芳菲見龔家的廚娘就在身旁，便對盧氏說：

「夫人，要是不嫌冒昧，我能跟這位大娘子說說我那道點心嗎？吃了對咳嗽真的很好的。」

盧氏正要巴結她，哪會對她的話有什麼異議。何況聽說又是能給外甥女治病的，那就兩相便宜了——就算治不好病，吃個甜點心當解饞嘛。

「那大娘子妳記一下好不好？」芳菲轉頭跟廚娘說話。

廚娘見芳菲待她甚是有禮，受寵若驚地說：「小姐您儘管說，婆子我一定照做。」

「這點心叫『百梨銀湯』。取一個百合、半個雪梨，一小撮銀耳和甜杏仁。雪梨去皮去核切塊，銀耳、百合、冰糖洗淨。先把銀耳發好，放入瓷盅小火燉上半個時辰，再放入百合雪梨冰糖略燒一會兒就成了。」

這些食物都是滋陰潤肺的，對潔雅這種肺水不足引起的咳嗽很有療效。

百梨銀湯的做法極為簡單，廚娘一聽就明白。盧氏吩咐她說：「那妳現在就回廚房去做個四份，待會兒等我們用完午膳再端上來好了。」

還要留自己在府裡用午膳哪……

盧氏真是太「客氣」了。這種已經是較為親近的子侄般的待遇了。看來盧氏是一心要與自己交好呢！

惠如拍手笑道：「這個百梨銀湯一聽起來就很好吃。希望潔雅吃了它快些好起來，我每天自己去閨學上學，沒人跟我說話，快悶出病來了。」

盧氏把臉一板。「什麼話，讓妳去閨學裡是學規矩的，說什麼悶！」

惠如嘻嘻一笑，也不跟母親頂嘴，拉著芳菲問：「秦妹妹可也上學嗎？在哪一處閨學呢？」

芳菲說：「如今沒有上學。以前我們秦家在本家宅子裡開過閨學的，請女先生來給我們開蒙，又教些女紅刺繡。女先生病了以後，閨學就散了。」

「哎呀，那可惜了。要不妳跟我們倆一起去上學吧？」

潔雅剛說完，盧氏便喜道：「對對對，潔雅妳這個主意好。」

真是個好主意，自己怎麼就沒想到呢？

雖然之前她也稍微跟惠如和潔雅交代過，說芳菲是殿下看重的恩人，讓她們跟芳菲多多親近。不過她知道惠如、潔雅兩人個性天真，小大人似的芳菲不一定能跟她們合得來。現在看來，她們三人倒是挺融洽的……

閨學可不是家家戶戶都有的，更不是人人都能進去的。尤其是惠如跟潔雅讀的這一所閨學，一般只有城中官宦人家的千金才能進去。也可以說是身分的象徵。

芳菲本人當然是進不去的，可若是她盧氏出面，那自然沒有問題。這樣便可明明白白施恩於芳菲，還怕芳菲不替他們在殿下面前說好話嗎？

別看殿下馬上就要離開陽城，但殿下的外祖父家可是在這兒呢。要是殿下吩咐了家人要他們照顧芳菲，而芳菲又把她受到龔家恩遇的消息傳了回去……

由此，殿下自然能體會到，龔如錚乃至他身後的部分士林勢力，在向自己投誠。

芳菲沒想到盧氏一下子提出了這樣的建議。

去閨學就讀的好處，芳菲能夠想像得到。

知府千金就讀的，當然是貴族女校啦！

且不說這貴族學校裡頭的師資能力肯定是一流，而且在這種地方鍍鍍金，對她自己的閨譽也很有好處——參照後世學子拚命要混名校文憑的情況就明白了。

去讀這貴族女校的另一好處，是她可以藉此機會結識一些千金小姐，拓展自己的人脈關係。當然，出身尋常的她也可能陷入被人排擠鄙視的境地，不過她才不擔心……有本城最高級的官員，知府大人的千金罩著自己，別人要欺負她也不敢明著來呀！至於她本人，更不是乖乖任人欺負的性子。

芳菲的腦子飛快地運轉著，分析出她能從中得到的益處。但是……天下沒有白吃的午餐，她需要為此付出什麼代價呢？

她不知道。

正因為不知道，所以她不敢貿然答應。

幸好這個年代，有一種藉口是萬試萬靈的，那就是「不敢自專」。

「夫人的好意芳菲銘刻五內，芳菲也很想跟兩位姊姊一道去閨學裡學習……只是還沒請示過長輩，芳菲不敢擅自作決定。」

盧氏說：「這是自然，待妳問過家中長輩，再來回覆好了。無論妳什麼時候想去都行，這個忙我還是能幫得上的。」

潔雅見芳菲關心她生病，更加喜歡芳菲了。「秦妹妹，妳可一定要來啊！」

惠如也興致勃勃地說：「秦妹妹一定會喜歡我們杜先生和薛先生的，這兩位先生教書沒有冬烘氣，姊妹們都很愛聽呢！」

芳菲只在一邊恬靜地微笑著，沒有就這個話題繼續討論下去。盧氏旁觀芳菲的反應，見她沒有因為自己要推薦她入閨學而露出什麼喜色，一派寵辱不驚的模樣。

看來要把這秦姑娘的心拉攏過來，也不是很容易辦到的事——這姑娘還真是有些古怪！

幾人說說笑笑就到了晌午時分。盧氏讓人擺飯到花廳來，都是家中招待貴客的精緻菜餚。

「芳菲呀，妳就隨意吃點吧。」盧氏把幾樣特別精細的小菜擺到芳菲面前，又親切地給她布菜。芳菲連連推辭說不敢當，一面便把各種菜餚都用了幾筷子，又對盧氏安排的這桌席面讚不絕口。

「托了秦妹妹的福，我們今天可是能吃頓大餐了！」

惠如說罷，又拉著母親的衣袖說：「母親，您可不能這麼偏心，怎麼把好東西都留著等秦妹妹來才讓我們吃呢！」

「這話說的，好像平時妳們都吃糠嚥菜似的。」盧夫人笑著拍了拍女兒。侍女們收拾好了桌子，廚娘便將芳菲方才說的百梨銀湯端了上來。

潔雅嗓子眼一直癢癢的，只是礙於見客不好失態，一直強忍著。喝了這甜滋滋的糖水，過了一會兒倒覺得嗓子清涼了幾分。

「孟姊姊，這個梨湯要多喝幾天才見效。妳要是覺得味道還行，就再喝個四、五天吧。」芳菲對潔雅說。

潔雅盈盈一笑，說：「這個可比藥湯好喝多了，就是吃點心嘛！」

芳菲偷看一眼窗外天色，日頭都過了中天，她在這兒待得也太久了。該告辭了吧？

第二十章　禮物

雖然和這兩個小姑娘相處得很愉快，但面對著不知在算計些什麼的盧氏，芳菲總是有些不太自在。

聽芳菲說要回家，惠如跟潔雅都盛情挽留。芳菲又跟她們閒話了幾句，並答應她們盡快回去稟報長輩去閨學讀書的事情。

「好啦好啦，等秦妹妹稟了長輩，便能跟妳們一塊兒去上學了。到時候還不是天天見面？」盧氏說了她們兩句，她們才依依不捨地願放芳菲離開。其實她們這兩個千金小姐見過的女孩子也不算少，多的是想跟她們套交情的。不過惠如、潔雅二人都不喜歡那些上趕著討好她們的女孩子，另一些跟她們身分相當的高門貴女又往往個性高傲，驕矜自持。所以二人的閨中密友也不算多。

芳菲既沒有那種寒門姑娘的小家子氣，也不像別的千金小姐那樣嬌滴滴，很對惠如表姊妹兩個的胃口。

謝絕了二人要送她出門的好意，芳菲隨著盧氏出了二門，準備回家去了。誰知還沒走到大門，就被匆匆趕來的陳大娘子攔了下來。

「夫人，毓升公子聽說秦姑娘來了，想請她去荷院見上一面呢！」

盧氏心頭一喜，不枉她磨磨蹭蹭將芳菲留了這麼久！殿下總算聽到這秦姑娘來作客的消息了，盧氏這回請客的目的算是達成了一部分。

他要見她？

芳菲默默跟在陳大娘子身後往朱毓升暫住的荷院走去。

不知他的腿可是好利索了……應該也不必太擔心，他是貴人不是嗎？會有好大夫給他治傷的。

荷院裡有座不大不小的荷塘。若在盛夏，也該是荷葉田田，菡萏花開，不過眼下荷花都已開盡。只剩下一些乾枯的荷葉浮在水面上，顯得有些蕭條。

上次芳菲來荷院見朱毓升，是到他住的正屋去，這回他卻選擇在荷塘上的水榭裡見客。

「小丫頭，妳來啦？」

芳菲一走進水榭，便看見朱毓升從窗邊椅子上起身跟她打招呼。

「嗯，今兒是夫人請我過來作客。公子你的傷好多了吧？」從他站起來的情況看，應該痊癒得差不多了，芳菲感到很高興。

朱毓升沒回答她的問題，卻說：「說過不要叫我公子了……挺生分的。妳這小丫頭也不是那種俗人，何必拘泥太多？」一面又讓芳菲坐下用茶。

芳菲鼻端聞到一陣馨香，側頭一看發現屋角小几上插著一瓶新折的桂花。

「小丫頭，我要走了。」說話乾脆俐落是朱毓升的典型風格，他從來不耐煩繞那麼多彎彎道道。

芳菲聽到他要走，沒來由的一陣失落。隨即又笑自己，失落什麼呀……

唉，也許是因為，朱毓升是她來到這個世上以後，唯一能真正放鬆下來跟他好好聊天的人。

在那個幽黑山洞裡的時候，他們忘掉了彼此之間身分的鴻溝。她給他講故事，他對她吐露心中的苦悶……而他的這些心事，連他最要好的兄弟蕭卓，都不曾告知。

朱毓升告訴芳菲，他明天就要啟程回安宜。

他的老家在安宜？那是安王的藩地，他會是安王的兒子中的一個嗎？

「你還沒好利索就要長途跋涉，小心傷口又被拉扯，」芳菲叮囑他。「千萬別騎馬，你傷的那地方可經不起這麼大的折騰。好好在馬車上待著，勤些換藥，知道嗎？……你看著我笑幹麼？」難道她臉上沾了什麼污漬？還是剛才吃東西擦嘴沒擦乾淨……呃，他笑得好奇怪。

「妳這麼說話我就踏實了，」朱毓升的臉上笑意濃濃。「老氣橫秋，婆婆媽媽。」第一次見面的時候，她命令他把傷口給她看，又替他療傷跟他聊天的時候，就是這種態度——對待個不懂事的孩童似的對他。

上回見她，她的態度就疏離多了，讓朱毓升心裡很是不舒服了一陣子。如今他跟她告別，她便又在無意中流露出了關懷之意……不知為何，他就是很快活，快活得忍不住笑出來。

和這古怪的小丫頭相處的時間極短極短，他的笑容卻比之前十四年加起來的總和還要多一些。

「誰婆婆媽媽……不領情就算了。」自己嘮叨他幾句他就笑得那麼開心，嗯，他絕對是建寧公主那一類的受虐狂。

「領情啊……小丫頭，謝謝妳。」朱毓升的表情變得很鄭重。「真的謝謝妳。」

「呃……也不用這麼正式啦，我都沒替你做過什麼。反而還生受了你好大一批貴重禮物，真是賺到了。」

「妳也請我吃點心了呀，」朱毓升說：「很好吃。」

芳菲輕笑一聲。「不過是碟桂花糯米藕，你要是想吃，我把做法寫下來給你，你讓下人們給你做好了。」

朱毓升搖搖頭。「又不是妳做的。」

耶？芳菲聽到這話，不知怎的心跳快了幾拍……這死小孩不知道這麼說話會讓人誤會的嗎？又或者人家根本是天真爛漫，沒那個意思，妳別自己想歪了……他才十四耶，長得再帥又怎樣，還是個小少年呢……自己也才「十歲」！

朱毓升看芳菲忽然不接口，猛然醒悟到自己剛才說話孟浪了。

啊……自己在說什麼呀！她雖然是個小丫頭，畢竟是女孩子，自己這說話也太不注意，太輕佻了！

朱毓升尷尬至極，沒話找話說：「唔，我挺喜歡這座水榭的，在這兒可以看見荷塘景色。」

「呵呵，是呀是呀。」芳菲心想——孩子你很尷尬嗎，姊姊我也尷尬啊……

「呃，可惜時令不對，看不到滿塘荷花。我家裡有個大大的荷花池，一到夏天，荷花開得可好了……秋天的荷塘真沒看頭。」他繼續閒扯，閒扯，決定扯得越遠越好。

芳菲看向窗外，說道：「秋天的荷塘沒看頭？也不盡然……古人云，留得枯荷聽雨聲。夏天有夏天的美景，秋天有秋天的趣味。只要用心去體會，時時處處，都是美景。」

她這話，卻是對自己說的。

只要有心，哪裡都能找到可供欣賞的美景。無論什麼樣的環境，她都有信心生活下去！

朱毓升聽到芳菲此言，心頭一陣激蕩。

這些天，他正是為了皇帝欲立他為太子的事情煩惱無比。被人半路幹掉他當然不願意，可是如果成功得到皇上和太后的歡心，入主東宮——在王府過慣了閒散日子的自己能夠適應複雜的宮廷生活嗎？

芳菲的話猶如醍醐灌頂將他驚醒過來。

她哪裡像個比自己小了好幾歲的黃毛丫頭？朱毓升想起自己那幾個異母妹妹，麵團似的懵懵懂懂，還只會踢毽子玩絨花……她們根本不可能說出這般發人深省的話！

她這麼個聰慧到極點的女孩子，身世卻飄零淒涼……要是自己走了，她被人欺負的時候能找誰呢？

不過，既然龔知府夫婦刻意在府衙裡招待芳菲，想來是要藉著她向自己示好了……他再交代幾句，龔如錚應該會明白該怎麼做的。而且，他還有另外的安排——

「你這是做什麼？」看著朱毓升遞給自己的兩份屋契，芳菲大吃一驚。

「這是正街上兩間鋪子的屋契，送妳了。放心，手續都是齊備的。現在這兩間鋪子都租了出去，妳要是照樣租給原來的人也行，想換個租客也沒問題，反正租子少不了。」

這兩間鋪子本來都是他外祖父張學政的產業，聽說他要買鋪子送人，直接就轉手給了他。

不過，買鋪子的主意卻是蕭卓出的。朱毓升知道自己要離開陽城以後，很是掛心芳菲這小孤女日後的生活——聽說本家都容不下她，把她趕到未來夫家去。萬一以後夫家欺負她，本家哪會給她出頭啊！

蕭卓便提出了很實際的建議——送她一份嫁妝。朱毓升原來是想送她些田產，被蕭卓給否決了。她一個小女孩怎麼跟佃戶打交道啊！有了田地就得去管佃戶，佃戶的播種、收成、家務，地主都得上心。管理起來太麻煩了，很容易就會被她家裡的大人藉著幫她管田產為由，占了她的田租。

鋪子就不同，直接租出去就能有收入，而且屋契上寫了芳菲的名字就是她的私產。想搶的話，就得過官府這一關。而陽城官府最大的官知府大人，眼下還得討好著芳菲呢……

聽朱毓升跟她說了送鋪子的緣由，芳菲的心裡說不出什麼滋味。歡喜？有的。忐忑？不少。收還是不收，她很難作出決定……

她當然知道有了這兩間鋪子意味著什麼，這意味著她可以有自己的合法收入，可以少看很多很多的臉色。但平白收下這樣的重禮，絕不符合自己一貫的行事作風。不是自己努力掙來的產業，拿在手裡她根本不能心安！

「我不要。」她一伸手把屋契推回朱毓升面前。「毓升哥哥，我真的很謝謝你……可我不能收下這麼貴重的禮物。」

第二十一章　別離

「不收？為什麼！」朱毓升詫異地追問。

「不為什麼。你的好意，我心領了便是。」芳菲把屋契推了出去，心裡頭倒是安靜多了。

朱毓升惱怒起來。「小丫頭，我看妳也不是那種假清高的俗人。難道妳覺得收了屋契，我就會看輕了妳？」

無論朱毓升怎麼說，芳菲拿定了主意，就是不收。

她一固執起來，那是誰都勸不轉的。

朱毓升無奈之下只好說：「反正我不能就這麼把妳丟下不管，妳那些親戚可夠瞧的！」

他這一句，透露出他極為清楚芳菲的處境。芳菲很感動他的愛護，只是並不會因此改變心意。

「毓升哥哥，你放心，那些人總不能把我吃下去。我應付得來！」芳菲並不是在安慰他，她對於自己的生存能力有著足夠的自信。

她很感激他這番心意，但朱毓升畢竟是個養尊處優的皇族少年，又是任性妄為慣了的人，考慮事情便不夠周詳。送禮，收禮，都是很有講究的學問，輕忽不得。她一個無依無靠的小孩子，哪裡就敢隨隨便便收人禮物？

他也不想想，她要是收了這兩間鋪子的屋契約，怎麼跟人解釋。

他與她男女有別，就算有著救助之恩在裡頭，也難堵住外頭人的嘴巴。要是人家知道他送了她這麼重的一份禮物，多少難聽的話都說得出來！豪門少爺給平民少女送大禮，本身就透著曖昧。

小女孩也是女孩，也要閨譽的！壞了名聲，她就是再有本事也難在陽城立足了，她不能為了眼前的利潤放棄長遠的打算。

雖然，有了這兩間鋪子，確實能夠迅速改善她的生活……但芳菲明白，很多事情，還是慢慢來比較好。

朱毓升無法說服芳菲，也只得嘆了口氣。暗想自己私底下再和蕭卓商量商量，想點別的法子暗地裡幫幫她就是了。

芳菲跟他說起盧氏要推薦自己到千金們就讀的閨學裡去讀書，朱毓升卻很贊成。

既然朱毓升這位襲知府和夫人上趕著討好的正主兒，認為自己去閨學讀書沒什麼壞處，那就說明他不怕盧氏打什麼別的主意了……如此，去閨學裡讀讀書也好。

每天待在屋裡無所事事的生活，芳菲也過得有些膩了。

兩人有一搭沒一搭隨意說著話，也沒刻意聊什麼話題，但朱毓升總覺得自己很喜歡跟她聊天……不知不覺間，金烏西沈，就快天黑了。芳菲再三說要走，朱毓升才不情不願地讓朱善去備馬車。

他知道這次一別，也許往後就再也沒有見面的機會了……以他的尊貴身分，也沒有送她出門的道理。眼看著芳菲就要離開水榭，朱毓升悶悶地說：「好歹讓我送妳點東西，就這麼讓妳空著手走了，我心裡堵得慌。」

芳菲輕輕搖了搖頭，笑了。「我說了不用，就是不用。」

再不走就太晚了，芳菲只好朝他擺擺手算是道別，跟著站在水榭外的侍女往府衙外走去。

走出不遠，忽然聽到朱毓升在後頭喊她。「小丫頭，等等！」

她一回頭便看見朱毓升手裡拿著一枝新折的桂花，彷彿是方才插在他屋角花瓶裡的那枝。

「拿著！」朱毓升匆匆跑到她面前，把桂花往她手裡一塞。「這總算是我一點心意……妳拿著吧！」說罷，不等芳菲回應，便踅身回轉走了。

芳菲看著朱毓升在暮色中逐漸模糊的背影，又低頭看看自己手裡這枝開得正豔的金黃桂花……不知怎的，想起她上輩子的故鄉裡傳唱的一首歌謠。「一枝桂花一片心，桂花林中定終身……」

她無言的隨著侍女走出府衙後宅大門，坐上朱善為她準備好的馬車。

車伕舞動著皮鞭催趕著馬兒上路。馬車離開府衙那一刻，芳菲輕撫著手裡的桂花，低聲說了一句。「再見……」

陸家夫婦果然對於芳菲要去閨學上學的事情是一百個贊同。能夠跟上流社會的千金小姐們坐在一起讀書、作畫，這樣的好事怎麼能錯過呢！

「我就說了，芳菲這孩子一看就是個討人喜歡的。知府夫人和小姐都愛跟她來往，誰家的姑娘能有這份體面？」

晚上回到臥室後，何氏對著陸月名把芳菲讚了又讚。

何氏素來不太愛說話，陸月名少見她這般高興，取笑她說：「妳看看妳看看，還怪我早定親！現在還怪不怪？我都說了，秦家的父母人才好，他們的女兒也必定是好的。」

想起自己以前老是為了這門親事跟丈夫抱怨，何氏有些不好意思。不過老夫老妻的，她也沒怎麼往心裡去，大不了給丈夫笑上幾天好了。只要給兒子娶到好媳婦，她才不管呢！

「唉，芳菲這邊好是好，寒兒卻……」想到兒子不肯把精力放在四書五經上，陸月名就一陣心煩。

何氏倒覺得丈夫把兒子逼得太緊了。兒子又不是荒廢了學業，不就是喜歡看點醫書嘛！這也是家學傳承，並不是什麼壞勾當，怎麼就老把兒子往差了想呢。

「老爺不必擔心，我看寒兒近日也肯好好背書了。等他明年下場考了童生，不管中不中秀才，咱讓芳菲給知府夫人遞個話爭取個府學名額，還怕兒子不上進嘛！」

陸月名嘆息了兩聲，沒有再說什麼。

無意間在父母屋外路過的陸寒，站在窗下聽到父親的嘆息聲，心情也變得沈重起來……

芳菲讓莫大娘出門給盧氏送了封信，就說和長輩請示過之後，希望能夠到閨學去讀書識字。說起來，芳菲的正經長輩，應該是秦家族長秦易紳才對。

陸月名當時也問芳菲，是不是該去信問問秦家大老爺。芳菲只乖巧地說：「來之前大伯父交代過，芳菲在這兒住著的時候，便一切任由陸伯父作主。」秦大老爺當然沒有這麼說過，不過芳菲說這謊的時候是眼睛都不帶眨一下的。反正這種謊話陸月名又不可能拿去跟秦大老爺對質……

陸月名是謙謙君子，根本沒想到芳菲會說謊。既然秦大老爺這麼交代過，而且去閨學讀書又不是壞事，便也沒堅持向秦家送信。

何氏高興得拉上芳菲去逛了一回綢緞莊，給她扯了好幾塊新料子做衣裳。

「伯母，不用給我做新衣裳了……我原先的衣裳還合身呢。」

何氏不理會芳菲的推辭，笑道：「芳菲，伯母知道妳不是那種愛打扮的姑娘。但和官家小姐們在一塊兒處著，總得穿戴得體些才好。」

芳菲也明白世人先敬羅衣後敬人的心態，便接受了何氏的好意。不過因為她族裡大伯母李氏才去世，她有小功在身，並不能穿太鮮亮的顏色。這恰好如了她的意，做人還是低調點好。

她原來也想著去閨學讀書這事，是不是給本就不太富裕的陸家增加了很多經濟負擔，還因此猶豫過是否真的要去閨學……要知道，在絕大多數時代，上學都是一件非常燒錢的事情。更何況，她要去的可是貴族女校……

就為了她要去上學，陸家新增的開銷可是不小。做衣服，買筆墨，置辦上學時要帶的隨身行頭，連春雨都換了身新衣。還有出門搭轎子的費用，長期下去也不是筆小錢啊……

但是陸家夫妻早早就想到了芳菲會有這方面的顧慮，一個勁兒的告訴她不必擔心。用何氏的話說，就是：「芳菲，妳這可是花錢都買不來的體面！」

芳菲觀察了一陣子，發現他們夫妻說的話確實是出自真心。實際上，何氏完全捨得這一筆「投資」，要知道芳菲又不是外人，將來是要嫁到自家來的。

萬一兒子以後中了舉當了官，也得有芳菲這麼個知書達禮的妻子才好。當然她想得也太遠了……母親們總是這樣的。

如是過了幾天。芳菲首次去閨學上課那日早晨，陸家還沒來得及去雇轎子，便有一輛馬車來到了陸家門前。

卻原來是龔惠如和孟潔雅表姊妹兩個聽說今兒芳菲要來，興沖沖地跟盧氏說要去接她。孟潔雅吃了幾天百梨銀湯，咳嗽都止住了，姊妹倆對這位小妹妹更有好感。

有了知府千金「護航」，芳菲到閨學裡果然沒吃什麼苦頭。在閨學裡，惠如和潔雅都說芳菲是她們親戚家裡的妹妹。雖然也有些別的官員女兒對芳菲這麼個平民百姓家裡的姑娘能「混」進閨學大為不滿，最多也只敢在背後嚼嚼舌根，哪有人敢站到她跟前來挑釁？

閨學裡教的是琴棋、書畫、刺繡、女紅等內容，當然也要上《女誡》這種思想道德課……這些對於芳菲而言，都是難得的新奇體驗。

去閨學上了兩天課，這天芳菲才下學回到陸家大門前，就看到秀萍站在門首等她。

「七小姐回來了！」秀萍快步走到芳菲面前，說道：「七小姐家裡來人了，在廳上坐了半日。娘子讓奴婢到前頭來等著七小姐，說等七小姐回來請先到前廳說話。」

芳菲眼睛輕輕瞇了瞇，嘴角牽起一絲冷笑。

秦家的人來幹什麼？

第二十二章　孫氏

秦老夫人喝下一盅微燙的參茶，額上冒出幾顆細小的汗珠。侍立一旁的桂枝忙遞上錦帕讓秦老夫人擦汗，殷勤地問道：「老祖宗，廚房裡做了新鮮的百菌湯，您要不要嚐嚐？」

自那回受驚後，秦老夫人的精神和胃口就一直沒好起來。為了能讓秦老夫人提起吃東西的興致，廚房裡想盡了法子專給她做鮮味的菜餚。

「隨便吧。」秦老夫人有氣無力地揮了揮手，桂枝知道這是讓人送一點過來給她嚐嚐的意思，趕緊下去準備了。

桂枝才剛想走出房門，差點跟迎面而來的一個人撞個正著。她剛皺起眉頭想訓斥這人，居然敢在老祖宗跟前橫衝直撞？定睛一看，來人卻是秦家三小姐芳苓。

芳苓身上還穿著重孝，一身素白襯得她臉上陰霾更甚。

「三姑娘，來看老祖宗？」桂枝趕忙笑著跟芳苓打招呼。

「老祖宗！」芳苓疾步走到秦老夫人面前。

秦老夫人見她來了，勉力提起精神說了一句。「三丫頭來得正好。今兒廚房做了百菌湯，妳跟著我在這兒用晚飯吧。」

「謝謝老祖宗，還是老祖宗最疼孫女了……」

秦老夫人聽著她語帶哭音，仔細一看，她眼皮子還是腫的。秦老夫人以為她思念亡母，柔聲安慰道：「三丫頭又怎麼了？雖說難免傷心，也要保重些身子，這才是孝道。」

「老祖宗……」芳苓忍不住哭了起來。「孫女兒知道不該來煩勞您老人家，可是這事……孫女真的想不通！」

「什麼事？」秦老夫人聽她說得古怪，不由得多看了她兩眼。「把眼淚擦乾了說話，這成何體統！」

芳苓掏出帕子抿了抿眼角，哽咽著說：「我聽說三嬸娘今兒派石婆子帶了禮物去探望那小賤……探望七丫頭，憑什麼呀！我娘這才剛下殯……」

秦老夫人臉上神色微動。

平白無故的，老三媳婦派人去看七丫頭做什麼？再說了，她做這事也沒跟自己請示過……

原本管家的李氏去世後，二夫人林氏也臥病在床，家務就落到了三夫人孫氏的身上。

李氏在日，孫氏完全沒有插手家務的意思，平時說話也少。秦老夫人還嫌這三兒媳婦太內向，不如大兒媳婦幹練，也沒有二兒媳婦的精明。

想不到她一接手管家，就先把家裡管事的一干婆子媳婦狠狠地數落了一通。那些往日裡滑頭的、偷懶的、小貪小摸的事情，被她一件件當眾說了出來，幾乎個個都挨了訓斥，還免了好幾個體面婆子的差事。

這下子大家才知道平時不聲不響的三夫人，也不是個吃素的主兒。本來想欺負孫氏不熟悉家務，打算乘機撈好處的老人們全都吃了癟。孫氏把管事女人們捏在手裡，辦起事情來就利索多了。

別的不說，大夫人李氏的喪事，她就辦得有條不紊，又體面又隆重，往來的女眷們都對這位秦三夫人的行事讚不絕口。

秦老夫人見孫氏能幹，她便樂得丟開手來專心養病。

但孫氏的作為讓婆婆安心，卻也招來了一些下人和家裡親眷的不滿，無非是覺得孫氏不如以前的李氏寬厚，規矩太嚴等等。

三小姐芳苓也很不滿她這位三嬸娘孫氏當家。

以前李氏當家的時候，芳苓是要什麼有什麼。她父親是家裡大老爺，又是家族族長，眾人本來就奉承她。加上李氏管著家務，家裡婆子、媳婦、丫頭們都爭著討好芳苓來博得李氏的歡心，芳苓的日子過得不知多舒坦。

但現在當家主母換了人，還是個特別嚴厲的主子，下人們就都慌著巴結三房的人去了。雖然也沒人會特意怠慢芳苓，可是享受慣了眾星拱月待遇的芳苓還是很不習慣。

比如三房的八小姐芳英，以前都是跟在芳苓屁股後頭轉的，芳苓還覺得這妹妹有些怕事，常常拿出姊姊架勢來教訓她。如今孫氏一當家，下人們對芳英的態度諂媚多了，芳英在芳苓跟前也不如以往恭敬。

有一次芳苓交代小廚房給她做宵夜，她的丫頭梅兒去了半天，回來說那兒正做著八小姐的宵夜呢，讓她再等等。廚房的人並非刻意，芳苓卻認定她們是有心的。

當天晚上，芳苓就氣得一個通宵都沒睡著！她恨芳英不再當她的跟屁蟲，連帶著恨上了孫氏，何況孫氏也確實沒怎麼特別照顧她——在芳苓想來，自己現在沒了母親，長輩就該更疼愛她一些，如同老祖宗對自己那樣。

所以，原本就對孫氏懷著一肚子不滿的芳苓，今天從梅兒口中聽說孫氏派她最得力的手下石婆子去看芳菲，據說還帶了許多禮盒出門，她心裡的火山就爆發了。

三嬸娘對自己這個長房嫡女愛理不理的，卻還去管那個掃把星！

她母親去世，都是那個掃把星害的！要是母親還在，自己何至於像現在……

芳苓左思右想，便決定往秦老夫人面前哭訴來了。

她見秦老夫人好像沒什麼反應，更覺委屈，放聲哭道：「老祖宗，咱家遭了這回禍事，都是七丫頭給招來的！三嬸娘明明知道她害了我娘，還害得您現在……她為何還要讓人帶禮物去找那七丫頭……」

忽然聽見屋外丫頭們喊道：「老祖宗，三夫人來了。」

芳苓一慌，忙收了眼淚，站在一邊抽抽噎噎。

秦三夫人孫氏在兩個丫鬟如香、如雲的簇擁下走進屋子，臉上表情可不好看。

「給老祖宗請安！」孫氏向老祖宗行了一禮。

「行了，妳也勞累了大半天，坐下陪我說會兒話吧。」秦老夫人說罷，便讓桂蘭給孫氏擺椅子。

孫氏不忙坐下，卻是臉上一沈，直盯著芳苓說：「誰委屈了我們三姑娘？說出來，嬸娘給妳作主。」

芳苓期期艾艾說不上話，孫氏又冷冷一笑，說道：「三姑娘怎麼不說了？剛才不是說得挺歡實嘛！」

她這麼一說，芳苓便知道自己跟老祖宗哭訴的聲音一定傳到屋外去恰巧被孫氏聽見了。芳苓心虛之下更是亂了手腳，眼淚又滴滴答答地流了下來。

「看來三姑娘這回是真的受了大委屈了！要不要讓三嬸娘來給妳賠罪？嗯？」

秦老夫人見孫氏得理不饒人步步緊逼，把眉頭一擰，說道：「行了，這都是三丫頭人小不懂事，妳做長輩的不理會她就是了。」

她剛想問問孫氏為何讓人去看芳菲，卻聽孫氏說：「老祖宗，媳婦正想來跟祖宗說，這家我是沒能耐也沒臉當下去了，還請老祖宗您親自來掌家吧，媳婦實在是對不住老祖宗了！」

秦老夫人一聽，嗔怒道：「妳這是什麼話，好端端的又鬧什麼？我讓妳當家自然是信得過妳，妳有沒有能耐我還不清楚嗎？怎麼當得好好的，又撂挑子不幹了？」

「老祖宗，您要真是心疼我，就讓我辭了吧……我是個笨人，嫁到秦家十多年來都沒當過家，這會兒突然擔了這麼重的擔子……」孫氏也抽出手絹抹眼角。「我只想著把下人拘得緊些，讓他們勤快些，誰知道人人都說我是個惡毒的。下人們愚笨也罷了，連家裡人都跟我鬧騰，妯娌姑娘少爺們老是要這個、要那個。不如意時就在暗地裡說，當日大嫂在世時規矩是怎樣怎樣的，怎麼到我手上就變了樣，都覺得我刻薄了大家……」

孫氏這番哭訴是七分做作裡夾雜了三分真心，說得秦老夫人也怪心煩的。她知道這是孫氏借著敲打芳苓的機會，要自己向她表態了。

但明知孫氏的用意，指望著她來幫忙管家的秦老夫人也不得不安撫她說：「妳只管好好當妳的家，誰敢不聽妳的話，在後頭嚼舌根的，真要抓著了妳就家法處置。別想那麼些有的沒有的。」

孫氏應了聲是，又瞥了芳苓一眼，對秦老夫人說：「老祖宗把家務事交給媳婦，媳婦想著就是累死了也要把家理好的。咱自家院子裡的事且不去說，媳婦還得為秦家大大小小的姑娘少爺們打算呢……這好不容易有了個機會，正想跟老祖宗您報喜來著，居然一來就聽到……聽到……」

她狠狠的剜了芳苓兩眼，沒有再說下去。當然秦老夫人和芳苓都知道她的話是什麼意思了。

秦老夫人心裡護著芳苓，把話岔開說：「妳剛剛說什麼？什麼機會？」

「說起來，也是一樁奇事，」孫氏剛才得了老祖宗的准話，知道她肯為自己管家撐腰，心情也好了起來。「我們家的七丫頭，竟入了知府太太的眼。由知府太太推薦她到官家閨學上學去了！」

「竟有此事？」秦老夫人大吃一驚。

「怎麼可能！絕對是假的！」芳苓像隻被踩了尾巴的貓兒似的跳了起來。

孫氏越發不待見芳苓，訓斥道：「長輩說話，妳插什麼嘴！」

芳苓鼓了鼓嘴巴，還想再說什麼，秦老夫人卻說：「桂蘭，送三姑娘回房去休息。」

這下子芳苓是徹底蔫了，只得垂著頭跟在桂蘭後頭離了上房。她一路走一路想，三嬸娘說的事……會不會是真的？

那個掃把星，憑什麼能攀上知府夫人的高枝啊！

第二十三章 心思

同一時間，陸府。

縱使心中對秦家上下人等沒有半點好感，芳菲也絕對不會表現在臉上。尤其在何氏面前，她更是不會流露出對秦家的任何不滿。很多事情，自己心裡清楚就好。

石婆子往常幾乎沒和這位七小姐接觸過，正兒八經的面對面說話更是頭一遭。

在秦家，大多數人們對芳菲根本沒什麼太深刻的印象。也就是最近一段時間，才有人談論起芳菲的事情。先是說她突然開了竅，懂得去討老祖宗的歡心；出了事後，下人們又熱衷於談論她的身世，想知道這被稱為「掃把星」的七小姐是怎樣的剋父剋母剋全家還剋了自己的丫鬟……

但是對於芳菲本人的模樣、性情、脾氣，並沒有人會去關注。一般在秦家說起來，公認最漂亮的小姐當然是三小姐芳苓；最和氣的是五小姐芳芷；最淘氣的是六小姐芳芝……說起七小姐，大家的感覺就是——是個沒脾氣的木頭人。

但石婆子看著眼前的七小姐，覺得大家可能都看走了眼。她可不像個木頭人兒，眼神裡就透著股精靈勁呢。

「七小姐，三夫人讓我給您捎話，就說家裡都惦記著您呢。您身體好些了？」石婆子恭敬地向芳菲問好。

芳菲微笑回應。「好多了，全賴陸家伯伯、伯母的照顧，家裡長輩和姊妹們都還好吧？」

「都好都好。」

芳菲又跟石婆子寒暄了幾句，石婆子把家裡帶來的禮盒包袱都讓芳菲看了。芳菲看見這些東西，越發起疑。

這時坐在客廳另一邊的何氏對芳菲說：「妳家裡大人讓這位大娘過來，一來是給妳送兩件冬衣和些吃食，二來是想問妳準備什麼時候回去。唉，伯母真捨不得妳。」

何氏這話自是出於真心。她只生養了陸寒一個，芳菲來了以後，她是真的拿芳菲當親女兒待的。

「伯母！」芳菲聽到何氏這話，本來掛著淡淡笑容的小臉上頓時露出難過的表情。她幾步走到何氏身邊，竟身子一軟俯倒在何氏膝上，聲音裡帶著哭意。「芳菲自小沒了母親，自從來了伯母身邊，雖然只有幾日光景，也覺得自己像是有了親娘疼愛一般……伯母，芳菲也不捨得您啊！」

她一邊抱著何氏的膝頭微微顫抖，一邊努力給自己做心理建設，背誦星爺的名言——「其實，我是一個演員……我是一個演員……」

何氏不疑有他，被芳菲依戀的態度深深打動，一把將她抱在懷裡。「好孩子，好孩子……」

石婆子站在一邊十分尷尬。這……怎麼會弄成這樣的？

芳菲做出強忍傷心的樣子，對石婆子說：「大娘，芳菲也很想念家中各位長輩。只是……請代我向伯祖母和三嬸娘稟報，說是且再容我在陸伯母這兒住上一段時日，好好陪陪陸伯母，行嗎？」

看到這種情況，石婆子能說什麼，當然連連點頭答應一定把話帶到。至於芳菲的歸期，就被耽擱了下來。

芳菲作戲作到十分，又一一問候家中眾人的情況，彷彿並不知道家裡長輩先前對她的厭惡，都把她當成掃把星。

打發走了石婆子，芳菲又與陸氏夫婦和陸寒一起吃了晚飯，才回自己屋子休息。

哼……秦家的人，消息倒是很靈通嘛……芳菲揉了揉太陽穴，微微有些疲倦。

秦家的人要是再三要求她回去，她是不得不回去的。畢竟她是秦家的女兒，沒有長住陸家的道理。就算陸家算是她未來夫家，在未過門前她也沒理由長久留下來——雖然芳菲敢肯定，秦家大老爺使計把她送出秦家，是存了讓她一直在陸家待到出嫁的心。

不過此一時，彼一時，眼下秦家人知道她跟權貴家眷有了來往，自然就生了別的心思。

這娘家，她不得不回去。但什麼時候回去，可不一定由他們秦家人說了算。剛才特意在何氏面前造作一番拖延時間，就是這個緣故。

她必須保證自己回到秦家以後的生活，不能再像以前一樣受人冷眼，被人踐踏。而要做到這一點，她就必須要讓秦家的人們明白她的存在價值才行……看來，她得花點心思在閨學裡那些千金小姐們身上了。

只有真正打進了她們的圈子，她才有了在秦家立足的本錢。當然，僅僅這樣是不夠的，她還需要些錢財傍身……但那也是急不來的事，慢慢再說吧。

從頭到尾，她都沒有跟陸家人說過秦家長輩薄待她的事。說了，也許能讓他們多疼惜自己一些，但那又何必呢？

她願意在世人面前維持一個溫和的形象，最好是稍微厚道得有點小糊塗，不能聰明到咄咄逼人。無論是陸氏夫婦、知府夫人、惠如和潔雅姊妹倆，她都不會向他們表露出太多真性情。

她太明白，在這個陌生的世界裡，只有她才能真正保護好自己。

或許……那個讓自己叫她哥哥的男孩子，是唯一見過她真情流露的人。

他現在，應該安全抵達安宜了吧……

石婆子回到秦家，馬上就被秦老夫人召到屋裡來。

當秦老夫人和孫氏聽了石婆子轉述她在陸家見到芳菲的種種情況後，沈默了一小會兒。秦老夫人先讓石婆子退下，對孫氏說：「妳真想把七丫頭接回來？」

「老祖宗，七丫頭進了官家閨學，這裡頭的利害，您可比我清楚啊！」

孫氏看秦老夫人對於芳菲這事還很猶豫，禁不住有點急了。剛剛不是才跟她說了把七丫頭接回來的好處嘛，老祖宗這麼精幹的一個人，怎麼就轉不過彎來呢？

孫氏娘家弟弟上月生了個小子。忙著接管家務的孫氏，直到前天才抽出時間回娘家去看看小侄兒，順便跟她那幾個嫂子弟妹聚一聚。

秦家除了芳菲死去的父親是秀才之外，其他人都是白身。在這一點上孫家卻強得多，孫氏的幾個兄弟全是秀才，二弟還在衙門當小吏。正因孫家家世良好，孫氏在秦家的底氣也足，只為自己不是長媳才一直低調做人罷了。

她看望了小侄子後，娘家人留她用飯，在席間便聽二弟媳說起了芳菲的事情——她八歲的女兒孫宜貞也好不容易轉托了無數關係進了這官家閨學，今年才入的學。

當時她幾個嫂子弟媳都羨慕得不得了。二弟媳說：「哎呀，你們家這位七小姐一定極為出眾，不然怎麼就那麼招知府夫人喜歡呢？我聽我家姑娘上學回來說，知府的千金龔小姐，和她表妹孟小姐，對妳家七小姐好得不得了，日日拉她在身邊坐著的。我跟宜貞說了，咱和七小姐也是親戚，讓她過去陪七小姐坐坐，她老是害羞……姑奶奶，我還想改天請妳家七小姐來家裡坐坐，和宜貞私下熟悉熟悉，在閨學裡也有個照應……」

那邊二弟媳還在絮絮叨叨說著，這邊廂孫氏心中卻掀起了滔天巨浪。

別人還在問她。「這麼說來，姑奶奶妳家芳英也到了該識字的年紀了，是不是……」

外人並不清楚芳菲被變相趕出秦家的事，以為芳菲進了閨學，便也有可能提攜其他姊妹入學。

孫氏當然不會露出口風，按捺下心中驚詫，故意做出不在意的樣子說：「芳英身子弱，家裡老祖宗說讓她養好了身子再去。」她沒把話說死，以後不管芳英能不能借光進閨學，她都有個說法。

一回到秦家，孫氏馬上就謀劃開了。為求穩妥，她又特意讓人去打探一番，確定芳菲真的進了閨學，她便想著要把芳菲接回秦家來。

孫氏的想法，秦老夫人並非不能理解。恰恰相反，她掌管了內宅幾十年家務，和城裡大大小小的財主商戶人家都有來往，當然明白其中的好處。

芳菲這一輩人，除了已經隔房出嫁的大小姐芳蕊、二小姐芳菡，其他從三小姐芳苓以下的十幾個女孩兒，都還沒議親。要是能傍上芳菲的關係，去閨學裡讀讀書，那說親的時候秦家女孩兒底氣就足了。

從官家閨學裡出來的女孩兒，當然在婦容、婦德、婦功這些方面比別人強——最起碼世人都是這麼認為的。誰不想娶個有教養的媳婦呢？退一步說，就算擠不進閨學，能跟著芳菲和官家千金們交往，也多了在外頭露面的機會，很有可能被哪家的太太看上便叫人來說親了。

再退一步，即使進不了閨學、結交不了官家小姐、也沒被官太太看中……只要他日芳菲能進入這個交際圈子，認識一些官宦人家，就能幫著把這些姊妹給「推銷」出去。

孫氏可是有女兒的人，自然想給女兒說門好親事，自己也享享女婿的福。

這些，秦老夫人都明白……她只是放不下心結，生怕芳菲真是掃把星，把她找回來會剋了自己和家人……

「讓我再想想吧。」秦老夫人疲倦地閉上了眼睛。

孫氏不甘地張了張嘴還想說什麼，好不容易忍住了，只在心中暗暗腹誹。

這個老糊塗！

第二十四章　先生

「姑娘，今天可比往日冷得多了。穿這件織錦棉褂子好不好？」春雨把新挑出來的冬衣拿到芳菲面前。

芳菲伸手拈了拈衣裳的厚薄，便點頭同意。

「行，就穿這個吧。」芳菲對於穿戴並不太講究，只要得體舒適就行。

不知不覺間，就到了穿冬衣的時候了……日子過得真快啊，她到閨學上課已經一個月了。人際關係且不去說它，單單這些課程，就已經足以讓芳菲費盡心力了。雖說在閨學上課的都是些十來歲的小女孩子，對於芳菲而言那些課程可比她在大學裡學的都要難——她上輩子哪拿過針線啊！憑著這身體原主的模糊記憶，芳菲私底下摸索了很久，才勉強掌握了些針線功夫，沒有在刺繡課上露怯。其他的撫琴、書畫等課程，也都不是那麼好對付的。

惠如和潔雅也沒想到，這個人品出眾的小妹妹居然會在這些方面表現平平。芳菲明知自己的水平還敢去閨學，自然也是想好了說辭的。她把自己淒涼的身世一說，又說自己從小病弱，日子都在病榻上度過，根本就沒學過這些東西。

二人越發覺得她惹人憐惜，反過來安慰她說女孩兒只要品德好，其他的東西都屬次要，略略學一些就行了。

春雨伺候芳菲穿戴整齊，又把一個暖得恰到好處的小手爐套好套子送到芳菲懷裡。

芳菲先到何氏房裡請了安，陪何氏用了早飯，才帶上春雨往閨學裡去了。

這官家閨學設在陽城府衙附近的一處幽靜院子裡，也是官家產業，環境清雅。

果然今兒天氣一變，大家就都穿上了夾棉的冬衣。一大群家境良好的女孩子待在一起，彼此間自然會有爭妍鬥豔的心思。所以一到這換冬衣的時節，更是人人都迫不及待的穿著新裝來上學了。

一屋子的紅錦、紫緞、金繡……花團錦簇，直要把人的眼睛給耀花了。

芳菲身上還有李氏的孝，就理直氣壯地穿著素色衣裳。

照慣例，女孩們在上課前總要說說話，聊聊天。今天大家穿戴一新，話題當然就一直圍繞在她們的新衣上頭了。

「秦妹妹，妳的衣裳怎麼都沒繡花？也太簡陋了吧。」

說這話的姑娘叫邵棋鍈，今年十二歲。在閨學裡，除了知府千金龔惠如之外，就數她家世好。邵家是陽城本地望族，讀書人不少，邵棋鍈的親伯父在京城都察院任御史，和惠如的父親龔知府是平級。

所以往日在學裡，邵棋鍈也是大家恭維奉承的對象。加上她本身姿容不錯，家裡又寵愛，便養成了傲慢驕矜的脾氣。對於家世稍微差些的同窗，根本看都不看一眼。

自從芳菲入學，她就看芳菲不順眼。一個普通人家的女兒居然也混進閨學裡，和自己成了同窗，這是她這種自命高貴的人難以接受的事情。所以她總是時不時要刺芳菲幾句，明裡暗裡嘲諷芳菲根本不配來閨學讀書。

芳菲就算說不上宰相肚裡能撐船，也不會把這種小女孩的意氣之舉放在心上，根本不予理會。倒是惠如為芳菲抱不平，還時常把邵棋鍈的話頂了回去，由是邵棋鍈對芳菲更加記恨在心。今天邵棋鍈見惠如和潔雅還沒來到，芳菲一個人坐在書桌前溫習功課，便帶著幾個小姊妹過來找芳菲的麻煩。

芳菲聽到邵棋鍈這麼說，微微一笑抬起頭看她。「邵姊姊，我穿什麼衣裳，對妳來說很重要嗎？」

「妳……」邵棋鍈沒想到芳菲會來這麼一句。平時芳菲不搭理她，她還以為芳菲怕了她。「我是看妳可憐，才過來問問！」邵棋鍈哼了一聲，輕蔑地看著芳菲的衣裳。「穿這麼寡淡粗陋的衣裳，也好意思來和我們坐在一塊兒！」其實芳菲的衣裳只是顏色素淨些，也沒她說得那麼誇張。

芳菲笑意更濃。「原來邵姊姊來學裡，不是識字讀書，卻是來展示妳的漂亮衣裳的？」

邵棋鍈氣結，她哪受過這種擠兌。「秦芳菲，妳別以為混進了閨學就成了大家閨秀了，誰不知道妳家裡個個都是白身！」

這話說得就重了，傷的可不是芳菲一個。要知道這官家閨學，雖然大部分的女學生都是官家小姐，但也有個別是官員家裡的親眷女兒，並非人人的父叔都是當官的。其他幾個和芳菲家世差不多的女孩子，聽到邵棋鍈的話，臉上也露出不滿的表情，只是礙於邵棋鍈一貫的氣勢，不敢過來頂她。

芳菲實在不想跟一個小女孩鬥嘴。就算鬥贏了，也沒什麼意思。她扭頭不去理邵棋鍈，繼續拿起書本看著。

邵棋鍈得不到芳菲的回應，更是生氣，怒氣沖沖的一把將芳菲手上的書本搶了過去。「我在跟妳說話呢，妳聽見了沒有？」

芳菲嘆了口氣，她不想惹麻煩，偏偏麻煩要來惹她。「聽見了，我家人確實都是白身。這有什麼問題嗎，邵姊姊？」

被芳菲一反問，邵棋鍈還真是難以回答這句話。雖然這是官家辦的閨學，當初創辦的宗旨只說這是為了給一些家世清白的女孩子讀書，沒有規定學生必須要是官宦人家出身。芳菲這麼大大方方的回應邵棋鍈的挑釁，讓想看到芳菲羞憤表情的邵棋鍈大失所望。

「沒問題了？可以把書還給我嗎？」芳菲伸出手來，示意邵棋鍈還書。

邵棋鍈還想說什麼，她身邊的女孩子低聲說：「湛先生來了！」

邵棋鍈一慌，把書往芳菲身上一丟，匆匆回她自己的座位去了。

一個身材修長、鵝蛋臉兒的藍衣女子走進屋子，寒潭秋水般的雙眼往眾人身上一掃，屋裡眾人便全安靜了下來。

這三十多歲的藍衣女子，就是教她們識字的湛先生。閨學裡的學生全是女孩，來教書的先生當然也是女子，每家閨學都是如此。

但這位湛先生，身分卻很特別——原因無他，她的出身極為高貴，本來不該拋頭露面到閨學裡教書的。

其他來閨學教書的女先生，當然都是良家婦人。可這位湛先生，娘家是陽城本地的百年望族。就連邵棋鍈他們邵家，跟湛家這種大家族比起來，只能說是小巫見大巫。邵家在朝中有一位御史大夫，而湛家從三代前起，就是朝中重臣。百年來，湛家出過無數舉人、進士、翰林，還曾出過一位狀元公。

湛先生的祖父，甚至當過內閣大學士，位極人臣。湛先生家學淵博，從小就以才學名動四方。可惜丈夫早逝，膝下又沒有一兒半女，所以便一直在娘家寡居度日。

龔知府恰好是湛先生祖父的學生，和湛家有點交情。湛先生到官家閨學教書，是賣了龔知府的面子。不過她寡居無聊，也正想做點事情解悶。教年輕女孩子們讀書識字，這事很對她的脾胃，她也就應承了下來。

湛先生在閨學裡深有威信，女孩子們對她都是既敬又畏。有她在場，沒人敢再竊竊私語。

湛先生也不說話，就站在書案前環視眾人，最後把眼光落在埋頭讀書的芳菲身上，露出一絲難以察覺的笑容。

看不出這個女孩子，倒有點寵辱不驚的模樣……再看看芳菲那身在一屋錦繡中顯得格外樸素的衣裳，湛先生的表情更和煦了。

湛先生今天來得比往日早，還沒進屋就聽見女孩子們在裡頭吵鬧。她沒急著進去，站在外頭聽了一會兒，想看看這些平時在她面前裝得很乖的女孩子們到底是個什麼性子。聽到芳菲從容應對邵棋鍈的欺凌，不由得對芳菲隱隱生出一絲好感來。

這時惠如和潔雅等幾個晚到的女孩子也進了屋，看見湛先生已經來了，嚇得趕緊回到自己位子上，大氣都不敢喘一口。

「好了，人都到齊了。開始讀書吧，妳們先把昨天臨摹的字拿出來給我看一看。」眾人乖乖照辦，把書法攤開放在桌子上。湛先生一路走來，每看到一張書法就閒閒點評幾句。

「太滯重了，妳這是寫字還是搗杵？」

被她點到名的女孩子羞愧得把頭重重地低了下去。

看到另一張，湛先生又皺起了眉頭。「筆劃幼細，這些字都是只有骨頭沒有肉的。再練十張！」那女孩子忙點頭應是，趕緊磨墨準備重寫。

湛先生看一張批一張，不一會兒幾乎就把這些女學生們點評了個遍。看見一屋子垂下的腦袋，湛先生冷冷的說了一句。「妳們都把心思花在穿戴上頭了，哪還能寫出好字來！」

這一批評，大家便知道她們剛剛討論新衣的話都讓湛先生聽去了。邵棋鍈更是坐立不安。

這時湛先生已走到芳菲面前。她拿起芳菲臨摹的書法習作看了一眼，芳菲心中暗嘆一口氣，做好了被批評的準備。她已經盡力了……幾乎每天晚上，都要寫上幾十張大字。只是她底子太普通，現在寫出來的字也只是勉強能見人罷了。

誰知素來嚴厲的湛先生，卻淡淡地說了句。「比前日寫的那些進步不少，還算用功。」

咦？她沒聽錯吧，湛先生在表揚自己？

第二十五章　梅園

閨學也不是日日上課，除了年節之外，每上十天便有一日休息。學生們要是家裡有事，或是身體不適，也可請假在家。畢竟讓這些女孩子來閨學上學，只是為了學好婦德、婦工，無須像男子學堂那樣嚴格刻苦。

一般到了休息的日子，芳菲都是在陸家待著陪何氏說話，或是在書房練字。

「芳菲妹妹，妳的字越發好了。」

書房裡，芳菲和陸寒分坐在書案兩邊練字。侍墨和春雨一個幫著磨墨，一個斟茶遞水，小小書房倒也有幾分熱鬧勁。

陸寒的學堂也是十日一休，這天也是他的休息日。

芳菲聽了陸寒的稱讚，羞愧搖頭。「陸哥哥謬讚了。我寫的字是怎樣的，我自己還不清楚？」

她雖然得了湛先生的表揚，卻沒被衝昏頭腦，以為自己的字真的有多好。充其量，只是比原來寫得端正些、整齊些罷了。至於筆鋒、筆意，真是提都不好意思提。

「陸哥哥，你寫的才是好字呢。」

芳菲停下筆，走到陸寒面前看他剛剛完成的一篇大字，寫的是李白的一首〈冬歌〉。「明朝驛使發，一夜絮征袍。素手抽針冷，那堪把剪刀。裁縫寄遠道，幾日到臨洮。」筆酣墨飽，頗有氣勢。

別看陸寒年紀不大，一筆書法確真是不錯。芳菲見過他寫的楷書、行草，各有長處，雖是比不上字帖上的名家，但已算難得。

在陸家這些日子，陸寒對芳菲多有照顧。有時何氏想不到的，陸寒也能替芳菲想到。比如芳菲去閨學要用的筆墨，何氏給芳菲準備了一整套文房四寶。陸寒卻跟何氏說，母親您替妹妹準備的這些雪紙好是好，可聽說現在女孩兒家寫字都愛用染了水紅草汁子的雅箋，是不是也該給妹妹買一些？

後來他索性自己去外頭給芳菲買了一整摞上好的雅箋。芳菲到閨學後發現，果然這些閨秀們練字時是用雪紙，一旦上交詩詞習作時，都是用的雅箋。陸寒給她備下的雅箋，很快便派上了用場。

陸寒還在很多生活的小細節上照料芳菲，芳菲一一看在眼裡，記在心裡。有時她還感嘆，自己是因為成人靈魂小童身子，才顯得早熟一些，可是陸寒卻是真的早慧少年。他所表現出來的一切，都不是一個十歲男童能夠做到的……

而且芳菲還驚奇地發現，陸寒的功課看似平庸，其實他極為聰明。一篇數百字的文章，他只要看過兩次就能倒背如流。學堂裡佈置下來的文章功課，他只要略一思索，便可提筆成文。

如是觀察幾天後，芳菲明白過來。陸寒對於四書五經八股文，不是不懂，而是懶得在這上頭花費時間。他寧可草草地把學堂裡的功課趕完，剩下的時間就全是拿來看陸月名眼中的「閒書」——詩詞、話本、醫書等等。當然有陸月名的管制在，陸寒不能明目張膽地看這些書，他居然偷偷把四書五經的封皮拆了下來，裝訂在「閒書」的外頭。

芳菲無意間發現了陸寒的這個「秘密」，真是又好氣又好笑。這感覺真是太熟悉了——她以前教過的那些調皮學生，不少人也是用了這一「絕招」，以便在課堂上看課外書。想不到在這兒又遇上一個！

陸寒見此事被芳菲撞破，忙不迭請她幫忙「保守秘密」。對於芳菲而言，她不認為一個這麼小的孩子看看雜書是什麼壞事，便答應他不會告訴別人。陸寒看芳菲答應得這麼爽快，心中歡喜，對芳菲隱生知己之感。

芳菲也問過他。

「陸哥哥，你為何這麼討厭正經功課？」

這還是第一次有人問陸寒這個問題。他爹陸月名只會教訓他不務正業，卻沒想過問問他的真實想法。

他想了想，便對芳菲說：「我並非討厭正經功課，只是……太無趣了些。小時候開蒙背《三字經》，別的孩子要背好幾天，我半天就背完了。剩下的時間，就是坐在那兒看人家背……我忽然想，背《三字經》是為了什麼呢？」

聽到陸寒這麼說，芳菲略略思索一番，便恍然大悟。

換了別人，也許聽不懂陸寒在糾結什麼。上輩子專門教書教育人的芳菲，卻很能明白他的心理——這是許多早慧的孩子都會遇到的問題。因為一開始學得太容易，學習對他們而言，便喪失了吸引力。

別的孩子通過努力讀書攻克難關，獲得了心理上的滿足。可是對於陸寒來說，這根本算不上難關……得到得太過容易，反而就感到了無趣。

所以他的注意力，就轉移到了讓他覺得更有意思的醫學上。

芳菲想，放在她的時代，陸寒的問題根本沒什麼大不了。喜歡什麼學科就讀什麼學科，行行都能出狀元。可在現在，就是個大問題——在這世上讀書人只有一條成功的道路，就是學好八股文，在科場上取得功名，然後封官蔭子……

「姑娘，妳歇歇吧，仔細手冷。」

春雨給書房屋角裡的小火爐添了一把蘇合香，又給芳菲和陸寒各送上一盞熱茶。

自從她打小依賴著的小姊姊春喜遇害後，春雨彷彿一夜之間長大了許多，主動擔起了以前春喜做的很多工作，侍奉芳菲也更加周到了。

芳菲接過茶盞喝了一口，說：「好，今兒就寫到這兒吧。」

陸寒也道：「今年的初雪下得真早。這麼快就冷得要穿厚棉襖，雖然沒到『素手抽針冷，那堪把剪刀』的境地，也差不離了。」

兩人一齊笑了起來。這時莫大娘風風火火地走到書房來，見到芳菲後施禮稟告說：「七小姐，龔小姐和孟小姐在廳上等您呢。」

「咦？」

芳菲驚訝的問：「龔姊姊和孟姊姊來了？」

這種冷颼颼的天氣，兩個千金小姐不在閨房裡待著，跑出來找她做什麼呀？

龔惠如和孟潔雅都披著薄狐裘，正坐在陸家客廳上用茶。何氏坐在主位相陪，和兩人閒話。

兩人對何氏態度恭謹，何氏心裡甚是歡喜。這些真正的千金閨秀看著家教都是一等一的，芳菲有這樣的朋友，真是她的福氣。

「龔姊姊、孟姊姊，妳們來了。」

芳菲迎出來向二人見禮。

孟潔雅笑道：「秦妹妹，我和表姊是來找妳出去玩兒的。」

「好呀！難得兩位姊姊有此雅興，想往哪兒去？」芳菲爽快地應承下來。不過，這種天氣能去哪兒玩呀。

「秦妹妹，是湛先生邀我們姊妹倆到她家裡去作客。湛先生知道我們和妳要好，還吩咐了讓我帶妳過去呢！」惠如說。

湛先生？

這就更奇了。芳菲不知這位素來性子清冷的湛先生會注意到自己，想到上次課上湛先生對自己的表揚，更是雲裡霧裡摸不著頭腦。

不過既然是長輩的邀約，芳菲當然是要去的。當下她告罪一聲，得到何氏同意後回房穿戴好外出的衣物。然後帶上春雨，跟著惠如、潔雅姊妹的馬車往湛先生家裡去。

在路上，惠如告訴芳菲，湛先生不是住在湛家老宅，而是住在城中較為偏僻的一處湛家別業。

「湛先生的『梅園』，秦妹妹沒去過吧？」

芳菲搖搖頭，惠如說：「湛先生看著嚴厲，其實心裡是最愛親近年輕女孩子的。她獨居梅園，時常會叫些家裡的晚輩和世交的女孩子到梅園陪她說說話，自從我父親到陽城上任，湛先生就常常叫我到梅園去玩呢。」

要是別的千金說這話，芳菲一定是認為她是在炫耀。但她心知惠如一派天真，心地單純如水，說這些不過是直陳事實罷了。

潔雅向芳菲解釋。「龔家姨父是湛先生祖父的學生，論起輩分來，表姊算是湛先生的小師妹。」芳菲這才明白他們兩家的關係。想起平時在閨學裡，湛先生對惠如並未特殊照顧，惠如也沒有跟湛先生撒嬌賣癡，由此可見兩人的品行。

說話間，馬車緩緩停了下來。幾個丫鬟忙都過來服侍小姐們下車。芳菲下了馬車，便看見一座白牆灰瓦的幽靜小院，幾枝橫斜的梅花探出牆頭。

馬伕敲門，很快就有一個穿著青衣的小丫鬟前來開門，將眾人引入園中。

繞過一面粉壁，再走過兩道遊廊，一個小巧雅致的庭院就展現在眾人面前。院中滿栽梅樹，初綻的豔紅臘梅點綴在皚皚白雪之間，分外妖嬈可愛。

想不到平時總是穿著樸素藍裙、不苟言笑的湛先生，居然這麼懂得享受……太有情調了！

「龔小姐，夫人請大家到暖閣去坐坐。」

引路的丫鬟回頭一笑，指向前方小屋。

芳菲跟在眾人之後，隨那丫鬟進了暖閣，頓覺身上一暖。這暖閣的設計相當巧妙，屋裡燒的是地熱，所以儘管門窗緊閉，也沒有平常暖爐的炭火氣味。湛家不愧是望族，居住環境看著並不奢華，卻在細節處體現出遠高於尋常人家的生活水平。要建起這麼一座暖閣，還要燒一冬的地熱，所耗費的錢財可是不少。

湛先生坐在窗邊，看丫鬟給茶爐添火。見她們幾人進屋，便盈盈起身，招呼她們過來坐下。

第二十六章　梅茶

茶爐燒得正旺，銅壺咕嚕咕嚕地往外冒著水氣。屋子的地熱燒得恰到好處。地上鋪著軟席，她們脫掉披風，隨著湛先生一齊在小几前屈膝跪坐。

芳菲坐下後一抬眼，面前正對著雕花窗櫺。透過薄如蟬翼的窗紙，隱約可見窗外紅梅點點。好一個愜意的小天地。環視屋中簡約素淨的擺設，芳菲心中暗讚湛先生品味高雅。在自己家裡見客，湛先生臉上也少了幾分往日的嚴厲之色，和藹了許多。

「芳菲，來到我這兒不用拘謹，隨意就好。」湛先生對芳菲微微一笑，芳菲恭敬地應了一聲。

「細絹，給客人上茶。」

湛先生吩咐下去，她的丫鬟細絹忙燙好茶杯，將壺中剛剛泡出的熱茶斟到杯裡端給各人。

惠如拿起杯子輕輕聞了聞，說：「先生，怎麼今兒這茶聞起來有股子特別的香氣？」

「嗯，對呀，」潔雅忍不住輕呷一口。「這茶還是先生往日愛喝的那種……可是香氣真是濃了許多。」

說到喝茶，湛先生的笑容多了不少。「是煮茶的水的緣故……昨兒初雪，今天一大早我讓細絹到梅花上一蕊一蕊的把雪水採集下來，好不容易才得了這麼一壺。獨飲無趣，就找妳們幾個孩子來陪我了。」

細絹顯然是個得寵的，在一旁笑著插話說：「小姐們可要細品了，奴婢的手都累瘦了呢。」

湛先生寵溺地看了她一眼，說：「就會賣乖！壺裡該還有一杯的，妳喝了去吧。」細絹謝過湛先生賞，也去斟了一杯來品著。

「果然別有滋味。夫人，奴婢不知這梅花蕊上的雪水竟還有這等妙用呢。」

惠如好奇地問：「先生，為何想起用花上的雪水來泡茶？」

湛先生說：「我也是一時好奇……前些天聽家裡姊妹們閒談間說起的。所以我就早早等著下雪烹壺好茶喝。」她見芳菲一直不出聲，以為芳菲怕羞，特意關照她。「芳菲喝得慣嗎？」

芳菲頷首說：「喝得慣，這茶滋味挺清雅的，其實先生您倒該多飲幾杯。」

「哦？我啊，沒關係，這茶我要喝的話準備起來也容易。妳們喝吧。」湛先生以為芳菲是在客氣。

芳菲知道湛先生誤會了她剛才的話，便解釋說：「先生，我是說您應該每日多飲用梅花水，對您身體有好處。」

「嗯？這是什麼道理？」

湛先生聽芳菲這麼一說，奇道：「芳菲妳還懂得醫理？」

「懂的懂的，」潔雅在旁接話。「秦妹妹可真是懂醫的，她原來給我開了個滋補方子治咳嗽，我吃了幾天便好了呢！」

「真的？」湛先生不由動容。她之所以讓惠如帶芳菲來喝茶，只因在閨學裡看芳菲行事品性都甚合自己脾胃。想不到讀書和女紅都表現平常的芳菲，竟懂得醫術？

芳菲連連擺手。「懂醫理是完全說不上，只是知道些養生之類的皮毛吧。」

她指了指杯中梅花香茶，說道：「梅花的最大特點，就是能夠理氣。飲用梅花水可調理脾胃，舒理氣血，但卻不會傷陰，非常難得，所以我才勸先生多飲些呀。」

「理氣？這麼說來，我是真要喝些梅花水了。」湛先生說道。

細絹說：「夫人，前些天大夫不是說您是氣息不暢，給您開了一方藥嗎？照秦小姐這麼說，奴婢就每天去梅花上給您採雪水吧，對您身體好著呢！」

芳菲忙說：「細絹姊姊，無須如此麻煩。要是做藥吃的話，直接採白梅花花瓣下來，用滾水沖泡便可飲用。」

潔雅顯是和細絹打趣慣了的，取笑細絹說：「這下子，細絹姊姊就不用忙到手瘦了，嘻嘻！」

惠如卻關心地問湛先生。「先生近日身子不適？」

湛先生淡然道：「也沒什麼大礙。只是這些日子老覺得喉頭有東西堵著，吐之不出，嚥之不下。喝了兩日湯藥，好些了。」

聽湛先生描述她的病狀，芳菲明白湛先生這是得了「梅核氣」。梅核氣說起來就是氣不順。想來湛先生一個青年寡婦，肯定時常有些傷心之事。又剛好逢著秋冬之交天氣驟變，身子一弱，更容易病氣交侵，才會犯了這個毛病。

「那大夫給開的方子可是半夏厚朴湯？」芳菲問。

湛先生更是驚奇。「對，妳怎麼知道的？」

惠如和潔雅瞪大了眼睛看著芳菲。芳菲有些不好意思。「這方子是專治梅核氣的經典方子，大夫們都曉得的。這方子完全按照君、臣、使、佐原則來配伍，開出這方子的大夫倒還穩重。」

湛先生見芳菲侃侃而談，言之成理，不禁讚她一句。「想不到妳小小年紀，有如斯見識，也是難得了。」

細絹又說：「夫人，本來奴婢還擔心原來給您看病的老太醫回了京城，這新請來的陸大夫不曉得醫術如何。聽秦小姐說來，卻是不錯呢。」

湛先生心情甚佳，微微點頭贊同。惠如聽到「陸大夫」三字，一愣之下追問道：「細絹姊姊，妳說的可是濟世堂的陸大夫？」

「是呀。」細絹應道。

「呵呵呵……那真是……」惠如跟潔雅兩人同時笑了起來，邊笑邊朝芳菲看。芳菲也不禁露出笑容，這也太巧了吧！

「妳們笑什麼？」

湛先生被幾個女孩兒笑得莫名其妙。惠如看了芳菲一眼，強忍著笑把嘴巴湊到湛先生耳邊說了幾句。湛先生大為驚奇。「竟是如此……」她也忍不住抿嘴笑了。

芳菲臉上倒沒什麼羞色，大大方方地喝她的茶。湛先生見她不是個愛忸怩作態裝矜持的，心下更是欣賞。

一壺香茶喝完，也到了用午膳的時辰。幾個女孩子正想告辭，湛先生說：「難得妳們來了，就留下陪我用飯吧，我一個人吃飯也怪冷清的。」

幾人還要再辭，忽然聽見暖閣門簾外傳來一個青年男子的聲音。「姑姑，我給您帶來小玩意兒！」

門簾一掀，一個披著鮮紅斗篷的身影裹著寒風疾步走了進來。

「姑姑！」

芳菲轉身望去，看見那來者是個十六、七歲的英俊少年。那少年相貌頗佳，只是少了些陽剛之氣，五官中透著幾分陰柔。他身上穿著雪白衣衫，斗篷卻是奪目的鮮紅，頭頂髮髻上箍著一道耀目金環，整個人渾身上下沒有一處不搶眼。

不過看在芳菲的眼裡，只得到一個結論——騷包……

細絹、細綃兩個丫鬟連忙過去替那人解斗篷，拍去身上雪花。湛先生嗔怪道：「小九，你總是這麼風風火火的！姑姑這正招待著女眷，你就這樣闖進來，一點禮數都不懂。」

被稱作小九的少年，是湛先生嫡親的侄子，在同輩中排行老九，單名一個煊字。他父親是湛先生的嫡親哥哥，湛先生喪夫歸家後，湛煊跟在她身邊過了好幾年，等大了一些才回父母身邊去。兩姑侄的感情相當好，如同親生母子一般。

湛煊被姑姑訓斥了也不惱，笑嘻嘻地朝幾個女孩子打了個揖。

「龔妹妹、孟妹妹，還有這位小妹妹，小生唐突了，原諒則個！」

惠如兩個跟湛煊早已相識，知道他素來是這種德行，也不應他，只拿著絹子在旁抿嘴直笑。

芳菲對於這種人來瘋型愛招搖的男孩子素來感冒，看也不看他。

湛煊家世顯赫，又自命人物風流，總覺得自己算是城中少有的翩翩佳公子了。也確實有許多千金閨秀對他脈脈傳情，更把他慣得眼高於頂。湛先生為人雖然謹慎守禮，為著膝下無子的緣故，對這親近的侄兒卻也無意中寵溺過度。

他見芳菲居然掉轉腦袋不看自己，還以為這個小女孩故作矜持。難道是想造作一番引起我注意嗎？嘿嘿嘿……本少爺也喜歡這個調調兒……不過這姑娘容貌好是好，但也太小了。

「姑姑，您看我給您帶來什麼好東西？」湛煊一揚手中的竹篾小籠子，慢慢揭開上頭遮著的厚棉布。

「呀，小兔子！」

惠如和潔雅兩人驚喜地叫了起來。

芳菲看了一眼那小籠子，裡頭是兩隻玉雪可愛的粉白兔子，正縮成毛茸茸的兩團小雪球在籠子裡不停蹦躂。

湛煊把小籠子捧到湛先生眼前，湛先生接過籠子，幾個小女孩都圍到她身邊去逗那兩隻小兔子。

湛煊見自己帶來的小兔子吸引了女孩子們的注意，不由得意地笑了。但他發現芳菲依然站在一邊沒往湛先生跟前湊，只淡淡笑著看著惠如、潔雅、細絹幾個。

「小妹妹，妳不喜歡小兔子嗎？」湛煊走過去跟芳菲搭話。

他一走近，芳菲便聞到他衣服上薰得濃濃的香料味道……

啊啊啊，這個男人是要有多騷包啊……芳菲心中無力地嘆息著，她兩輩子最不想接近的就是這個類型的男人。偏偏在湛先生面前，她還不能做出什麼無禮之舉，只好默默地往後退了兩步，回答說：「還好。」
「那我把小兔子拎出來給妳抱抱好不好？」湛煊還不知道自己惹芳菲不快，又靠近了一步。

第二十七章 中選

一股股濃郁的香氣直沖向芳菲的鼻端，她強忍住打噴嚏的衝動，低下頭去。「謝謝湛公子好意，不用了。」

「哈哈，妳不用怕羞，我這人很隨和的。」湛煊大剌剌地說，還真去籠子裡抱那兔子。

芳菲嘴角不自覺地抽搐著，有人這麼誇自己的嗎……

湛煊把兩隻兔子都拎了出來，惠如實在太喜歡這種小動物，忙不迭地伸手過來抱住了一隻。

「湛家哥哥，你從哪兒弄來的小兔子呀？」潔雅愛憐地撫摸著惠如懷裡的小兔子，心裡想著怎麼才能弄一隻回來養。太好玩了！

湛煊正抱著另一隻兔子想去跟芳菲獻寶，聽潔雅這麼一問，一時得意忘形回答說：「哦，是人家跟我打賭輸給我的……呃……」話說到一半，他忙把話吞了回去，轉臉偷瞧姑姑的臉色。

湛先生方才還一臉和煦，一聽湛煊說了那句話，立刻變了臉色。

「小九，你給我過來！」湛先生厲聲喝道。

湛煊自知失言，懊悔不迭，只好蔫蔫地走過去聽湛先生教訓。

「你又和哪兒的小子們混去了！還打賭，賭什麼賭！一天到晚鬥狗走馬的不學好……」

「也沒一天到晚……」湛煊嘟囔著辯了一句。

湛先生臉色更不好看。「還學會頂嘴了！越長大越不像話，都跟哪兒學的。這回又是跟誰打賭？」

「沒……沒誰。」湛煊支支吾吾不敢應。

「哼，以為我不知道？還不是洛家那小子！我告訴你，少跟洛十二混在一處，那洛十二才多大年紀就學了一身的壞毛病！你可要記得你是堂堂的湛家少爺，將來是要跟你的父叔們一樣做官的……考了兩回秀才都沒考上，真要把你姑姑我氣死嗎？」湛先生越說越氣。要不是顧慮著屋裡還有外人，早把戒尺拿出來了。

惠如等人見湛先生教訓侄兒，她們在屋裡站著挺尷尬的，又不好出言相勸。幾人重提告辭之事，湛先生也不多留她們，只叮囑她們路上小心。臨行前，湛先生還特意對芳菲說：「芳菲，以後妳也常跟著惠如她們多來陪我說說話。」

芳菲對於能得到湛先生另眼相看頗感意外，但她也不多話，只恭謹地應了下來。

因為生湛煊的氣，那兩隻小兔子，湛先生也不願留著了，就讓惠如帶走。惠如求之不得，推辭了兩句便欣然收下了。

她們走的時候，見湛煊還苦著臉站在屋裡頭，顯然湛先生還等著客人走後繼續訓斥侄兒呢。芳菲見這個騷包男人吃癟，稍感快意。她可是最不耐煩跟這種水仙花似的男人打交道了。

「芳菲，這隻小兔子給妳吧！」潔雅把自己抱著的小兔子送到芳菲面前。

芳菲見潔雅眼中仍有一絲不捨，知道她心中還是很喜歡小兔子的。但潔雅一直把芳菲當妹妹愛護，自己有了好東西，便想讓著芳菲。

芳菲心中感動，笑著把小兔子推了回去。「姊姊，還是妳養著吧。我對於小動物可沒什麼耐心。」

「可是……」潔雅還在猶豫。

芳菲又說：「姊姊們也知道我眼下客居陸家，過些日子又要回本家去。小兔子跟著我跑來跑去也麻煩，還是姊姊照顧著牠，我去看姊姊們的時候順便跟牠們玩一會兒。這豈不好？」

芳菲都這麼說了，潔雅也就不再堅持。惠如一邊逗弄著小兔子，隨口問芳菲。「對了，秦妹妹什麼時候回本家去？」她們只知道秦家因為當家主母去世，家中女眷又都病倒了，芳菲才會先到陸家養病，不知其他內情。

芳菲輕笑一聲，說：「這個嘛，我也不知道……」

也許，秦家不會等太久吧……

被湛先生招待到梅園飲茶，對芳菲而言並不算什麼大事，但事情一傳到閨學裡卻讓同窗們大為震驚。

閨學裡的女先生們大多都是性情柔和的，教《女誡》的杜先生和教繪畫的薛先生更是和學生們打成一片。但湛先生素來嚴厲，平時很少與學生閒話，閨學裡被她邀請到梅園裡去遊玩的女孩子並不多，而且都是些和湛家有來往的世交。

這秦芳菲有何特別之處，竟能讓湛先生對她青眼有加？

邵棋鍈恨恨的在私底下說：「哼，這人不過是一味的討好龔惠如，巴巴地讓人家龔惠如帶著她去罷了！」湛先生從沒叫過邵棋鍈去梅園，自命不凡的她對此深感不滿。

其實芳菲並不想和同窗們有什麼齟齬，恰恰相反，她倒很想跟一些值得結交的女孩子多多來往，給自己開拓一下人脈……這些千金們長大之後，毫無疑問都會成為貴婦人，跟她們結下交情對自己只有好處沒有壞處。

問題是，她有自己的原則。沒必要為了攢人脈，而把自己弄得像個女清客似的，向千金小姐們獻媚——她的目的是交朋友，不是來巴結人。若是無人值得結交，那她也樂得清靜。朋友嘛，當然是要寧缺毋濫啊！

閨學裡也有主動和她來往的人，比如孫家的小女孩孫宜貞。

這小姑娘應該是得了家裡人的指使，平時有事沒事就黏在她身邊跟她說話，像個小跟屁蟲似的。她父親是個小吏，在閨學裡算是地位極低了，所以她根本也沒什麼朋友。

孫宜貞只有八歲，還是個懵懵懂懂的小孩子。芳菲和她也說不上什麼話，不過也把她當成小妹妹照顧著，好歹也是親戚家的孩子，情分上也不該對她太冷淡。

雖然私下裡對芳菲較為欣賞，但上課時湛先生對她的態度並沒有太大的改變，該批評還是照批評。不過湛先生見芳菲寫的字水平突飛猛進，心裡也甚是歡喜，明白芳菲在家裡沒少下苦功。

自家小九要是有這姑娘的一半用功，何愁考不上個小秀才呢……唉！想到湛煊那玩世不恭的脾氣，湛先生就不住後悔在他小時候沒好好管住他。現在湛煊回了他父母身邊，她想管教他始終隔了一層。

入了冬，便是一天冷似一天。秦家又送過兩回東西來，都是石婆子帶人過來的。不過倒沒主動提接芳菲回去的話，何氏更是讓石婆子給捎話回去，說芳菲在陸家過得很好，讓秦家的長輩不用擔心。

芳菲在一邊暗暗冷笑不止，他們才不會擔心她呢，只是擔心他們自己吧！又想沾她的好處，又怕被她「剋住」，所以才會頻頻使人過來看望她而不提出帶她回家。

不過接下來陸家的一樁喜事，卻堅定了秦家三夫人孫氏將芳菲帶回去的決心！

這事要從不久前，朝廷下令恢復各地惠民藥局說起。

上半年皇上得了重病，治了好些日子才和緩下來。在皇上重病期間，除了讓太醫院的大夫們來治病之外，後宮中由詹太后領頭，統統沐浴齋戒為皇上祈福。

皇上這病前後拖了一個多月，期間多有凶險，最後還是救了回來。信佛的詹太后認為皇上能好起來，跟宮中齋戒沐浴也有些關係，便想著多做些善事替皇上積福壽。

於是詹太后便向皇上提議，想恢復先帝時就停辦的惠民藥局。當然其中也有太醫院的暗中推動……皇上很快同意了這一建議，責令各地州府都恢復這一機構。

所謂惠民藥局，就是官家醫館。藥局的職責是掌管貯備藥物，調製成藥等事務，也要負責疫病流行時控制病情之類。軍民工匠貧病者，均可在惠民藥局求醫問藥。

這回朝廷的命令，是要在所有的府、州、縣都設置藥局，還要設醫官、藥吏。

陽城府自然也要設惠民藥局。籌備了大半年，總算趕在年底前要把藥局建起來了。老百姓對於官府的這些行動倒沒怎麼關注，陽城裡的大夫們，可早就盯上惠民藥局裡的差使了。

雖然說正科醫官是太醫院派下來的，大家都沒資格去當，可藥吏卻是可以從本地招收的呀！

別看藥吏是衙門裡不入流的小吏，正經的舉人進士肯定看不上這差使，但它對於民間大夫們依然有著巨大的吸引力。當然，也不是什麼大夫都能當藥吏，最起碼得是個秀才。白身可不成！

就為這事，大夫們沒少走動關係。不過，陸月名可能是陽城中少有的，沒為當藥吏出過什麼力氣的人了……一來他醫術平平，自己知道自己的斤兩。二來他原本也不認識什麼官府中人，想走關係都沒地方走啊！但他好歹也是一家醫館的坐堂大夫，既然大家都去惠民藥局招收藥吏的地方報了名，他也跟著人去寫了個名字，權當陪太子讀書了。

誰知道天下掉餡餅，好運來了擋都擋不住！前天官衙門口貼出告示來，陸月名雀屏中選，成了陽城惠民藥局僅有的三名藥吏之一。

這消息傳到陸家，全家上下都樂壞了。連芳菲也愣了神，陸月名當了藥吏，那就是成了「國家公務員」了。

藥吏的俸祿少是少了點，但誰也不是衝著那點小錢去的，爭的就是這個官家身分啊！

誰能想到，陸月名不聲不響的，居然就中選了？

第二十八章　傳聞

秦家。

秦老夫人放下手中的碗筷，伸手接過桂枝捧著的香茶漱口。另一邊的桂蘭遞上剛剛擰好的熱手巾伺候秦老夫人擦了手，又問：「老祖宗，小廚房裡還熱著固元膏，待會兒給您送過來吧？這是三夫人專門交代廚房給您備下的。」

「唔，媳婦妳有心了。」秦老夫人看向站在身邊服侍她用晚飯的孫氏。「妳整天忙著家務，也該吃點這固元膏才是。別仗著年輕就逞強啊！」話裡透著幾絲寬慰，讓同樣侍立一旁的二夫人林氏揪心不已。

林氏看著孫氏微笑著和秦老夫人說話，心裡一陣膩歪。本來大嫂一死，就該自己掌管家務才是！奈何她受了傷，需要靜養一段時日，秦老夫人就讓孫氏管了家。

這些日子，林氏想的盼的，就是孫氏出來什麼大紕漏，這樣管家的權力就會交到她這位二夫人的手上。哪知孫氏竟管理得井井有條，別說捅樓子了，管得可比李氏在世時還要好得多。家裡下人們少有敢耍奸使滑偷懶的，她新提拔上來的那些管事娘子對她又忠心耿耿，林氏居然半點插不下手去。怎的不讓她恨得咬牙切齒！

「老祖宗，大老爺來了。」桂枝打起簾子，將一身外出打扮的秦易紳迎進屋來。

「母親已經用了飯了？」秦大老爺走到秦老夫人跟前請安。

秦老夫人見他像是在外頭用飯回來，便問：「你這是上哪兒應酬去了？」一邊又讓桂蘭給秦大老爺擺座。

秦大老爺坐下後說：「和幾位朋友在胡家吃了個飯，他們家的老爺被官府選中當了藥吏。改天他家還要擺喜酒慶祝呢！」

秦老夫人近日連家務都沒怎麼上心，更別提這些外面的事情了。她漫不經心的問：「胡家，是開生藥鋪的胡家嗎？藥吏是個什麼官兒？」

「就是那個胡家。在席間兒子聽說了一件大事，這才趕忙過來跟您商量。」

「大事？」

秦老夫人奇道：「在胡家能聽說什麼跟咱家有關係的大事？」連孫氏和林氏也都放長了耳朵聽著，想知道這是樁什麼大事。

「聽說陸家，就是跟七丫頭定親的那家，他們家陸大夫也成了藥吏。而且胡大夫說，推薦陸大夫當藥吏的，居然是湛家本家的人！」

「哦？」秦老夫人來了興致。「沒聽說陸家什麼時候跟湛家攀上了親戚啊……這陸家的老婆姓何，還是我娘家那邊的小戶人家出身。他們怎麼就入了湛家的眼？」

在陽城說到湛家，那是人人都敬畏的豪門大族。湛家人多，要說陸家走通了湛家那些分支的門路，那不足為奇——可是能讓湛家本家為他出頭說話，那分量就完全不一樣！

秦大老爺說：「這個嘛，胡大夫也不知道。不過胡大夫說，他為了當上這個藥吏，不知走了多少門路，使的銀子海了去了，還不都是為了混個官身體面些嘛！」

他之所以要來跟秦老夫人說這事情，就是想讓秦老夫人派個內眷去跟陸家走動走動，攀攀交情——別看藥吏在官府裡地位低，但和他們這些平頭百姓一比，又高出一等了。既然家裡有親戚到官府當了差，那肯定要多走動的，最好第一時間送份賀禮過去，讓人家承情。往後要是沾上了什麼跟官府有關的事情也多條路子走啊。

孫氏在旁聽著，想起她前日在娘家聽說的一件事情，悚然動容。

「老祖宗，媳婦也聽說了一件事，也許跟大老爺說的這事有些關聯……」

秦大老爺正納悶著歷來沒什麼富貴親戚的陸家咋就突然和湛家扯上了關係，聽弟媳婦這麼一說，忙道：「弟妹請說！」

孫氏猶豫了一下，才說：「大老爺可知道我們家七丫頭在閨學讀書的事？」

秦大老爺點了點頭。這也是秦大老爺的一樁心事。芳菲投了知府夫人的緣竟能入了官家閨學，秦大老爺也在打她的主意，想藉著她的關係給自己兩個女兒芳苓、芳芝說親呢。不過想到芳菲還是個小女孩，也許知府夫人只是一時心慈幫了她一把，未必就對她有什麼長久感情，她也不一定在知府夫人面前有什麼面子。想來想去，才沒出聲讓秦老夫人去接人。

孫氏說：「老祖宗、大老爺，我有個娘家侄女叫宜貞的——就是我那個在官府當差的弟弟家的小女兒，她也托關係進了閨學。據她說，咱家七丫頭在閨學裡，過得可是風光呢！」

「真的？」秦老夫人和秦大老爺同時問道。

「真的假的，我也不敢說。不過宜貞說，那位知府家的千金，還有他們家的表小姐，跟七丫頭是形影不離，天天中午用餐都坐一塊兒的，說是連閨學休息的日子都玩在一處。還說七丫頭是知府夫人家中的常客，知府夫人常留她用飯給她送東西什麼的……」

林氏撇了撇嘴。「弟妹你這侄女兒的話，可不可信吶？怕是她小孩子家編的吧，人家知府夫人哪會有閒心招呼我們家七丫頭那樣的小毛孩子？」

孫氏知道林氏看她不順眼老想找碴，她也懶得跟林氏計較。但林氏打斷了孫氏的話，卻讓秦老夫人老大不高興。「老二媳婦，不管這些真不真，妳讓老三媳婦說完就是了，插嘴做什麼！」

林氏心中更是委屈，卻也不敢跟老夫人頂嘴，只得彆彆扭扭地說了聲是。

秦大老爺催促孫氏說下去。孫氏說：「那天我去了，宜貞還跟我說，他們學堂裡有一位湛先生，是湛閣老的孫女兒。這位湛先生對誰都不假辭色，卻不知為何看我們七丫頭對了眼，居然讓知府千金帶七丫頭去湛家作客！」

什麼？到湛家去走動的……是芳菲？

「湛閣老的孫女兒，那不就是如今湛家家主湛建隆老爺的妹妹？」秦大老爺迅速想到了這一點，更是驚詫不已。

芳菲是前些天去的湛家作客，緊跟著陸大夫就被湛家推薦給了知府當藥吏……要說這裡頭沒點聯繫，秦大老爺是不太相信的。但是他更難相信的，是芳菲一個小女孩子能有這麼大的體面——怎麼可能！

她哪來的本事？

但要是真的話……湛家啊，那可是湛家的本家！別的不說，湛家的布莊生意之大，在整個東南地區都是有名的……自家要是跟跟湛家搭上那麼一點點的關係，他們手指頭裡漏一點縫，帶挈帶挈秦家，秦家可就發達了！

陸家現在可還不是芳菲的夫家。當年秦雙鶴和陸月名給一雙兒女說親，雖然有過口頭約定，也有中人，但還沒過庚帖。原想等孩子們大一點再過庚帖的，但秦雙鶴夫妻卻早早去世了，沒把這樁親事完全落實下來。

說起來，眼下跟芳菲最近的親屬，當然還是秦大老爺這邊。

屋裡的幾個人，都快速動起了心思……

秦家人如何反應且不提，連陸家人也將這天降的喜事當成了芳菲的功勞。

面對顯得格外激動的何氏，芳菲自己都不知道說什麼好。她也不懂陸月名怎麼就突然得了這個藥吏的名額啊！

如果說陸月名提前跟她說過他去報名選藥吏的事情，她又特地跟湛先生或者知府夫人提過，那她也不至於這麼驚訝。

問題是，她根本就不知道陸家有這麼一檔子事。

所以芳菲也不敢把功勞攬在自己身上，只對何氏說：「伯母您多慮了。這哪是我的緣故？是因為陸伯伯給湛先生看了病，得了湛先生賞識，才有的機緣。伯母要說是芳菲出的力，可就折煞芳菲了。」

何氏哪裡肯信，只當芳菲謙虛。陸月名更是對自己的醫術知道得一清二楚，他絕對不是庸醫，可也不是什麼名醫。給湛家那位寡居的小姐開的藥，只是平平無奇的一味半夏厚朴湯，哪個大夫不會開，怎麼會那麼巧？

偏偏事情就是這麼巧。

惠民藥局的重建，朝廷比較重視，這也是龔知府近日忙著解決的一件大事。要招收三個藥吏事小，禁不住各路人情走動太多。

三個名額，就起碼有十個候選人都是托了挺硬的關係的。而龔知府自己，本來也留意上了陸月名。因為朱毓升離開前明明白白地告訴龔如錚，讓他多多照顧自己的「小恩人」。

「龔大人，您的任期馬上就要滿了，若是能被評為『卓異』，連任陽城知府倒是問題不大……」朱毓升的話說得很含蓄，意思是：「要是你不幫我的忙，你就很有可能評不上『卓異』！」

以前的朱毓升沒資格這樣「威脅」龔如錚，但現在可不一樣了。龔如錚必須要好好討好朱毓升才行……

他正苦惱怎麼把陸月名放進名單裡，總不能對外人說是朱毓升的面子，那不是明擺著自己想當從龍之臣了嗎？金鑾殿上那位聽到自己如此明目張膽地去結交皇室，自己就別想再當官了……

恰好這時，龔如錚到湛家喝湛家家主湛建隆的壽酒，見到了湛建隆的妹妹湛遠清——也就是官家閨學的湛先生。席間聊到湛先生近日在濟世堂看病的事情，湛先生隨口說陸月名醫術尚可——龔如錚立刻眼前一亮！

可算找到藉口了……就說是湛家人推薦的陸月名，外人可挑不出刺來……

芳菲覺得陸月名蹊蹺的中選沒自己什麼事，卻不知陸月名這回還真是托了她的福。

但她想，連陸家人都認定自己有能耐走通湛家的路子，那秦家也有可能這樣想……
果不其然，在陸月名正式接到官府任命書的次日，秦家又派人上門了。

第二十九章 回歸

秦家前幾次都是石婆子來探望芳菲，這回上門的，卻是秦家眼下的當家娘子，秦三夫人孫氏。

何氏聽到秀萍稟報孫氏進了門，連忙穿上大衣裳出來見客。

「陸嫂子，好久不見了！」

兩人一見面，孫氏就迫不及待地滿臉堆笑走過來跟何氏打招呼。

孫氏娘家跟陸家是七拐八彎的遠親，孫氏和何氏來往的次數一個巴掌都數得出來。但不知情的人要是見了孫氏眼下這番態度，還以為二人是多麼要好的閨中密友呢。

何氏請孫氏坐下，又叫秀萍奉茶。孫氏屁股還沒坐熱，忙不迭地恭喜何氏。

「陸嫂子，聽說妳家相公成了官身，真是可喜可賀！」

這兩天來道賀的人不少，不過何氏每次聽到這話心裡還是美滋滋的很受用。當然，面子上依然是要謙遜一番，連說都是知府大人高看，自家男人不過是運氣好些罷了等等。

但當孫氏讓石婆子捧上兩個緞面禮盒時，何氏不免驚奇。「秦家娘子，這……咱親戚間走動，何必這樣客氣，快拿回去吧。」

「不過是份薄禮，陸嫂子不必推辭，」孫氏笑容可掬地說。「我這次來，不但是恭賀陸大夫進了官府，也是要來謝謝你們對我家七姑娘的照顧呢！」

何氏說：「秦家娘子，這話從何說起？芳菲雖然是你們秦家人，可也算我半個閨女。我照顧她，那是天經地義的，哪用得著謝呀！」

「要的要的。」孫氏還是堅持。幾番來回推讓後，何氏才收下了禮物。孫氏見何氏終於肯收禮，又說：「陸嫂子，我們家前陣子遭的事，妳也是清清楚楚的。可憐我那大嫂子……」她說到此處，便拿起絹子抹了抹事實上並不存在的眼淚。

何氏說：「死者已矣，秦家娘子也不可傷心太過了，這一大家子的事都等著妳料理呢。」

孫氏謝過何氏的關心，說道：「我們老祖宗受了大罪，精神一直不好。將養了這些日子，才慢慢緩過來。前些日子，我們家裡亂糟糟的，只好請你們幫忙照顧七姑娘。現在大嫂子的喪事也辦完了，老祖宗的病又好了些。這兩天，老祖宗就一直在念叨著七姑娘，說想見她……不知七姑娘可在家？」

「哦，芳菲上學去了，要到傍晚才回來呢。」何氏應道。

孫氏又說：「老祖宗說，雖然陸嫂子是最熱心不過的，可一直讓七姑娘叨擾也不好……陸嫂子，我想把七姑娘接回家去，妳看如何？」

何氏聽孫氏這麼說，頓時犯了難。

照理說，秦家來接人，她是不該攔著的。雖然將來芳菲是陸家的人，可畢竟離過門也有好幾年呢！

可何氏是真的捨不得芳菲。芳菲在陸家的時間不長，但何氏與芳菲相處融洽，感情頗深。

別的不說，何氏覺得芳菲這孩子確是孝順。何氏病了不愛吃東西，芳菲就變著法子給她做好吃的，除了那道桂花糯米藕，還做了好些個特別的吃食來給她吃。而且芳菲又會說話，陪何氏聊天的時候，常常能用一、兩句話就把何氏逗笑，這點可是連她的親生兒子陸寒都做不到的。

芳菲要是回去了……這陸家後院，就沒這麼熱鬧了。何氏在心中暗嘆一聲，說：「這……就看芳菲自己的意思吧？」

孫氏看出何氏不想馬上讓芳菲跟她回家，便又反覆強調了秦老夫人是如何的思念芳菲，還說家裡的姊妹們也都在盼著芳菲回去。

說了半天，捱到傍晚時分，芳菲下學回來了。

孫氏見了芳菲，連聲噓寒問暖，又不厭其煩地細細問她在閨學中的情況。芳菲記得在秦家的時候，人人都覺得這位秦三夫人是個不愛說話的木訥性子——隱藏得夠深的啊……看眼下這長袖善舞的範兒，簡直判若兩人嘛。

孫氏對芳菲重說了一遍秦老夫人和她的同輩姊妹們對她的想念。芳菲聽得好笑，孫氏真的當她是個小孩子啊——當然她看起來是個小孩子沒錯啦。這種話，也就只能騙騙小孩子。

秦老夫人想她？她可還記得遭遇山賊之後，秦老夫人就像躲避病菌一樣躲著她，她想去探望秦老夫人都被攔了下來。至於那些平時就喜歡欺負她的姊妹，還有死了母親把她當成禍根的芳芩……這些人會想念自己，真是見了鬼啦！

秦家想把自己接回去，不過是因為自己進了閨學，陸家伯父又莫名中選成為官府吏員。他們只是想從自己身上撈好處罷了。

芳菲沒有表露出自己的真實想法。她像一個普通的小女孩一般，對於家裡人想接自己回家表現得很高興，又說：「我也可想姊姊妹妹了，這麼長時間不見，有好些話想跟她們說呢！」

孫氏聽到芳菲這麼說，不由大喜。她完全忘記了芳菲在李氏靈前怒斥芳苓的事情。在她看來，芳菲能得到知府夫人的喜愛，頂多是因為芳菲長得討喜些、說話伶俐些，不會想到芳菲竟有著超乎尋常的成熟心智。

芳菲知道，這回她是不得不回去了。

再在陸家留下去，也不是不可以。但總不是長久之計。

既然早晚要回秦家，那就藉此機會回去吧！

現在的她，比起當日被迫離開的她，手上多了一些籌碼。再回秦家，應該不會再陷入原來那樣的困境了吧……但是，這些籌碼，還遠遠不夠……

得到芳菲的肯定回答，孫氏興沖沖地跟她約好了後日就派人來接她回去。

這回芳菲真的要走，陸家上上下下都極為不捨。

無論是陸月名、何氏這兩位家長，還是莫大娘、秀萍這些下人，乃至廚房的三姑、陸寒的書童侍墨，都對這位討人喜歡的未來小主母很有好感。

陸寒從學堂回來，聽侍墨說芳菲後天就要回家，不由愣了一會兒。

「少爺，您是不是特別不想和七小姐分開啊？」

侍墨跟這位和氣的小主人朝夕相處，時常會說些玩笑話。他見陸寒聽說芳菲要走後神色一黯，便打趣陸寒是不是捨不得他的「小媳婦」。

「別胡說，」陸寒並不生氣，笑著拿書拍了侍墨一下。「我是在想……唉，算了。」他輕輕的嘆了口氣，低聲說：「希望她家裡的人能夠善待她……」

芳菲初來陸家時，陸寒就注意到芳菲在秦家可能過得並不好。

陸寒看見芳菲的衣服用料都是最普通的貨色，而且稍嫌陳舊。她的鞋尖磨得不輕，像是穿了許久似的。頭上手上也沒什麼首飾，連紮頭髮的絲帶都不多一根，天天是那條紅髮繩……

陸寒歷來遇事會比別人多想幾分，他隱隱猜到芳菲在秦家不受重視，怕是那些本家長輩都沒好好照顧這個來投奔的孤女。

當時想到這些，陸寒便已決心將芳菲當妹妹般疼惜。誰知相處下來，他發覺芳菲的言行舉止，哪裡像個要人照顧的小妹妹？說她像個大姊姊還差不多。

而且……

芳菲竟不像別人一樣，力勸他不要「玩物喪志」，叫他好好考科舉博功名……她反而說，只要自己喜歡便好。

陸寒從小就知道自己有一個未婚妻。他有時懵懵懂懂的想，自己的「妻子」會是一個什麼樣的女孩子呢？她會是像母親那樣溫柔，還是像秀萍一樣活潑，或者……她要是像廚房娘子三姑那麼聒噪怎麼辦呀？妻子可是要陪自己過一輩子的呢，就像父親和母親那樣……

可當芳菲站在他的眼前，陸寒看到她的第一眼，便覺得和她一直在一起是一件很自然的事情。

他很喜歡和芳菲待在書房裡寫字，他會關心她在閨學裡有沒有被人欺辱，他怕她回了本家遭人白眼……

年少的陸寒，在他不知道什麼是愛的時候，他已經愛了。

芳菲來陸家的時候沒帶什麼行李，走的時候卻多了許多東西。何氏給她添置的首飾、衣服，朱善送來的名貴藥材，還有惠如她們時不時饋贈的小禮物……打點起來，真是不少。

到了日子，秦家的馬車早早就來陸府接人。帶隊的居然是二管家龐勇，可見秦家這回對於芳菲歸家，確實很是看重。

何氏帶著莫大娘和秀萍等人送到門口，又再三叮囑芳菲要常來看自己，才依依不捨地放她上車。

芳菲坐在馬車上，心情隨著車身的顛簸也在不停起伏。她又要回到那個讓她受盡冷眼的地方去了……

他們都以為她是小孩子，好好哄著她就能讓她再對他們生出親近之心吧？

作夢。

和芳菲設想中的一樣，秦家出動了豪華陣容來歡迎她的回歸。

她才回家，就被引到秦老夫人住的上房，屋子裡滿滿當當全是家中女眷。二夫人林氏、三夫人孫氏；還有林氏的女兒五小姐芳芷，孫氏的女兒八小姐芳英，都在其中。芳菲眼睛一掃，沒看見對自己敵意最深的三小姐芳苓，只有長房的庶女六小姐芳芝站在眾人身後，同樣一臉笑容。

芳菲的嘴角翹了翹，這些人……每一個，或多或少，有意無意，都曾經傷害過她。

第三十章　請客

秦老夫人熱情而親切地詢問了芳菲在陸家過得怎樣，又問她的傷養好了沒。芳菲只裝作不知秦老夫人在那些日子裡對自己的冷淡，對秦老夫人的態度依然像原來那麼恭謹。

秦老夫人拉著芳菲說了好一陣子的話，林氏和孫氏也都跟芳菲聊了幾句。

「好啦，老讓妳陪我們這些長輩說話，妳也怪悶的。妳們姊妹幾個許久不見，一定有許多貼心話兒要說。妳們幾個就陪七丫頭去說說話吧！」

她又對芳菲說：「妳的院子，妳三伯母已經替妳收拾好了，妳去看看還有什麼不合意的，便對妳三伯母說。想要什麼想吃什麼，也跟妳三伯母說，她一定幫妳辦得妥妥當當的。」

芳芷等人聽了秦老夫人吩咐，齊聲應下。芳菲也一一朝長輩們行禮，方才和姊妹們一起退下。

才出了秦老夫人的院子，幾個女孩子便圍著芳菲說個不休。這種待遇，之前的芳菲絕對是享受不到的。不過看她們的表情，卻也不似作偽，而是發自內心的想要親近她，因為她現在可是秦家多少輩女孩裡，第一個進了官家閨學的小姐！

誰不想進官家閨學呢？那可是這些小女孩們作夢都想去的地方，因為進了官家閨學，便可以在親戚女眷間得到眾人豔羨，當然更可憑此說一門可心的親事。

雖然她們沒資格進官家閨學，不過現在芳菲進去了，她們想著聽芳菲說說在裡頭的見聞也是好的。那些千金小姐們流行穿什麼款式的衣裙？又喜歡戴什麼首飾？她們在哪家脂粉店裡買胭脂水粉……這些都是她們關心的話題。

當然，她們私下裡對芳菲也有嫉妒，不過都掩飾著不表現出來。只有三小姐芳苓，一直不肯接受芳菲要回來的事實。姊妹們跟她說起芳菲的事情，她只有罵的分。今天秦老夫人交代她過來，她也托病不到。

芳菲對於姊妹們過度的親熱，倒是淡然處之。反正她打定主意，不會對這些人付出半分真心。她們對她好，她就敷衍著；要是對她不好，她也不怕。

回到她原來住的偏院，芳菲差點認不出來。

這……還是那個雜草叢生的小偏院嗎？

院子裡的雜草灌木全被清走了，地上明顯灑掃過，乾淨得鞋子踩上去竟沾不上一絲塵埃。在這種時候，芳菲想起的居然是自己上輩子組織學生打掃教室迎接領導檢查的事情……呃，真像啊。

走進屋子，裡頭的變化比外面還要更大。孫氏竟使人把牆全粉刷了一遍，新刷的粉牆白晃晃的真是耀眼。往日形同虛設的多寶格擦得亮澄澄的，也擺了好些古董玩物。在她離開前，因為秦老夫人說要「補償」她，已經給她換過上好的床褥，這回孫氏就把她的帳子也換了。

總之這間院子從內到外被打點得煥然一新，太過刻意的討好，反而讓芳菲覺得好笑。

這秦家人啊……果真都是一群勢利眼！

說他們勢利，還真沒冤枉他們。

芳菲回來幾天後，一日在閨學放學時剛想回家——現在來接她的是秦家的車子了，便被一位同窗叫住了。

這同窗姓張名端妍，是陽城府下面一個知縣家的千金。張端妍比芳菲大個三、四歲，平時和芳菲倒也常說說話，彼此間觀感都不錯。因為張端妍性子嫻靜，不愛說是非，芳菲還是很樂意跟她結交的。

見是張端妍叫自己，芳菲忙止住步子，笑道：「張姊姊，有什麼事嗎？」

張端妍走過來，輕聲細氣地對芳菲說：「秦妹妹，明兒休息，又恰好是我生日……我想請幾位姊妹一起下館子去吃頓便飯，好不好？」

這時代雖說對女子約束甚多，但是富貴人家的女眷外出，到酒樓雅座裡用飯，也並不少見。甚至還有些人家男女同室宴會的，只在中間隔一道屏風便可。

聽張端妍說是她生日，芳菲卻也不好推辭了。張端妍又說已請了惠如姊妹兩個，這讓芳菲更是無話，便約好了時間地點答應準時赴約。

芳菲出門用車，當然是要向管家的孫氏報備的。

孫氏一聽芳菲明日要去赴官家小姐們的宴會，答應得不知有多爽快。

她又對芳菲說：「七丫頭啊，如今妳身邊就一個春雨管著妳釵環盥洗，剩下那兩個粗使丫頭巧雲、巧寧不過就收拾收拾屋子，人哪夠使？我們雖然是小戶人家，姑娘們也得有些使喚的人才行。我屋裡的丫頭紅霞還算伶俐，就給妳使喚吧，可好？」

芳菲心裡明鏡似的，這就是往自己屋裡放內應了。這個紅霞一定是孫氏的心腹使女吧……看來孫氏真想把自個兒全捏在她手裡任由她利用呢。想得倒是周全！

「謝謝三伯母。」芳菲低頭施禮，道了一聲謝。

等她回到屋裡，紅霞已經站在裡頭等差使了。芳菲坐在小桌旁，一邊喝茶一邊用眼角餘光掃視這十三、四歲的大丫鬟。果然是個一臉機靈的，看來也得先給她立點規矩，免得她欺負自己年紀小，擅自插手管事也是個麻煩。

「既然妳是我屋裡的人，我也該給妳改個名字，」芳菲把玩著手中的茶杯。「妳說呢？」

紅霞的頭垂得低低的，只說全聽姑娘吩咐。

「就隨春雨的名兒，叫春草吧。」芳菲看似隨意的取了個名字，其實頗有深意。她說：「妳雖然比春雨大些，但跟我跟得晚。在這屋裡，平時的差使還是春雨多領些，畢竟我的事情她都熟悉。妳要是有什麼不懂的，別自作主張，問了我再去做，可聽明白了？」

芳菲特地在「自作主張」四個字上加了重音，紅霞又不是個笨的，自然聽懂了。

「奴婢謝姑娘賜名。」改了名的春草忙跪下給芳菲磕頭。

芳菲先不忙叫春草起身，接著囑咐道：「妳既然跟了我，就是我的丫頭，要聽我的使喚。別人在我屋裡，耳朵和嘴巴卻伸得遠遠的，這樣的人我是容不得的！」說到最後，她的小臉上竟現出幾分厲色來，讓原本輕視她的紅霞見了也不禁敬畏起來。

「奴婢往後一定規規矩矩服侍姑娘，請姑娘放心。」春草忙又連連磕頭。

春草原是孫氏房裡的二等丫頭，但也頗得孫氏看重，才會把她使到芳菲房裡來。過來前她得了孫氏囑咐，要她多多留意七姑娘和各家小姐太太來往的情況，有什麼事情都要跟孫氏稟報。但芳菲的一番話卻讓春草心裡打起了鼓，看來往後要去跟孫氏遞話，可得謹慎些⋯⋯

芳菲也沒打算用一席話就能把孫氏使來的人鎮住，反正往後春草在她屋裡的時間長著呢，慢慢應付也就是了。

到了次日午間，芳菲穿戴整齊，便去孫氏屋裡稟報說要出門。孫氏還嘮叨了兩句說她穿得太素淨，立刻就拿出一對金鐲子要給她戴起來。

「三伯母不用了，我戴著這副絞絲銀鐲子就很好。」芳菲謝絕了孫氏的好意，推說時間快要趕不及，便離了孫氏的屋子。

俗話說拿人的手軟，她才不想收孫氏不明不白送給她的禮物呢。還不是為了讓她下次帶芳英她們出去嘛⋯⋯這點小埋伏，瞞不過芳菲的眼。不就是一對金鐲子？她還真沒看在眼裡。

張端妍定下的館子，就在陽城正街上。芳菲帶著春雨一進大堂，就有店小二過來殷勤招待，將她引到樓上約好的雅間去。

做主人的張端妍果然已經在雅間裡坐著了，惠如和潔雅還沒來到。座中還有一位她們的同窗，是陽城府通判盛奎的次女盛晴晴。

盛晴晴和芳菲同歲，在學裡也常說話的。她父親盛通判為人剛直，人稱「鐵面判官」，盛晴晴頗有乃父風範，行事爽利，也是個不錯的女孩子。

芳菲對於張端妍專程邀請自己來參加她的生日小宴仍然有些驚奇，因為她們倆的交情其實也還沒好到私下結伴遊玩的程度。要說自己有什麼值得張端妍巴結的，那是絕對沒有的事。張端妍又不是秦家姊妹那種庶民女子，她可是正正經經的官家小姐，按理說，還是該芳菲去巴結她呢。

既然自己沒有值得人家圖謀的地方，芳菲只好認為是張端妍對自己頗具好感了……唉，她們都還是些小姑娘呢，也許根本沒那麼多心眼，自己也不要戒備太多了。

「對不住各位，我們來遲了！」

聽這清脆的聲音，便知道是活潑的惠如來到了。

潔雅跟在惠如身後進了雅間，笑著跟眾人道歉說：「不好意思，我們倆來得太晚——都是這愛臭美的表姊，出門前挑衣服就挑了足足一個時辰。」

「妳就懂得編排我！」惠如大笑著去擰潔雅的臉蛋，被潔雅轉身躲開了。

「妳自己還不是一直在問我，表姊啊表姊，我這雙新鞋子好不好看？」

眾人看她們表姊妹一如既往的互相調侃，便都一齊開懷大笑。

第三十一章 蕭卓

張端妍在眾人中年歲最長，又是主人，走過來將惠如二人拉入座中，打趣她們說：「好啦好啦，快都坐下喝茶吧。妳們再掐下去，我們的午飯就不用吃了。」

在眾人的笑聲中，張端妍傳喚店家快快上菜。菜單是她提前一天就讓人來點好了的，都是些女孩子們愛吃的精緻又清淡的菜色。

座中沒有長輩，只得幾個相知同窗，幾個女孩子吃得倒也盡興。快吃完的時候，芳菲才從惠如口中得知，這家「佳味齋」其實就是張端妍家中的產業。

雖說這時代士農工商階級劃分極為清楚，可作為統治階級的士人或者說是官家，也是要吃喝拉撒的。誰家中沒點產業呢？光是田莊土地，總有天時不好的時候。所以很多人家都會在城中置下許多鋪子，一來可以收鋪租，二來也可以自用做點生意。

「怪不得張姊姊今兒這麼慷慨要請客，原來是肥水不流外人田。」盛晴晴拍手笑道。

芳菲說：「張姊姊，妳家館子的大師傅手藝真好，這些小菜用料都很常見，怎麼味道就跟我們在家裡吃的全然不同，妙極了！」芳菲這話可不摻假，這一桌小菜也只是些白菜、冬瓜、豆腐、雞蛋羹之類的菜色，可是滋味卻比那些家常菜高出不止一籌。

這年月又沒有味精、雞精、蘑菇精那種提鮮的調料，全憑廚師平時早早熬好的高湯來吊味。高湯是哪家廚子都要做的，可是這佳味齋的高湯味道就是特別好，應該是有點獨門秘方才對。

張端妍說：「這位大師傅聽說是在京城的大館子做過掌勺的，也不知我家掌櫃從哪兒請了來。大家吃得開心便好，往後我們可以時不時來換換胃口。」

惠如笑她。「哎呀，妳可別忙著大方，小心我們三天兩頭來打秋風把妳的月例銀子吃個精光！」

幾人說笑間，便聽見有敲門聲響起。原來是店小二又送上一盤飯後點心，每份點心小小巧巧，都用花朵般的小碗裝著，看著就饞人。

小二把點心一份一份端到眾人面前，張端妍介紹說：「這是他們新學會的一味點心，叫『桂花糯米藕』，妳們嚐嚐？」

咦？桂花糯米藕……這點心不是自己曾做過的嗎？

芳菲大奇，來了這麼久，她還沒聽別人說過這兒也有一味叫桂花糯米藕的點心。會是巧合嗎……

她認真看了看眼前的小碗，訝然失笑，是巧合而已吧。這點心是碗糖羹，顯然是先將糯米和藕粉熬成稠稠的粥，再加上一勺蜜製的糖桂花，和自己做那個鑲造蓮藕形的點心不一樣。

「真不錯……張姊姊，這桂花糯米藕是妳家館子獨有的吧？」潔雅最喜歡吃甜食，三下五除二就把她那碗點心給吃光了。

張端妍說：「應該是吧？這點心呀，有兩種做法呢。聽說另一種做法，是把糯米鑲入蓮藕節中加新鮮桂花蒸熟，冷卻之後切片食用。可惜現在大冬天的哪來的蓮藕？他們就把這點心的做法改了改，做成糖羹，味道也挺好。」

「啊，是嗎？聽妳這麼說，我真想嚐嚐那種鮮蓮藕的做法呢。」潔雅悠然神往。

芳菲在一邊聽著卻越聽越奇怪，怎麼這種做法……聽起來跟自己做的一模一樣？

「秦妹妹，妳覺得這點心味道如何？」

芳菲正在出神，冷不防對面的張端妍問了她一句。她被唬了一跳，忙定了定心神說：「挺好，挺好。」

張端妍意味深長地看了她一眼，嘴角微微上翹。

幾人用餐完畢，雖然意猶未盡，但是也不便在外頭逗留太久，便紛紛告辭。惠如和潔雅上了自家馬車，朝她們揮手道別，盛晴晴坐的是轎子，也準備啟程。張端妍送芳菲到秦家的馬車旁，還有一句沒一句的跟芳菲聊著天。芳菲也不好馬上登車，只是奇怪張端妍怎麼還有這麼多話跟自己聊？比方才在雅間裡說的話還多。

張端妍面上溫溫雅雅，心裡早就著急得很了。不是約好了這個時候出現嗎，死表哥還不來？再不來，就得重新把芳菲約出來了，豈不是麻煩！

「秦家妹妹，妳也來此用餐？」

一個男聲在她們耳畔響起。

芳菲聽到這聲音一開始還沒反應過來，待到見了那人，卻暗恨自己為什麼沒有早點上車。居然會在這兒遇見湛煊這討厭的男人，難道今天不宜出門嗎？

湛煊依然穿得無比風騷，頭戴金環，身著錦袍，腰懸寶玉，手執香扇。芳菲遠遠就聞見了他身上那股濃郁的薰香味道，暗叫我的神啊，這個男人為何總要打扮得這麼詭異，就差沒往自己臉上抹粉了！話又說回來，他還真不需要，因為他天生就長著一張陰柔的小白臉。

芳菲很無奈地想，他的記性要不要這麼好啊，他們就見過一面罷了，隔著一條馬路都被他認了出來。

「湛公子你好。」芳菲轉過身來向湛煊淡淡打了個招呼。無論如何，看在湛先生面上，她也不能不應酬這湛煊一番。

湛煊今天跟他的損友洛君約好了在佳味齋喝酒，他顯然不知道芳菲對他的厭惡，這也不怪他，因為他遇到的女孩子裡頭還真沒有哪一個不喜歡跟他說話的。他的打扮在芳菲看來是騷包，可看在這時候的女孩子們眼裡，那可是標準的豪門公子氣派呢！

就連芳菲身邊的張端妍，見到湛煊走過來，也沒有露出什麼厭煩的表情。

「秦妹妹，我近日常去姑母家裡玩耍，怎麼都沒見妳們過來了？姑母這些天都在喝妳說的梅花水，說妳推薦的東西果然靈驗，天天對我誇妳呢！」

要是換了別人，聽到湛煊這樣的貴公子如此讚美自己，怕是要歡喜得雙頰生霞了。芳菲卻還只是一派淡然，說：「謝謝先生謬讚。」她又回頭對張端妍說：「張姊姊，我先走了，明天咱們在學裡見了再聊吧。」

湛煊這才看出一點端倪——敢情這小丫頭不是怕羞，而是真的不想搭理自己？

他的臉色頓時很不好看。本來他見芳菲長得秀麗，年紀不大卻是個美人胚子，便過來找她說笑兩句，未必存了什麼壞念頭。她這麼防備自己就跟防登徒子似的，也太傷自尊了！

他湛煊好歹也是萬花叢中遊歷多時的多情公子，竟被一個小丫頭當街落了臉面，這話傳出去，自己的臉就真是丟大了！

張端妍也察覺出芳菲對湛煊的態度似乎過於冷漠，不過她卻以為是芳菲謹守禮儀，不願多跟男子說話的緣故，還暗讚芳菲小小年紀就如斯端莊。她現在可顧不上別的，心中急得不行——表哥你來得太慢了吧，人家要走了耶！

「端妍，妳來了？」

又一個男子走到他們身邊，一面跟張端妍打招呼，一面又拍了拍湛煊的肩膀。「小九，你怎麼在這兒？」

這人一來打岔，芳菲卻又不好走了，張端妍還拉著她的手呢。她有些不耐煩地往那人看去，只見這直呼張端妍閨名的少年長相打扮倒還順眼——主要是他站在湛煊的身邊，兩人一對比之後，芳菲對這少年的好感度一路激增。

看看人家這清爽的藍衫！這才叫氣質，湛煊你這被錦緞綢衣淹沒的俗物一邊去吧，還搖扇子呢，一整個浪蕩公子。

湛煊一看來人，也驚喜地打了個招呼。「蕭卓，你又來陽城了？來來來，我們上去喝酒，洛君也在上頭呢。」

聽到樓上還有那個臭名昭彰的洛十二在，蕭卓的嘴角不自覺地抽了抽，但依然熱情地笑道：「好，你先上去，我找端妍表妹說兩句話就來。」他又指了指站在一邊的張端妍。「這是我外祖父家的孫女兒。」

湛煊得知張端妍是張學政的孫女，也施了一禮。藉著蕭卓來插話的機會，他剛才被芳菲冷落的尷尬得到緩解，忙不迭拱手告辭而去。

芳菲見湛煊遠走，便想再次對張端妍道別。張端妍拉著她的手不放，給她介紹蕭卓。「秦妹妹，這是我姑母家的表哥蕭卓。」

芳菲只好又跟蕭卓見禮。蕭卓呵呵笑了兩聲，忽然說：「秦姑娘，請容我唐突，可否借一步說話？」

一個才相識的少年男子，竟提出這種要求，芳菲不由犯難。張端妍看出芳菲猶豫，忙在旁勸說：「秦妹妹，用不了多長時間的，就在我家酒樓閒置的雅間裡說兩句話而已。我也陪著妳呢。」

芳菲本來就有點疑惑張端妍竟會請自己出席她的生日宴，又見她一再拖延不讓自己回家，此刻還勸自己和蕭卓談話，心裡明白過來。

看來今天的事情，是早就安排好的吧？張端妍的請客，目的竟是讓自己和這個叫蕭卓的少年見面……

去還是不去？

「好吧，希望不要耽擱太久。」芳菲想了想，決定還是跟她表兄妹二人上樓說話。

以她對張端妍的瞭解，這女孩應該不會做出什麼壞事。看著那蕭卓也是一臉清正的，他們刻意安排這次見面，肯定有他們的用意。芳菲也很好奇，到底是什麼事情呢？

第三十二章 分紅

佳味齋二樓走廊盡頭，是一間專為達官貴人留下的寬敞雅間。此刻這可容十多人用餐的雅間裡只坐了三個人——芳菲、蕭卓、張端妍。

春雨被留在門外等待，因為蕭卓說，他要跟芳菲談的是椿秘事。

芳菲更加好奇了，她跟他可以說是素不相識，有什麼秘事可談？

「秦姑娘，我是受人所託來找妳的。」

蕭卓這話，讓芳菲一時摸不著頭腦。受人所託？誰要這麼七拐八彎的來找她啊……不過她的疑惑很快就解開了。

是朱毓升。

得知朱毓升和蕭卓同為張學政的外孫之後，芳菲總算明白了張端妍、蕭卓和朱毓升三人的親戚關係。原來他們是表兄妹！

這也怪不得芳菲，她猜到朱毓升是皇族，卻不知他母親是張學政的女兒。

「秦姑娘，我想妳也明白毓升的身分並非常人……」朱毓升對蕭卓說他沒有在芳菲面前說過他的真實身分，而芳菲也從沒問過。不過據朱毓升觀察，芳菲應該也早猜到了幾分。

芳菲微微一笑，搖頭道：「我不太清楚。」她對於沒有真正確定的事情，從來都不會把話說死。表現得太過聰明，沒什麼好處，她還是裝傻吧。

張端妍性子淳厚，以為芳菲真的沒猜出來，也不以為意。她坦然說：「我姑母乃是安王爺正妃，毓升是安王爺的次子。」

果然被自己猜中了……芳菲不欲多言，只「嗯」了一聲，靜待下文。

這個小姑娘，有點意思，怪不得表弟回到安宜的這些日子，一直都牽掛著他的「小朋友」。蕭卓摸摸下巴，玩味地笑了笑。

「秦姑娘，這份文書請妳收下。」蕭卓遞過一份文書。

芳菲眉頭微皺，雙手接過。

這是什麼？

她展開文書慢慢往下看。這……唉！她讀了一半，心裡已經明白過來，又是感動又是為難。

朱毓升還是放心不下她啊……

這份文書內容很是簡單，只寫了一件事——從今年開始，芳菲每年可以分得佳味齋的一分紅利。

一分紅利，聽起來並不多，可實際算起來卻是驚人。這佳味齋的生意之好，芳菲今兒是親眼目睹的，一年下來盈利也該有幾千兩銀子。一分紅利，那就是幾百兩，頂得過一戶中等人家的家資了！

這筆錢比起原來朱毓升想送給她的屋契，那是只多不少。也太貴重了，她哪裡能收！

「對不起，蕭公子，我不能收下。」芳菲把文書送到蕭卓面前。她拒絕的理由，和原本拒絕朱毓升送的那兩張屋契是一樣的，她沒有資格收這麼貴重的禮物。

蕭卓並不接下，而是誠懇地對芳菲說：「秦姑娘，妳且不忙將文書還我，聽我說兩句話好不好？」

芳菲還想再說，蕭卓又搶著開口。「妳先聽聽毓升這麼做的緣故好嗎？」

「那……好吧。」芳菲被蕭卓這麼一說，也不好太堅持。這個蕭卓的行事，與高傲的朱毓升很不一樣……朱毓升只會直來直往，可蕭卓明顯很懂得與人談話的技巧，處處掌握著談話的主導權，讓她沒法子斷然拒絕他的要求。

「其實從一開始，毓升得知妳的一些情況之後，他便和我商量著想幫幫妳，」蕭卓補充說：「我和毓升從小一塊兒長大，可以說是無話不說的。

「毓升對我說，他想幫妳，不僅僅是因為妳救助過他。如果真的只是因為這樣，那他送妳一批藥材也就夠了，大不了再送筆錢財。何必還絞盡腦汁想著送妳屋契？

「那是因為……毓升真的把妳當成了親人知己——這是他親口對我說的。」

親人，知己，這兩個詞狠狠的撞中了芳菲心中的軟肋，她眼眶微紅鼻子一酸，喉頭頓時有些哽咽。雖然相處時間不長，她也知道朱毓升是什麼樣的性子。他竟把這樣的四個字用在她的身上，讓她無比感動。

她來到這世上，不是沒有親屬，但秦家的人哪一個把她當親人？她也不是沒有朋友，可從惠如到眼前的張端妍，頂多也只能算閨中友人，又有哪一個算得上知己！

見過她真性情的，只有朱毓升一個；把她放在心上的，或許也只有朱毓升！

「他沒跟我說過你們相交的情形，但他隱約提起過，妳是一個非常有勇氣、有見識的女孩子，絕對不能因妳年幼而看輕了妳。」蕭卓接著說。

蕭卓的話，讓芳菲的意識回到了那個寒冷的秋夜。也許是因為自己見過朱毓升最脆弱的一面，他才會在潛意識裡將她當成了特別的存在吧？儘管他們見面的次數不多，但每一次見面卻都深深刻在了彼此的記憶中。

蕭卓說：「原先送妳屋契，是我給毓升出的主意。後來我們倆想了想，也明白了妳確實不方便收下這些。」蕭卓和朱毓升再聰明，人情世故上還是不夠通透，才會有了送屋契這樁考慮不周的事情。芳菲拒絕屋契之後，兩人又商量了一陣，才想通送屋契的確不是什麼好主意。

他們只想到了芳菲可以有產業傍身，卻忘記了芳菲是個沒有依靠的小孤女，一下子擁有兩間大鋪子太過惹人眼熱。

所以他們再次合計，才想出了把佳味齋的紅利分給芳菲一成這個法子。佳味齋名義上是張家的產業，其實根本就是朱毓升母親的嫁妝，早就過到朱毓升名下了。現在的大掌櫃，只是在替朱毓升打點生意而已。

鋪子是實實在在的東西，可紅利卻是容易瞞人耳目的事情。只要芳菲不說，佳味齋這邊也不漏風，那別人可不會知道她從佳味齋拿了多少分紅利。

這個法子嘛……也不是朱毓升和蕭卓的首倡，而是時下許多官員收受賄賂的不二法門，只是被朱毓升拿來「活學活用」了而已。

「我還是不能收，」芳菲雖然被朱毓升的心意感動得鼻酸，但還是堅持她原先的做法。「無功不受祿，既然他當我是親人，是知己，又何必非要用這些俗物來表示？」說這話的時候，她心中一動，想的卻是他送她那「不俗」的桂花，不禁臉上微微一紅。

蕭卓正色道：「秦姑娘，我和毓升都知道妳絕非貪財之人。可是毓升一再堅持要幫助妳，自然有他的用意，妳也不必冷了他的心。何況，這也不算無功受祿。」

「此話怎講？」芳菲疑惑地問。

一直沒有開口的張端妍替蕭卓解釋。「秦妹妹，聽毓升說，妳跟他聊天時提過妳會做許多新奇點心？比如今兒我們吃的桂花糯米藕，就是從妳做的點心上改良來的。我們的意思，是讓妳每年都替佳味齋寫些點心的食譜，放在佳味齋裡賣。這筆紅利，就當是妳教店裡師傅們做點心的學費了。」

哪有這麼高的學費？芳菲見朱毓升「處心積慮」的替自己想出這個收錢的藉口，實實在在的感受到了他對她的相助之意。

從送藥材，到送屋契，現在還送紅利……她只是適逢其會幫他包紮過傷口，給他講了一個故事，無意間成為他傾訴心事的對象……他卻一而再、再而三地要幫她。

「秦姑娘，妳就收下毓升的心意吧！」蕭卓鄭重的說。張端妍也說：「秦妹妹，毓升表哥真的很想看到妳過上舒心日子，妳就別推辭了好嗎？」

芳菲看著這表兄妹二人，又看看手中的文書，竟再也說不出話來。

半月後，安宜城，安王府。

朱毓升聽蕭卓轉述了他這趟去陽城辦事的始末，長長地吁了一口氣。

「蕭卓，多得你出面！要是我跟她說的話，她還不一定會收下呢。」朱毓升的臉上露出了難得的笑容。最近，他是越來越少笑了。

就在前天，皇上正式下旨，讓安王次子朱毓升、福王三子朱令燾、頤王次子朱嘉盛三個宗室子弟到宮中侍奉太后。

名義上是讓他們這些孫輩陪伴太后，事實上誰都知道，這就是為無子的皇上選皇嗣了！

聖旨一下，朝野震動。無數宗室官員聞風而動，到處探聽消息，想知道皇上和太后究竟屬意哪一個王子繼承皇位。

身處風暴中心的朱毓升，又哪能有半刻清閒？天天被父王叫去教訓，叫他要竭盡全力討得皇上、皇后與太后的歡心，絕不能在選嗣大戰中落選！這不是他一個人的事情，而是關係整個安王府乃至依附著安王的官員們的榮辱興衰……

太沈重了。十四歲的朱毓升從沒想過自己會被壓上這樣一副擔子。再想到那次差點就要成功的謀殺事件，他知道前面要走的路上還不知道會有多少凶險在等著他……宮中的生活，絕對是步步驚心步步險！

「對了，她有回禮給你呢。」蕭卓狀似無意的說了一句，立刻引得本來在想著心事的朱毓升睜大了眼睛瞪著他。

「你早說啊！」朱毓升抱怨不已，一邊就要伸手去搶蕭卓從包袱裡拿出的一卷卷軸。

蕭卓把卷軸遞給他。「我跟她說你最近為許多事煩心……這是我離開陽城前，她託端妍表妹送過來的，說是她在書畫課上的習作。」

朱毓升展開那卷書畫，只見上面畫著一叢生在石中的翠竹。畫上還題詩一首——

「咬定青山不放鬆，立根原在破岩中。

千磨萬擊還堅勁，任爾東西南北風！」

朱毓升翻來覆去唸著這四句詩，心中的抑鬱之氣為之一舒……她的話，總能帶給他莫名的力量。

「小丫頭……妳一定要照顧好自己……」

朱毓升盯著那幅書畫，久久不能移開目光。

十日後，朱毓升在安王護衛隊的護送下上京。

而後，冬去春至，寒來暑往，四年的時間就這樣不知不覺地去了。

第三十三章　變遷

四年後，陽城。

午膳時間，位於陽城正街的佳味齋一如既往的人滿為患。無論是一樓大堂還是二樓雅間，全都坐滿了食客。

大堂內，穿著潔淨的粗布褐衣的店小二們，端著一盤盤美味佳餚往來於餐桌之間，時不時高聲吆喝著。

「大爺您點的茯苓餃子來了！」

「您幾位點的桂圓枸杞蒸鴿子蛋、仙茅燉肉、野鴨赤豆湯，齊了。」

更有那急性子的在催店小二。「我點的油酥九香蟲呢？讓廚房手腳麻利點。」

「是是是，」店小二們總是一臉恭順的笑容。「馬上給您催，給您催。」

有一桌客人是從外地來的，只有作東的主人是本地人。那些客人好奇地問請客的朋友。「幾年前我們來探訪陳兄，也是在這佳味齋用飯，那時候這兒可沒那麼紅火啊！」

那陳兄說：「幾位兄弟有所不知，這佳味齋生意好起來，還是因為一位小姐。」

「哦？」

幾人聽得彷彿是有香豔的典故，忙支起了耳朵聽陳兄往下說。

「這佳味齋是我們陽城府學前任學政張學政家的產業。聽說張學政家的孫小姐，有次帶著幾位千金來用餐。其中一位秦小姐是個擅廚藝的，就指點了一下這佳味齋的廚子。」

「然後呢？」一個客人追問道。

「然後那些廚子照那位小姐的指點來做菜，果然比原來勝出不止一籌。後來張家的孫小姐就請秦小姐常來佳味齋教大廚們做些好菜。現在佳味齋出名的一些菜餚，尤其是這些配合藥材做出來的滋補藥膳，據說全是秦小姐的功勞呢！」

這時，他們點的菜也上齊了。眾人嚐了嚐這些在別處吃不到的美味菜餚，便對這位精擅廚藝的秦小姐又多了幾分傾慕。

這個時代，能詩擅畫的才女固然說出來風光，可是人們還是崇尚「女子無才便是德」。像這位秦小姐一般廚藝出眾的女子，卻會被認為是賢慧良淑，能得到大多數世人的認可。

在佳味齋二樓最豪華的雅間裡，眾人口中那位令人傾心的秦小姐芳菲，正端坐在餐桌前，細細品嚐著佳味齋大廚新做好的狗脊燉狗肉。

芳菲今兒穿著了一身豆綠夏裝，襯著她白皙的膚色和細緻的五官很是惹眼。十四歲的芳菲還是不喜歡太過富麗的打扮，頭上釵子都沒一支，反而更顯得她的容貌清麗無匹。

身材壯實的鄭大廚站在她身邊，神情竟有一絲緊張。他本來也是眼界極高的名廚，但在佳味齋待了幾年，他太明白這位秦小姐的能耐。

「嗯，不錯。蕭大哥，端妍姊姊，你們也嚐嚐嘛。」

芳菲向著和她同桌共坐的張端妍說了一句。

張端妍今年十七了，早已是亭亭玉立的美麗少女。她微笑著挾了一筷子狗肉放到嘴裡嚐了噹，說道：「妳弄出來的菜譜，就沒有不好吃的時候！也不知道妳小腦袋裡藏了多少新奇菜式，總也寫不完。這些年來全靠了妳弄這些『食療藥膳』，幫佳味齋拉來了大批客人，連我祖父他老人家都驚奇不已呢！」

芳菲也笑著說：「既然毓升哥哥分我一分紅利，我總得對得住這筆銀子才是。何況，佳味齋生意越好，我的紅利不也越多嗎？」

這幾年佳味齋的掌櫃按照朱毓升的吩咐，每到年底都給芳菲送去當年盈利的一分紅利。幾年下來，芳菲手裡也攢了不少銀子。不過具體的數目，除了有限幾個知情人之外，旁人都是不知其詳的。

就像秦家的人，只當芳菲給佳味齋寫菜譜賺點脂粉銀子，並不知道是這麼大的一筆錢。芳菲為了不白拿這筆錢，不僅僅將腦中資料庫裡的養生藥膳菜譜寫了不少出來，而且對於佳味齋的經營也是出了不少主意的。不然，佳味齋的生意也不會像今天這麼紅火。

前些日子，她算算自己手上已經有了足夠的金錢。自己年紀也大些了，以前不方便做的事情，現在應該能慢慢著手進行了。

芳菲一邊吃著這道滋補身子的藥膳，一邊想著自己的心事。

試菜完畢，芳菲和張端妍相攜下樓，沒承想在樓梯口遇上了老熟人湛煊。

湛煊看見芳菲，眼睛一亮。沒等他過來打招呼，芳菲就拉著張端妍匆匆低頭走了，鬧得張端妍一頭霧水。

芳菲這是怎麼回事？

陽城城外，有清江環繞。兩岸風光甚佳，遊人往來不絕。

但比起岸上風景，更多遊人的心思是放在了江中的眾多畫舫之上。

陽城是江南名城，不僅城市繁華，風流人物也是不少。每到夜間，清江上的幾十艘畫舫便點上宮燈掛在船頭，照得江面亮如白晝。至於詩詞唱和，鶯歌燕舞，當是無日無之。

今夜月色極好，又正值盛夏。到清江來尋歡的文人騷客、富豪世家，更勝往日。

在眾多畫舫中，水月坊並不是最華麗的，但名氣卻不小。只因水月坊的頭牌羞花姑娘，是聲色俱佳的當紅名妓，許多達官貴人都是她的裙下之臣。

不過，平時架子十足的花魁羞花姑娘，此刻卻溫馴得像一隻貓兒般依偎在一個白袍公子的懷中，捧著一杯酒湊到他的唇邊撒嬌道：「洛公子，您倒是喝了我這一盞殘酒嘛。」

白袍公子薄薄的唇上綻開一抹淺笑，垂頭看了一眼羞花，就著她的手兒就把那杯美酒一飲而盡。

他本來摟著羞花肩頭的右手順著她柔滑的絲緞衣裳一路下移，停在她極富彈力的翹臀上，輕輕拍了一記。「小蹄子幾天不見，越發風情萬種了，怪不得人家都說妳是媚骨天成的名妓呢！」

羞花「嚶嚀」一聲，媚眼如絲地靠在白袍公子肩上。

這公子乍一看斯文俊秀，但細細觀之，才能隱約看出他眉眼間有股子說不清道不明的邪氣。

湛煊坐在這人對面，身旁同樣有一位美貌佳人相伴。只是湛煊的心思，倒不在身邊這位柔情似水的翩翩姑娘身上，一逕只是低頭喝著悶酒。

「十二，你說她怎麼就老是對我那麼排斥呢？」湛煊不解地問那公子。

這人姓洛名君，行十二，人皆以洛十二呼之。他洛家也是陽城大家，雖然比不上湛家的權勢，但也算書香門第。洛十二的父親是洛家三房家長，為人最是古板方正，想不到養出來的兒子卻是個花花大少。

洛君從懂事起就不愛讀書，只愛鬥雞走狗，吃喝玩樂。偏偏他腦子卻是極聰明的，又會說話，把他家那位老太君哄得滴水不漏。有了老太君的寵愛，洛十二更是橫行無忌。加上他的好友如湛煊之類都是名門公子，更是助長了他的氣焰。

「哎呀，小九啊，不是我說你。四年了，你用了整整四年都擺不平一個小丫頭，也太沒用了吧？那秦芳菲有什麼了不起的，能把你迷成這樣。」

洛君確實是不明白。湛煊好歹也是花粉堆裡的翹楚，怎麼就是沒法搞定那個秦芳菲？

湛煊自己就更弄不懂了。從四年前第一次在姑母的梅園見到秦芳菲，她就一直沒給自己看過好臉色。

剛開始的時候，湛煊只以為芳菲是害羞。之後他們兩個在梅園多次相遇，也曾因為他姑母的邀請同桌品茶，可是無論他怎麼跟芳菲搭話，她都愛理不理的。

多次下來，湛煊才肯接受他居然被一個小姑娘討厭了這個事實。

沒理由啊！

想他湛九公子，風流倜儻，品味出眾……雖然考了三次也沒考上秀才……但他依然是眾多名門閨秀的夢中情人嘛！

起初湛煊只是因為芳菲容貌秀麗想逗逗她。到了後來，湛煊卻被芳菲的抗拒激起了極大的興致，他一心就想著要引起她的注意。為此，他往姑母那兒跑得越來越勤，穿戴得一次比一次考究。

沒想到，芳菲見他熱切地想跟她接近，反而連梅園也不肯去了。

他姑母察覺出他對芳菲的心思，把他狠狠說了一頓。「我聽說，芳菲那孩子已經有了婆家。她不搭理你，是她知禮，你不要再弄出什麼是非來！」

湛煊雖然在姑母面前唯唯諾諾答應下來，心裡卻不肯悔改。

四年下來，在各種場合，他也和芳菲見過幾次。幾乎是下意識的，一見到芳菲，湛煊的腦子裡就想著——怎樣才能讓她多跟他說兩句話……這已經成為他的習慣了。

今天他把洛君約出來喝悶酒，也是因為白天裡剛剛和芳菲相遇受了冷待的緣故。

中午時他去佳味齋赴宴，剛好碰見芳菲從店裡出來。他剛想走近和芳菲說話，芳菲卻把臉一沈，低著頭匆匆在一旁走了過去，連打招呼的機會都沒留給他！

不過……雖然只是驚鴻一瞥，但芳菲似乎長得更美了……她今年也十四了，明年就要及笄了呀。

洛君笑道：「我也聽人說這秦芳菲是個絕色美人兒。托了她的福，給佳味齋弄了這麼多好菜好點心出來，如今那兒的生意越發好了，想吃飯還得提前幾天去訂位子。這麼個小佳人，倒是便宜了陸家那小子！」

說到陸寒，湛煊就更不爽了……

第三十四章　賞荷

無獨有偶，在這一個夜晚，芳菲也在想著陸寒的事情。

再過兩個月，就是秋闈的日子了。陸寒也該下場考試了……

四年過去，陸寒依舊連個童生都不是。這倒不是他的過錯，因為就在三年多前，他母親何氏突然染上急症，儘管家中用盡好藥醫治，仍然在幾日內便撒手人寰。

芳菲也是等到陸家送信來才知道何氏去世的消息，當時還為何氏的盛年早逝流過幾次感傷之淚。無論如何，她在陸家住的那些日子裡，何氏對她是只有好沒有壞，其關懷之情遠遠超過了芳菲家中任何一位長輩。

事後她從陸寒口中聽說了何氏的症狀，暗自推算何氏可能是心臟有些先天不足，在這外科技術極其落後的時代當然是難以救治了。

因為秦、陸兩家還沒給他們正式換過庚帖，她名義上只是陸家的世侄女。但芳菲仍執意去靈堂守靈，為的是報答何氏對她曾經的關愛。陸家上下卻對這位未過門的媳婦能不顧閒言來為何氏守靈大加讚賞，陸月名和陸寒在極度哀痛中也感到一絲慰藉。

芳菲還反過來安慰哀毀過度的陸月名，又教訓陸寒說他不懂事，一天到晚呆呆地看著母親的靈位有什麼用？趕緊去張羅喪事是正經！所以何氏的喪事，倒有一大半是芳菲這小女孩給撐起來的，更令陸家人嘖嘖讚嘆。

莫大娘便曾對三姑說：「天可憐見，雖然咱家大娘子沒了，將來這個家還有人能頂得起來……大娘子要見了七小姐這麼能幹，不知道歡喜成什麼樣兒呢……」

說著說著，兩人想起舊主人何氏的好處，又不免流下淚來。

喪事操辦完了，陸月名強打起精神繼續衙門、醫館兩邊跑。陸寒因母喪守制，卻沒法子去參加童生試，只能在家中閉門讀書。不過因為這樣的原因不去參考，是不會有人說他不濟的，因為在此時守孝乃是第一要務。

要是在以前，秦家的人肯定又會在暗地裡嚼舌根說芳菲命硬，還沒過門就剋死了婆婆。但是如今卻不敢這麼說了，因為他秦家的多少女孩子等著靠芳菲的提攜找個好婆家呢！

「姑娘，這麼晚了還在看書？早些安歇吧，明兒不是要出門嗎？」春雨捧了一盞茶來送到靠窗看書的芳菲手邊，芳菲隨意拿起喝了一小口。

「好，看完這兩頁我就去睡。」芳菲把茶杯放下，春雨又遞上一塊擰得乾乾的熱毛巾給芳菲擦臉醒神。

春雨這幾年做事越發穩重，芳菲房中的事情差不多都交到她手上辦。後來的春草，和更後來添的兩個二等丫頭春月、春雲，對芳菲的一些緊要事情都插不下手去，只能做些服侍她盥洗、飲食之類的雜事。

不過隨著芳菲年齡的增長，出門見客的機會更多了，外出的衣裳首飾也得有人管著。她把這差使交給了春草，春草也盡力做事把這些都理得井井有條。芳菲觀察了春草一段時間，知道她確實是個能幹的女子，只是礙於她是從孫氏房裡出來的不好把她收為心腹。反正春草也大了，不可能跟著自己出閣，再過一年等她滿了十八歲就把她打發出去配小廝吧。

出閣……芳菲心中開始為此事發愁了。

難道自己真的要依照父親的遺命，嫁到陸家去？

何氏喪禮之後，芳菲便再沒登過陸家門，自然也就沒見到陸寒。在她印象中，陸寒還是那個溫潤清爽的小小少年，要她把陸寒想像成未來夫君……真是有難度。

可是不嫁陸寒，她又能嫁誰呢？難道嫁那個……四年來幾乎毫無音訊的……不知他在宮裡過得怎樣？

芳菲趕緊打住，不再往下想。

唉，為什麼一定要嫁人，還要在十多歲的時候出嫁！真是萬惡的舊社會啊！

她不想嫁人，半點也不想！

晚上沒睡好，早晨起來，芳菲身上就有些懶懶地不想動。

但是不動也得動，因為今日是知府千金惠如小姐邀請她們一眾閨學同窗到城郊賞荷的日子。

龔知府三年前任期滿後得了一個「卓異」的考評，所以能繼續在本地再連任一任知府。以他的資歷、年齡，再熬滿這一任知府，回京後定能入六部為官。

惠如已經定了親事，過了年就要成親了。她的夫家是龔知府的同年，正在京中戶部任職，未來夫婿也是位年輕秀才，據說今年下場考個進士是十拿九穩的事情。定了親的惠如卻還是沒什麼改變，依然像原來一樣活潑率真。

在約好賞荷的京郊風荷塘的一座水榭上，惠如見到芳菲後驚訝地問道：「芳菲，妳怎麼眼眶青青的，昨兒休息得不好嗎？」

芳菲倒也不隱瞞。「嗯，睡不沈，也許是天氣太熱的緣故。」

惠如沒放在心上，只叮囑芳菲要多多注意休息，最近的苦夏真是暑熱難當。

不過在這賞荷水榭裡，卻沒感受到多大的暑氣。水榭四角都放著大冰磚，加上它本身構造就是通風涼爽的，一眾閨秀坐在其中並不覺得憋悶。

張端妍讓身邊丫鬟打開帶來的食盒。

「妳們快來嚐嚐，這是芳菲上個月教給我們大師傅的荷花餐，在店裡賣得可好了。」

「真的呀？」喜歡新奇飲食的潔雅二話不說，馬上走到水榭中間的小桌前打量這些新奇點心和菜式。

芳菲看潔雅的饞樣，取笑她。「潔雅姊姊，慢點，我們不會搶妳的！」這些年她們混熟了，也不再「秦妹妹」、「孟姊姊」的叫著，直接就叫了彼此閨名。

潔雅被芳菲笑慣了，不以為意，伸出玉筍般的手指拈起其中一塊糖糕放進嘴裡嚼著，邊吃邊讚。「這是什麼糖糕，味道真不錯！」

芳菲介紹說：「這個呀，是三味蓮子糕。用蓮子、山藥、薏苡仁熬製蒸煮而成，放涼了更好吃。大家也都來嚐嚐吧？蓮子安心養神，山藥益腎健脾，薏苡仁清熱排膿，這三味組合在一起可是真真正正的『女兒藥』呢！女兒家吃了最有益了。」

盛晴晴也過來拈起一塊吃，笑道：「我最佩服芳菲妹妹的就是她弄個什麼菜單出來，總說得頭頭是道，彷彿吃了她的菜我們就都登仙了似的！」

眾人哄然大笑，芳菲也笑得彎了腰。張端妍指著盛晴晴說：「瞧瞧小晴兒這把利嘴啊，比牙婆子還能說會道，可算說出我們心裡話了。」說罷，又不住的笑著揉肚子。

芳菲又介紹了剩下的幾味「荷葉包雞」、「拔絲蓮子」、「荷花粥」等等菜餚。大家邊說笑邊動筷，很快就把這些好玩又好吃的菜餚吃了個一乾二淨。

「一邊賞荷花，一邊用荷花宴，今兒出來玩耍真是盡興。」

盛晴晴拿帕子抹著嘴，還是意猶未盡。

芳菲見大家用得差不多了，便招手讓春雨、春草給大家上茶。

愛好喝茶的張端妍接過茶杯先聞了一聞，奇道：「咦……聞著挺香的，是什麼新奇茶葉？」

「這是山楂荷葉茶，正好在飯後飲用解油膩呢。」芳菲說。

盛晴晴好奇追問：「這是何故？」

「原因嘛……我不說啦，說了妳又要笑我胡吹一通呢！」芳菲故意賣個關子。

這時大家都喝了一杯這山楂荷葉茶，紛紛要芳菲說這茶的好處在哪裡。盛晴晴特意起來學著男子跟芳菲打了個揖，說：「小生在這廂給秦姑娘賠罪，請秦姑娘快些解惑吧！」

「哈哈哈哈……」眾人自然又笑翻了，這盛晴晴真是個開心果。

芳菲抹去眼角笑出的幾滴眼淚，強忍著笑說：「好啦好啦，本姑娘原諒妳這孟浪狂徒。」

她解釋說：「這是用草決明、山楂和荷葉沖泡的茶水。草決明利水，山楂祛濕，荷葉消水腫，這三樣按照一定的分量調配好後沖泡成山楂荷葉茶，喝了以後不但能解油膩，還可以讓我們的身材更苗條呢！」

她又瞟了一眼盛晴晴。「尤其是某些楊貴妃般的人物，更應該多喝了。」如今的盛晴晴身材豐腴，正是芳菲打趣的對象。

哪個女兒家不想體態窈窕呢？大家便又叫春雨、春草多倒幾杯來喝。

張端妍說：「芳菲，跟妳認識這麼長時間，我發現妳泡的那些茶都是加了好多花花草草的，真是特別。」

芳菲突然很認真地問她。「那端妍姊姊，妳覺得好喝嗎？」

愛茶的張端妍想了一想，說：「和我們常喝的那些清茶相比，妳的這些花草藥材茶好像是另一種風味，我覺得是滿不錯的。」

「嗯……」芳菲聽了張端妍的話，陷入了沈思之中。

既然身為名門貴女的張端妍也能接受這些口味，證明如果推廣開來，應該是不錯的……

芳菲又想起自己心中的一些設想，暗暗謀劃起來。

日薄西山，她們各自乘車離去。芳菲無聊地打起車窗簾子看向周圍街道，發現城裡似乎多了些衣衫襤褸的貧民和乞兒。

一時好奇之下，她問春雨知不知道緣故。春雨回答說，也許是因為最近上游河道泛濫沖毀農田吧？這些人怕都是來逃難的……

第三十五章 時疫

陽城惠民藥局的醫官和藥吏們近日忙得不可開交。

隨著上流水災的加劇，難民不斷湧入府城。幾日後，龔知府不得不下令臨時關閉城門不再接納難民入城，而是在城外搭起長棚讓那些難民暫時歇腳。

府衙開倉放出一部分糧食救濟災民，但顯然是杯水車薪。在龔知府的組織下，城中富戶們各自捐了些米麵出來救急。這樣下來，災民一天兩頓的稀飯算是有了著落，但更大的問題在後頭。

那就是伴隨著水災而來的疫症。

「子有啊，這次的疫症看來絕對比前些年都要嚴重許多啊！」

惠民藥局的最高長官許醫官正在城外巡查難民們的災情。一連查看了幾個長棚後，許醫官的臉色越發凝重了。

子有是陸月名的字。他和另外兩個藥吏賈林、封予查，一直跟在許醫官的身後陪同巡查。他們也都是行醫多年的老大夫了，知道許醫官所言不虛。

陸月名說：「是呀，許大人，我們藥局裡的存藥已經發完了。現在雖然從各家醫館裡收購了一批藥材，可是……看災民發病之頻繁密集，怕是將來一段時日裡都難以抑制啊！」

水災過後，必有瘟疫，行醫的人都知道。但瘟疫也有輕重之分，今年的水災瘟疫，絕對會是這些年來最嚴重的。

許醫官緊緊鎖著眉頭，長嘆了一口氣。

府衙裡的人們在為民生奔波，而城中的百姓也都為「疫症」二字所震懾，流言四起，人人惶恐不安。

「姑娘，您是沒看見外頭那些發病的難民，嚇壞人了！聽說府衙裡的衙役這些天啥事沒幹，就顧著去收難民屍體焚燒，天天不知道要死多少人呢！」

春草給芳菲擺午飯的時候，將她在外頭聽來的消息告訴芳菲。

「姑娘沒見著，姊姊就親見了？這些骯髒事情，還是別入姑娘的耳朵好。」春雨不輕不重地刺了春草兩句。她是看不上從孫氏房裡過來的春草的，年紀比她大又如何？

芳菲見春草臉上尷尬，便說：「算了，這有什麼不能聽的。我住在這深閨裡不通消息，外頭的事情還不是多賴妳們去給我探聽？這也是城中大事，知道了也好。」

她既然這麼說，春雨也不便再揪著春草不放。

春草感激地看了主人一眼，忙為她殷勤布菜。

用畢午餐，芳菲想起一事，遂起身到孫氏房中去。她知道孫氏這個時辰肯定在房裡用飯，要等過一會兒睡醒了午覺才去理下午的家事。

「喲，七丫頭來了，快坐快坐！」

孫氏見芳菲難得的來她的屋子，忙叫身邊兩個大丫頭如香、如雲去給芳菲看座。

芳菲淡淡一笑，道謝後側身坐下。

這些年來，孫氏對她是越發親熱了。能不親熱嗎？尤其是在二房的女兒芳芷靠著芳菲的關係定了門好親之後，孫氏更是把女兒芳英未來的希望寄託在了芳菲身上。

說起芳芷這門親事，也是湊巧。

那次盛晴晴家中有喜事，芳菲便應邀去赴宴。盛晴晴之父盛奎是陽城通判，算是陽城府的第三把手，他家的宴會自然賓客盈門。

那一回盛晴晴的母親見了芳菲很是歡喜，又問她家裡還有沒有適齡未字的姊妹。芳菲想了想，就說了芳芷的年歲和形貌。幾個姊妹裡，也就是芳芷以前沒怎麼欺負她，為人還不算太壞。

過後，盛夫人又特意讓芳菲帶芳芷到盛家來玩，名義上說是來和盛晴晴作伴，其實是盛夫人的娘家弟媳貝夫人想給兒子找個媳婦。因為她丈夫兒子都是白身，求不了官家小姐，就想著尋一位家境良好身世清白的庶民姑娘來結親。

貝夫人見了芳芷一面，覺得這女孩相貌中等，不言不語的也算賢淑。俗話說娶妻娶賢，何況婆婆們往往都不喜歡長得太漂亮的兒媳婦。加上打聽到她父親雖然沒有功名，家中土地資財卻是不少，想來嫁妝一定也不會寒磣。

於是貝家便上門提親，秦家自然歡喜不迭，兩造遂定了親事。只是芳芷上頭的姊姊芳苓還沒成親，所以芳芷出閣的日子也沒定下來。

本來芳芷之母、秦二夫人林氏對芳菲心中多有不滿，自此之後整個人態度大變。貝家可是跟盛通判沾著親，女兒將來的夫婿有盛大人這麼一個姑父提攜，前途必定是光明的。未來女婿還小，誰說得定他將來沒功名？

因為芳菲促成了芳芷的好親事，所以在秦家地位比以往更高了些。加上她手裡有了錢，那些下人來幫她做事時，她往往大方打賞，便又成了下人們眼裡的財神爺，人人爭著巴結她。

她可是明白寧得罪君子、勿得罪小人的至理，對這些勢利下人極為客氣。所以這些年來秦家上上下下，對芳菲的態度是好得不能再好——儘管芳菲心裡明白這都是利益所致，可是能過得舒服點總是好的。

她發過誓，絕對不會再讓自己過上以前那種淒涼的生活。眼下狀況的改良，只是第一步……等到她徹底離開了秦家，才是她真正為自己圖謀的時候。

孫氏又讓人給芳菲奉茶，才問：「七丫頭過來找我，是有什麼事嗎？」

芳菲點頭，說：「三伯母可知，城中疫症肆虐之事？」

孫氏臉上笑容稍減，她萬萬想不到芳菲是為這事而來的。孫氏點點頭，說道：「聽出去採買的下人說起了。」

芳菲說：「水災後的時疫，很是怕人。看來今年的疫症要比往年更厲害，我們府中也得早做打算才是。」

「哦？」孫氏理家幾年來，順順利利，連秦老夫人都樂得當個甩手掌櫃，專門把事情丟給她了。如今聽人跟她提管家的事，如果這話是別人說的，孫氏肯定很不高興，認為對方多管閒事。不過芳菲如今在秦家地位超然，她的話，孫氏還是聽得進去的。

「三伯母別怪我多事，」芳菲知道孫氏在想什麼。「現在不防範，等疫症在城裡肆虐的時候，我們府裡的人也躲不過。」

「這麼嚴重？」孫氏驚奇道。

其實春草不說，芳菲也知道這次災情慘重，因為她在閨學裡都已經聽同窗說了。那些同窗家裡都是官員，消息最靈通不過。結合她們的說法，芳菲印證了一下腦中的資料，知道這回的時疫肯定很嚴重。

水災過後的時疫，其實就是瘧疾。瘧疾傳染速度極快，人一旦被傳染上後便發冷發熱，出汗咳嗽，嘔吐腹瀉，再嚴重下去就會昏迷休克，全身器官衰竭而死。所以一旦瘧疾大規模發作起來，是一件非常嚴重的事情。

「如今又沒有奎寧這種特效藥……」芳菲心中暗暗苦笑，她知道什麼藥治療瘧疾最有效，問題是這藥的原材料金雞納樹根本不存在在這片大陸上。

幸虧還有一種叫青蒿的植物，同樣是遏制瘧疾的特效草藥。但此時的青蒿產量不多，估計城裡那點青蒿早就用完了，聽說惠民藥局都是用普通的馬鞭草熬水給災民們服用，效果自然很是一般。但是這種一般的藥，對於沒染上瘧疾的人來說，還是有一定預防作用的。

孫氏聽從了芳菲的建議，讓家人去買了大量的馬鞭草、柴胡、黃芩、陳皮、半夏、甘草、麥冬等藥材回來在家裡囤著。好在有陸家這層關係，所以秦家的家人去濟世堂買藥還算順利，要是去別人家肯定挨宰了，因為這種時候藥材都是很貴的。芳菲也讓秦家的家人替她捎信給陸月名父子，讓他們多做預防。

芳菲指揮人熬了一些預防瘧疾的湯藥給秦家上下人等喝了，又讓人在家裡日日灑上防蚊蟲的藥水——蚊蟲是瘧疾最大的傳染源。

一開始秦家人對芳菲的做法不以為然。幾日後，災情加重，不但是城外的難民們感染瘧疾，連城裡很多人家也未能倖免。一時之間，城中喪事不斷，許多人家中都有死者，只有秦家上下安然無恙。

秦家人這時才知道芳菲的籌劃不是無的放矢，更加勤服湯藥，日夜驅趕蚊蟲。

閨學早就停課了，芳菲和其他的秦家女孩兒們一樣，天天坐在家裡等待這場時疫快些過去。

反正天氣熱，不出門也無所謂。芳菲便在家裡看書寫字，休閒度日。外頭不斷傳來災民病死的消息，不過聽說因為惠民藥局的醫官和藥吏還有被官府組織起來的大夫群策群力，這場時疫終於漸漸被壓了下去。

陽城知府龔如錚這個夏天忙得瘦了整整一圈，但也暗暗鬆了一口氣。總算沒釀成大災……

一日芳菲用了早飯，正在房裡鋪開一張大紙練字。春雨來報，說陸家的莫大娘來找她。

莫大娘上門有什麼事？

芳菲一邊往正廳走，一邊想著莫大娘上門的原因。也許是陸月名終於忙完了時疫的救治工作，想叫莫大娘來看看她身子是否康健？

一進客廳，芳菲頓時渾身一冷。

莫大娘穿著麻布白衣，頭紮白絹，一看就是喪中打扮。

陸家……有人去世了？

第三十六章 再會

時隔三年，芳菲再見到陸寒，依然是在陸家的靈堂上。

只不過，上一次辦的是何氏的喪事，而這次去世的，則是陸月名。

芳菲從馬車上下來，在春草、春雨的簇擁下舉步往靈堂走去。

莫大娘從內門迎出來，一見到芳菲忍不住又紅了眼眶。「七小姐，您來了……」

芳菲沈重地點點頭，請莫大娘在前頭引路。

那日莫大娘到秦府來報喪，芳菲還不敢相信自己的耳朵。這些年裡每次莫大娘來送年節禮物給她的時候，她都會問起陸氏父子的情況。莫大娘總說老爺和少爺身子一向康健，沒病沒災的，怎麼這會兒正值壯年的陸月名居然說走就走了？

一開始芳菲還以為是陸月名感染了時疫，但隨即又否定了這個可能。前些天她捎信到濟世堂讓陸月名父子注意預防時疫的時候，捎信的人還回話說陸家人都飲用了預防的藥湯，而且家裡還留了一點青蒿可以救急。

聽得莫大娘說，這兩個月以來，陸月名一直都在為災民的疫症奔波，幾乎沒有一天能停下來休息。等到災民們的疫情稍微有所緩解，惠民藥局的人總算能歇一歇的時候，陸月名卻突然在藥局裡倒下了。

陸月名昏厥後就一直沒有醒過來。即使從太醫院裡派下來的醫官許大人和另外的一些名醫都用盡了辦法想要救醒他，但他仍然在昏迷後的第三天斷絕了呼吸，撒手人寰。

「老爺前一天還好好的，雖然看起來沒什麼精神，可晚上也還用了兩碗飯……誰知道第二天去了藥局就成這樣了呢……」莫大娘當時抽噎著回憶起陸月名生前最後的情況，芳菲聽了以後才算明白過來。

如果放在後世，陸月名這死便會被稱為「過勞死」。高強度的勞累和突然間的放鬆，使得陸月名的身體一下子垮了下來……

本來按照規矩，芳菲這未嫁的女兒家是不應當到陸家去弔唁的。可三年前的芳菲就不在乎這個，主動到陸家幫忙料理何氏的喪事。如今陸家連家主都歿了，只剩陸寒一個少年人在撐著辦事，她哪能不來呢？

芳菲隨莫大娘走進靈堂，裡頭滿滿當當的站著陸家的親戚朋友，女眷們則再另一間屋子裡休息。人們看到一身縞素的芳菲走進來時，紛紛用複雜的目光掃視著她，一陣竊竊私語的聲音悄然響起。

「秦七小姐怎麼來了……這可不合禮數啊。」

「陸家也真是倒楣，怎麼給兒子說了這麼一房兒媳婦？這女子可是已經把她娘家人都剋盡了，如今你看，還沒過門就……」

「他們夫妻也真糊塗，怎麼就沒想著把兩人的八字先合一合！聽說他們到現在還沒換過庚帖呢，更別說合八字了……想來這兩人的八字肯定不合適啊！」

「還沒換庚帖，那不是說其實也沒真正定親？趕緊讓陸家小子把婚給退了！」

這些閒言碎語一陣陣飄進芳菲的耳中，她皺了皺眉頭，但面上表情未變。人人都說婦人多口舌，這些男人也夠嘴碎的！

事實上，自陸月名一死，芳菲就知道自己「掃把星」的名頭又要響亮起來了。秦家的人不敢明著給她臉色看，私底下說什麼的都有，這些春雨都告訴了她。

春雨很為她不平，芳菲只說：「嘴巴長在人身上，哪是旁人想管就管得住的呢？他們要說嘴就由他們去吧，反正也損不了我半根毫毛。」

她不想擔著這難聽的名頭，可是既然人家要扣到她身上，她也無可奈何。

只是……陸寒又會如何看她？

他也會像那些俗人一般，將他父母的死都歸結到自己身上嗎？

芳菲想到此處，不由心情更是一沈。她對陸寒雖無情意，卻也頗有好感，在她心裡一直是將他當做弟弟來看待的。如今，連他也要和她生分了嗎？

「芳菲妹妹，妳來了。」

芳菲聽見了陸寒熟悉而又陌生的聲音，忙抬眼向他望去。陸寒也進入變聲期了呀……

咦？

這是陸寒嗎……

三年前的陸寒還只是個清俊的小小少年，儘管他有著超過一般少年的沈穩，眉目間也依然有著未脫的稚氣。

可是如今站在芳菲面前的陸寒，卻已經隱隱有了青年男子的模樣。三年裡他長高了許多，原來芳菲還能和他比肩，如今卻要比他矮上一個頭。年少時俊美的五官越發舒朗，隨著年齡的增長更多了幾分男子氣概。

他今年還不到十五歲……芳菲看見陸寒長大了，心中既是欣喜，又夾雜著一絲說不清的惆悵。

「陸哥哥，請節哀。」芳菲知道此刻說些什麼都是多餘的，再多的話語也只是空洞的安慰。她只有用實際行動來幫助他度過難關，才是正理。

和芳菲一早預料到的一樣，除了陸寒和幾個陸家舊僕對她依然親近，其他的陸家人對她都極為冷淡，甚至是漠視她的存在。要不是顧念著陸月名夫妻在世時對自己情深義重，陸寒對她的態度也一如從前，芳菲早就拂袖而去了。她豈是那種能夠忍氣吞聲的小媳婦？

主持喪事的是陸月名的弟弟陸月思。陸月思也是大夫，可是和性情豪爽的哥哥完全不同，陸月思是個陰沈寡言的男子。他一板一眼地辦理著哥哥的喪事，對於哀傷的侄兒也並未刻意照顧和安慰。

到了頭七出殯那天，芳菲實在是不方便跟著去送葬。她無視陸家人的冷淡，在陸家帶領莫大娘和三姑她們籌備著喪事最後一天的答禮酒宴。陸月思的妻子方氏是個面黃臉尖的瘦小婦人，一直時不時對芳菲出語諷刺，譏諷她一個未出閣的姑娘這麼熱心來幫陸家料理喪事，不知安了什麼心。

芳菲懶得跟這種女人計較，只管安排人去做事。方氏見自己使喚不動的下人們都很聽芳菲的話，臉色更是不好。

陸月名一死，陸月思夫婦就已經暗中打起了大哥家產的主意。侄子才十四歲，三年裡要守孝也考不了功名，豈不是能任由自己夫妻拿捏？陸月思早就對老父親分家時偏心大哥有所不滿，而且那間濟世堂，可不能便宜了別人……

就因為方氏打著奪產的主意，就更對芳菲看不順眼。要是侄子這個未來媳婦請出她娘家來給陸寒出頭，由岳家代管陸月名剩下的產業直到他們成親再歸還，那……他們夫妻可是什麼都拿不到！

芳菲暫時還不瞭解方氏的醜惡心理，她只是覺得陸月思夫妻的言行脾氣很是討厭，所以懶得理會他們。

送殯的隊伍在傍晚前回到了陸家，開始入席吃飯。吃完這一頓，陸月名的葬禮也就結束了。芳菲在一旁冷眼看著這些人開懷暢飲，觥籌交錯，心想這些人裡，到底有幾個是真正為陸伯伯的去世感到傷心的呢？就連他的親弟弟，也是一臉無所謂的表情，絲毫不見哀傷。

芳菲用了飯從女眷席上離開，讓春雨陪著她去後院解手，準備從後院回來後就向陸寒告辭回家。

當她解了手穿過後院花園的時候，忽然看見陸寒站在那棵開始綻放芬芳的桂花樹下，手裡拿著一個酒壺在獨飲。

芳菲暗嘆一聲，叫春雨先站在原地等自己一會兒，她去去就來。

春雨遲疑道：「姑娘，這兒也常有人往來，您和陸家少爺孤男寡女的站在一塊兒說話不好吧……」

芳菲有些不耐煩，卻也知道春雨是真心為自己著想。但她還是執意要去勸慰陸寒一聲，春雨也拿自己姑娘沒辦法。

「陸哥哥，你這是做什麼！」

陸寒正自斟自酌喝得迷迷糊糊的，忽然被芳菲劈手奪下了酒壺。

他睜開惺忪的醉眼，看了看眼前的芳菲，一聲不出又伸手去拿酒壺。

芳菲把酒壺「啪嗒」往地上一摔，酒壺撞在地上立刻碎成片片薄瓷。

陸寒看著芳菲把酒壺摔碎，愣了一愣，突然整個人蹲了下來抱頭痛哭。

不遠處的春雨心中焦急萬分，陸家少爺這是做什麼！他想把滿院的人都招來看他們倆站在一處嗎？

幸好此時後院只有他們三人，其他人都在前院吃喝飲酒，無人注意到他們不在酒席上。

「父親……父親就這樣去了……」陸寒泣不成聲，他已經將這種情緒壓抑了好久好久。「在他去世前，我還一直跟他頂撞……到他閉眼，我都沒能再跟他說聲抱歉……」

原來陸月名自從當上藥吏之後，對這份職務確是盡心盡力。他本意的確不想做大夫，也不太愛鑽研醫術。可是一旦面對病人，陸月名也總是關懷備至，他的濟世堂總是時不時救濟看不起病的窮人。在這次時疫中，陸月名不休不眠地工作，一心想快些將疫情壓下去。

陸寒見父親辛苦，便提出他也要去幫助救濟災民。陸月名不希望馬上就要下場考科舉的兒子分心，加上在外奔波勞累，便對兒子大聲斥責。何氏去世後，沒有母親從中緩和，陸寒和父親的關係日益緊張。

陸寒不服父親，跟父親頂撞了幾句。過後他也覺得自己不對，正想尋機和父親和解，卻聽到父親在藥局昏倒的消息……

第三十七章　損友

「父親罵我是逆子……他說的對，我的確是個不忠不孝的逆子……」

芳菲看陸寒失去了往日的從容，聲嘶力竭哭得像一隻受傷的小獸，也不免一陣陣的心酸。

樹欲靜而風不止，子欲養而親不待。父母在身邊的時候不懂得珍惜，直到某一天再也見不到父母，才開始追悔莫及……這種感覺她怎麼會不懂呢？

被一道閃電擊中後來到這個陌生的時空，毫無徵兆的失去了一切親人，包括她摯愛的父母。她是個樂觀的女子，對於無法挽回的遺憾，她的應對之策就是努力地讓自己將其慢慢淡忘。

一直以來她都以為自己做得很好，已經將這份遺憾完全掩蓋在心底最深的角落。

可在這一刻，聽到陸寒痛徹心腑的哭泣，芳菲才發現自己心裡的這個傷口沒有癒合，也永遠不能癒合，它一直都在默默地淌血……

一旦成孤兒，終生是孤兒。縱然日後長大成人，過得再好再風光，也無法彌補這深深的傷痛。

芳菲回過神來的時候，發現自己也已經蹲下了身，伸出雙臂將陸寒輕輕抱在懷裡。

「不要哭了，陸哥哥……我明白你的心情……」她的臉上，也有兩行清淚在無聲流淌。

春雨已經被姑娘的舉動驚呆了，她終於忍不住小步跑過去拉扯著芳菲的衣服。「姑娘，您快起來吧！」

芳菲放開陸寒站了起來，輕輕說聲「保重」，轉身舉步離開了後院。

春雨趕緊遞上帕子給芳菲拭淚，幸虧這一陣後院無人經過，不然姑娘的閨譽可就真的毀了。

陸寒被芳菲突如其來的擁抱驚得呆了，這巨大的衝擊使得他反而清醒過來。

他目送芳菲的裙角消失在月洞門外，又低頭看了看地上的酒壺碎片。

漸漸地，陸寒眼中的頹色被堅毅所取代。他抿了抿嘴角，在心中作出了一個重大的決定……

離開陸家的時候，芳菲已經恢復了常態。春雨本想對芳菲說些什麼，但顧忌著春草在身邊不好開口。

看來，姑娘對陸家少爺，果真是極有情意呢……也難怪，對自己的未來夫君多心疼些也是常理。想到此處，春雨自以為懂得了芳菲的心意，便將此事按下不提了。

其實如今芳菲對陸寒又哪裡談得上情意？只是女子天生便有母性，尤其是心智成熟的芳菲更是如此，在看到陸寒最脆弱的一面時忍不住想呵護他。

她自己，也需要好好平復一下心情……

秋風起，困擾了陽城人一整個夏天的時疫，終於悄然離去。在這場多年未遇的時疫中，許多人家都有親人故世，陸月名的死不過是其中之一，雖然他的死因並非感染了疫症。

陽城又漸漸恢復了生機，夏天時門可羅雀的秦樓楚館又開始傳出陣陣絲竹之聲。達官貴人們漸漸淡忘了時疫帶來的恐懼，他們如今的話題不再是哪家死了誰，而是哪一戶青樓又來了什麼新嫩貨色。

鴛鴦樓的雅間裡，湛煊和洛十二正歪在羅漢床上飲酒。

「小九，你怎麼還是這副臉色？來喝酒就開心點嘛！」

洛十二看到許久不見的湛煊依然悶悶不樂，不由得嗤笑一聲。「我說小九你也太過了啊，在我跟前裝什麼癡情種子！咱哥倆十四歲一起出來喝花酒，你的性子我還不清楚？」

「十二你少諷刺我兩句會死？」湛煊嘆了一口氣。「我也不知著了什麼魔，想著得不到那小姑娘，心裡就跟貓抓似的。」

洛十二呵呵一笑，將杯中美酒一飲而盡。他壓低了聲音壞笑著說：「要不找個機會給她下點好東西？我手頭可是有不少『顫聲嬌』、『酥骨散』、『玉女纏』，你想要的話儘管開口。」

湛煊橫了他一眼。「要是個尋常民女，不用你教我都會。她可是我姑母的學生，又是知府家惠如小姐的閨中密友，要是鬧出來，我起碼得受個家法處置。」

洛十二不以為然。「嗤，這種事她怎麼好鬧？散播開來，她自個兒才會被人用唾沫星子淹死呢。」

「你不知道那女子的脾氣有多硬，萬一她抹了脖子，我才麻煩呢……」湛煊苦惱極了。身邊的美婢流水般送上珍饈美味，湛煊食不知味地吃了幾筷子，又繼續低頭飲悶酒。

洛十二心裡有了新的主意，揮手讓美婢們退下，悄聲說：「小九，你有沒有聽說，陸家那老頭沒了？」

「誰？你是說秦芳菲夫家的老頭子？」湛煊還真不知道。

洛十二點點頭。「就是那個，在衙門裡當差的。說是突然暴斃，在衙門裡一蹬腿就沒了。」

「這麼玄乎？」

湛煊來了興致，陸家的不幸讓他感到開心。「我記得陸家小子早沒了娘，如今連老子都沒了，該！」

「你呀你呀……」洛十二嘆了口氣，用筷子一戳湛煊的腦門。「這多好的一個機會放在眼前，你不懂得把握，真是傻！」

「呃？什麼機會？」

和洛十二在一起的時候，湛煊總是聽他的話，因為他打小就覺得洛十二點子多，和他在一起有趣極了，即使別人說洛十二如何不堪，他也不聽的。

「虧你還整天想著那小娘呢。有沒有聽過她的傳聞？『掃把星』、『喪門星』，剋死了祖父剋父母，剋完了自家剋本家，如今還沒過門，夫家的公婆就被剋死了。」

洛十二最擅長招貓逗狗，整天和城裡各色閒人待在一處，聽到的閒話也就多些。

「哦，有這等說法？」

洛十二在湛煊面前賣弄著他的「消息靈通」。「這都好多年了，如今陸老頭一死，陸家那邊說話就難聽得很，陸老頭的弟媳婦四處和人說家門不幸，怕把秦芳菲娶回來還會剋到她這位叔母呢！」

湛煊聽出了洛十二的意思。「這麼說，秦芳菲和陸家的婚事，還會有變數嘍？」

「謝天謝地，你總算明白過來了。」

洛十二又喝了一杯。「據說他們兩家還沒過庚帖沒合八字呢，算不得真的訂了親，要是陸家起意退親，那秦家根本找不出什麼錯處來。」

湛煊眼中燃起了希望。「要是她被陸家退了親……」

「要是她被退了親，她本家肯定也覺得臉上無光的，哪還想把這個話柄留在家裡！到時候你湛九公子讓人上門，說娶她當一房妾室，她本家又怎會不答應？小九啊，你如今該做的，是找人去陸家那邊做做水磨工夫……」

洛十二這計策不可謂不毒辣。要真照他說的去做了，好好的一門親事就要被拆散，本來可以嫁人做正房的女子，便會淪落到當妾室的下場。

他完全不覺得良心上有任何愧疚，還自覺是給好兄弟出了個絕妙的主意。

湛煊摸著下巴，認真的思考起洛十二的建議來……

陸月思夫婦這些日子可沒閒著。

忙完了大哥的喪事，他們就開始合計著如何把年輕的侄子拿捏在手裡了。

打著幫大哥料理產業的大旗，陸月思將濟世堂的帳本拿在了手裡。濟世堂的人沒了主心骨，現在二老爺出頭繼續帶著他們開業，自然樂得聽話。

鄉下的田地，陸月思也都一一去查探過。地契他還沒拿到，但他已經想好了法子。田裡的事情，陸寒一個小孩子懂什麼？收租子之類的事情，陸寒肯定懵懵懂懂地，自己藉口幫忙把地契拿在手裡，往後陸寒想要回……嘿嘿，他有的是辦法拖下去！

現在令陸月思煩惱的是陸寒的岳家，還有他那個看起來很精明能幹的未婚妻子。

陸月思夫婦多年沒和大哥家來往了。他們親眷裡又沒人在官家閨學上學，並不清楚芳菲和知府千金的來往。這兩年芳菲刻意行事低調，陸月思夫婦沒聽說過她的更多事情，只知道是秦家的一個孤女。

關於芳菲「掃把星」的閒話，十有八九倒全是從方氏嘴裡出去的。在辦喪事那些天裡，芳菲對她毫不恭敬的態度讓方氏極為不舒服。

但真正讓陸月思夫婦起了別樣心思的，還是一個叫王良材的藥材商的來訪……

王良材和陸月思認識多年了，陸月思小醫館裡的藥，有許多是從王良材手中拿貨的。

這一天，王良材獨自來到陸家的小醫館，待了大半天。

送走王良材後，陸月思面上喜悅的表情是怎樣都掩飾不住……

第三十八章 退親

陸寒這些日子心情平復了許多。

儘管喪父之痛並未稍減，但他起碼能和以前一般如常進食就寢，這讓陸家的管家夫婦莫大叔夫妻倆安慰不少。

但莫大叔和妻子私下裡也在犯嘀咕，少爺這才十四歲，哪是個能當家的年紀？肯定還是得二老爺來管著。可他們是陸家用老了的下人，知道二老爺陸月思實在不是個好長輩，不禁為陸寒未來的生活感到有些擔憂。

這些天裡，陸月名幾乎天天都要到陸家來，說是來看看侄子，其實就是旁敲側擊大哥留下的產業。

濟世堂實際上已經成了他的天下了，他當時還假惺惺的對陸寒說：「侄兒，你年紀幼小，又沒有行醫經驗。這醫館叔父就先替你管起來如何？當然，醫館的入帳叔父也都替你存著呢，等你娶媳婦了就一股腦兒的全交還與你，叔父一文不要。」

陸寒默默地聽陸月思說完，沒有立刻回答，而是定定地看著陸月思的眼睛一言不發。

陸月思以為侄兒是個黃口孺子好糊弄的，誰知他竟會用玩味的表情盯著自己看，不由得心裡發虛。面上更做出些與他往日不同的和藹神色來，問道：「侄兒，你倒是說句話呀？」

陸寒突然輕笑了一聲，用一種古怪的語調說了句。「叔父真是個有心人，如此就偏勞叔父了。」

「哦，沒有沒有，一點也不勞累。」

陸月思見陸寒終於鬆了口，心下大定，也不去計較陸寒的奇怪態度了。

但是田莊地契，陸寒卻不肯拿出來。

陸月思來了好些天，每天在問候了侄子的衣食住行之後，總要把話題引到田莊上，都被陸寒用這個、那個的話題引了開去。

想不到這個侄子這麼滑頭！

陸月思每天回到家中都要被方氏追問有沒有拿到田契和帳本，得知次次都是無功而返之後，方氏都會破口大罵陸月思是「沒用的東西」！

「你也太軟了，拿出個長輩的模樣來，好好壓他幾句才是，跟他做什麼水磨工夫！」

陸月思不滿妻子的責罵，反駁道：「我這不是怕把他逼急了，他跑到岳家去求援嗎，沒見識的潑婦！」

為這，陸月思夫妻倆沒少吵架。

不過自從王良材到訪之後，陸月思的心情明顯大好。

對啊，自己以前怎麼就沒想到這個呢……

「少爺，二老爺又來了。」

侍墨來到書房將陸月思到訪的消息向陸寒稟報。陸寒面色一沈，還是不得不邁步走出了書房去見他厭惡不已的這位叔父大人。

陸寒何等聰明，怎會察覺不出叔父在打什麼主意？

濟世堂自己是保不住了，陸寒早有覺悟。這本來就是祖父傳下來的基業，只是交到了父親手上罷了。叔父如今要去接管，也是名正言順的，而且他本來就是大夫。

陸寒雖然自覺如今他在醫道上的造詣不會比這個庸才叔父更差，可行醫除了學識之外，資歷也很重要。他只在家中閉門讀書，並沒有替人看過病，當然也就沒有行醫的資格。

濟世堂捨了就捨了吧，但田莊可不能讓他輕易得了去。

陸寒明白自己的處境，太需要這田莊的進帳來維持生活了。一來他年幼無處尋找生計，二來他要守孝三年不能進場科考，三來……三年孝滿後，考科舉和娶媳婦，都是一筆巨大的開銷。這田莊是他安身立命的依靠，怎能讓叔父經手？

陸寒一面思索著這些事情，一面慢慢踱步來到客廳。

他以為陸月思今兒又是來說田莊的事情，想不到陸月思竟是來游說他去秦家退親！

「退親？」陸寒臉色大變，在他心裡早將芳菲當成了他的終生伴侶，他如今所思所想也都是往後如何讓芳菲過上好日子，叔父卻居然說讓他去退親！

陸月思見陸寒變臉，心裡一陣煩躁，這侄子居然還敢給他臉色看？

他耐著性子對陸寒說：「侄兒，你是大哥留下的唯一骨血，叔父我還能害你不成？」

他本以為陸寒聽了此話，好歹會客套的回應一句「當然不會」，誰知陸寒只是嘿嘿冷笑不止，彷彿是在默認了「害他」這話似的。陸月思更是不爽了。

「當年我早對大哥說過，那秦家的女子八字硬，連自家長輩都剋光了，叫他慎重考慮這門親事。誰知大哥是仁厚君子，不願退親，結果你看？你父親母親，都喪命在此女手上！」陸月思當年才沒跟陸月名討論過侄子的親事，不過如今死無對證，隨他胡謅罷了。

陸寒終於忍不住站起來反駁陸月思。

「叔父此言從何說起！生死有命，富貴在天，各人命途自有定數，又怎能把這些長輩過世的事情都怪在秦家妹妹身上？她不過是個深閨女子，害過誰來著，叔父還請慎言！」

陸月思被侄兒當面頂撞，也顧不得扮演慈祥長輩了。「我何時不慎言？此話並非從我一人說起，她秦家本家早就說她是少有的煞星，沾上誰就剋誰的。我可是不忍心你被她剋死，使得大哥一門香火斷絕，才會好言相勸！」

「哦？叔父不忍心侄子被人剋死，就忍心看侄子產業全無，身無長物，餓死街頭？」陸寒被陸月思的無恥氣得發抖，一下子把他們之間的窗戶紙捅開了。

他難道看不出陸月思的真實想法，是怕自己投靠岳家使得他陸月思得不到這點微薄田產嗎？叔父也太小看他了！

陸寒的話將陸月思震住了。

他沒想到侄子會真的跟自己撕破臉皮。怎麼可能呢？十幾年來，在大哥去世前，陸月思見過侄子的次數不會超過兩個巴掌。

陸月思一直以為文弱秀氣的陸寒會是個很好拿捏的軟柿子，如今才知道他這年幼的侄子竟是個綿裡藏針的硬棒槌！

芳菲對於陸家叔侄這場激烈的爭吵一無所知，她有自己的煩惱需要解決。

對於秦家下人們之間的流言，芳菲是一清二楚。

無非又是說自己八字硬，剋全家之類的。礙於芳菲在府外的交遊，秦家人不敢給她什麼臉色看，但私底下的傳言也是夠難聽的。

這群養不熟的白眼狼！

他們也不想想，是靠了誰的藥方，才能讓府裡安然度過這場時疫？這回秦府可是一個人都沒染病去世，倒沒人說她是救命菩薩了。

對於秦家，芳菲是心灰意冷，只想著如何才能尋機離開此地。

她的閨中密友們，雖然和她交情很好，卻沒人知道她想離開秦家。也難怪，在這個社會裡，哪有女子獨自生活的道理？誰能不依附父兄丈夫和家族生活呢？

芳菲一直勸自己融入這個世界，不要特立獨行，不要引人注目，她只想好好的過日子。

但是……在秦家想過個舒心日子，真是很難！

在密友中，和她關係最親近的不是惠如和潔雅兩姊妹，反而是稍後才交往的張端妍。

張端妍喝著芳菲親手遞過來的香茗，細細品味著這茶中悠長的回味，驚喜道：「妹妹又製出新茶了？」

芳菲也給自己滿上一杯，輕嚐一口，問張端妍。「姊姊覺得這茶滋味如何？」

「酸中帶甜，清香爽口，飲完之後舌尖上似乎還有淡淡的清涼感覺。這茶叫什麼呀？」

張端妍一飲就上了癮，又倒了一杯拿在手裡慢慢品嚐。

「這是三花陳皮茶。用玫瑰、茉莉、陳皮、甘草、金銀花和龍井沖泡，再加入少量冰糖，飲起來自然滋味豐富。」芳菲品味著自己根據腦中資料調配而成的茶飲，覺得自己也該慢慢把事情辦起來了……不知那些園子今年收成如何？

她問起張端妍蕭卓的去向，張端妍說：「下月是我祖父的壽辰，表哥肯定會再來的。妳上回說託他辦了事，辦得如何了？」

芳菲笑道：「有些眉目了。」

張端妍忽然又說：「毓升表哥……」

聽見「毓升」二字，芳菲心中一緊。

朱毓升進宮以後，很少有消息傳出來。芳菲從沒主動跟張端妍問起來毓升的情況，大概張家也不好打聽吧？到底是宮裡的事情，外臣亂打聽可是大罪。

只是隱約聽蕭卓提過一、兩次，說毓升很得太后的喜歡。芳菲知道當年有好幾位藩王王子跟毓升一起進宮，都說是侍奉太后，其實是皇上在培養皇嗣。可幾年過去了，皇上龍體竟又漸漸好起來，這幾個王子被養在宮裡不尷不尬的，名不正言不順，處境很是微妙。

不知幸與不幸，皇上始終沒有誕下新的子嗣，所以皇嗣應該還是從毓升幾人中選出。唉……深宮生涯，步步驚心，他過得可好？

「毓升表哥出不了宮，不能來賀壽了。只說是託卓表哥送壽禮過來……」張端妍說的是最平常的話，芳菲心裡卻是一陣陣的波瀾起伏。

她從張家離開才回到自己的偏院，就有人來報說老祖宗請七小姐過去說話。

芳菲輕輕皺了皺眉，老祖宗突然請自己去說話，又是為了什麼事情？

春雨見來稟告的人走在前頭，突然不顧禮數湊到芳菲耳邊說了一句話。

芳菲聽到之後，驚訝得瞪大了眼睛——

秦家想讓她退了陸家的親事？

第三十九章 哭訴

芳菲自己不想嫁人是一回事，但秦家想讓她退親又是另一回事。

她絕不願自己的生活被別人操縱在手中！

時間緊迫，不容她再向春雨追問什麼。芳菲定了定神，也只好打了見一步走一步的主意，慢慢地走向秦老夫人的院子。

秦老夫人這兩年越發見老了。幾年前受了那場大驚，她的身體便一日不如一日。請了許多大夫來看，只說讓她好好將養著，也沒什麼好辦法。

芳菲此刻心中懷著對秦家的不滿，看見老態龍鍾的秦老夫人招手讓她過去，她厭惡地想。

「改天這老婆子一睡不起，是不是秦家也要怪到自己頭上？」

心裡雖然如此想，表現上芳菲的禮數還是很周全的。

「七丫頭，閨學那邊說什麼時候開學啊？」秦老夫人跟芳菲扯了兩句閒話以後，把話題轉到了閨學上。

芳菲不知秦老夫人葫蘆裡賣的什麼藥。「沒聽說，還要好一陣子吧。」

時疫開始以後，閨學就停學了。反正每年天氣熱的時候，閨學也要休暑的。現在剛剛七月末，還沒到閨學往年開學的日子呢。

「聽說妳們學裡有位先生，是湛家的千金？」秦老夫人的語氣變得熱切起來。

芳菲謹慎地說了聲是。之後秦老太君又問了湛先生是不是對她特別關照，她有沒有去過湛家等等，芳菲都斟酌著字句一一回答，說湛先生性情高潔，對所有女學生都是一視同仁的。

秦老夫人不知為何有些失望，又問：「湛家的九少爺，七丫頭可曾見過？」

她突然問這個做什麼？芳菲心中警鈴大作，頓了一頓才說：「似乎遠遠見過一眼，沒說過話。」這話可是撒謊了，她雖然很討厭湛煊，但在湛先生面前還是很得體的跟他說話的。只是不知秦老夫人如今想問些什麼？她可得先鋪好退路。

春雨的話一直在她耳邊縈繞，秦家要她退親，這究竟是為什麼？

這些年來，秦家對她和陸家的親事從沒表現出什麼特別的關注。陸月名固然是當了藥吏，但藥吏也僅僅是官府裡的小吏而已，連官都算不上，所以秦家也沒有刻意地去和陸家來往。為什麼陸月名一死，秦家會有這種古怪的念頭？莫非……秦老夫人想將她另許他人，給秦家換來什麼好處？

這個可能性是絕對存在的，芳菲想通了此中關節，頓時出了一身冷汗。

其實芳菲不見得想嫁入陸家，她根本就沒有嫁人的想法。在她的觀念裡，只有真正愛上了一個人，才會想著要嫁給他。

秦老夫人又和她閒聊了幾句，留她吃了晚飯，才放她回來。

一進自己的小院，芳菲給春雨使了個眼色。春雨會意，先進屋裡去指揮小丫頭們熱水燒茶，芳菲說了個藉口把春草支到廚房去給她燉補湯。

芳菲進屋後把小丫頭們使了出去灑掃院子，春雨緊跟在她身後，主僕二人進了裡間。芳菲這才把臉一沈，低聲催促道：「妳聽到什麼了，快說。」

春雨急道：「這是奴婢今兒早晨去給姑娘端早點的時候聽來的，彷彿是從三夫人那兒傳出來的消息。本來想對姑娘說，想著姑娘今兒要去作客，便打算晚上回來再稟報……」

「糊塗！以後有這樣的事，應該盡快告訴我。」芳菲對春雨向來如同姊姊般溫和，像眼下這樣嚴厲是少有的。春雨知道事情嚴重，也顧不上委屈，趕緊把她聽到的一些消息告訴了芳菲。

芳菲聽了春雨的話，陷入了深深的思索當中。

秦家的眼皮子也太淺了……湛家是豪門世家，怎麼可能讓湛煊娶一個家世平常的女子當正室？如果自己是秦家長房孫女，還說得過去。問題是自己如今的身分，在外人看來不過是個依附本家生活的孤女，即使和知府千金有交情又如何？

到了湛家這樣的地位，一個知府官兒，他們未必就看在眼裡。

只不過是有個和湛家沾點親的老婆子，上門跟秦老夫人說湛家九公子對自己有那麼點意思，秦家人就迫不及待想攀上這門貴親了。

在勢利的秦家看來，已經死去了父母的孤兒陸寒，當然比不上湛九公子那麼顯貴吧？以為和湛家攀了親，自己家的女兒也都能嫁到官宦人家去？

想得倒美！

芳菲暫時還不擔心秦老夫人會跟自己提悔婚的事。悔婚擱在誰家裡都是件大事，哪能隨隨便便？湛家又沒人來提親！

但是……她也不能這樣被動地等待著別人的安排。

湛先生的梅園，芳菲近年來已經很少去了。以前去的時候，老是在那兒「巧遇」湛煊，讓芳菲很是不爽，所以索性就不去了。

「真是稀客，快坐吧。」湛先生清冷的臉上露出少有的笑容，看見芳菲走進書房，揮手讓她過來陪自己坐。「怎麼今兒想起到我這兒來了？」

幾年相處下來，湛先生可是對芳菲大有好感。以她看來，閨學裡這些千金，誰都沒有芳菲性情穩重又知書達禮。

「休暑以後，芳菲都沒能再見到先生，怪想您的。這裡是芳菲早上剛剛做好的點心，請您嚐嚐。」

芳菲從春雨手裡接過一個食盒。

三層食盒一打開，芳菲逐一捧出幾樣精緻的小點，都是些桂花、月季、玫瑰做的清雅糕點。湛先生嚐了幾塊，讚不絕口。「我聽端妍她們說妳廚藝好，如今才知道是真的。女兒家當以針黹、烹飪為重，妳這麼做就很好。」湛先生雖然是個才女，性情卻是偏於古板，對芳菲這樣的行事自然比較喜歡。

芳菲和湛先生東拉西扯聊了一會兒，湛先生留意到她眼角發紅，像是剛剛哭過似的，關切的問：「妳這是怎麼了？在哪兒受了委屈？」

芳菲聞言尷尬地一笑，又推說：「沒有，是剛剛來的時候沙子迷了眼睛。」

「胡說，是不是沙子迷眼我難道看不出來？」湛先生憐惜芳菲家裡沒有至親長輩，怕她在本家受了什麼委屈，忙說：「妳既然來找我，我斷不能不管。雖然我一個寡婦說話未必有人聽，總好過妳把事情憋在心裡……」

芳菲聞言眼眶更紅了，貝齒輕咬下唇，竟默默流下兩行眼淚。她拿著絹子捂住自己嘴巴無聲低泣，肩膀一抖一抖的好不可憐。

湛先生見芳菲竟哭成這樣模樣，心裡已是痛了，忙摟過她來輕輕撫慰。芳菲哭了一小會兒便自己止住了，哽咽著說：「先生，讓您見笑了……」

「這有什麼？我又不是外人。」湛先生又叫自己的丫頭去打水來給芳菲洗臉。

芳菲謝過湛先生，那丫頭和春雨忙過來伺候她梳洗。她重新整理儀容之後才再次在湛先生身邊坐下，湛先生拍著她的手說：「到底怎麼了？」

芳菲的聲音還有一絲沙啞。「先生，您一貫教育我們，女兒家的閨譽是最最要緊的。芳菲一直將您的話銘記在心，說話做事，不敢有一刻放鬆，從不與外面的男子有絲毫接觸……可如今，竟聽到人說……」

「說什麼？」湛先生聽得事情與芳菲閨譽有關，更是關心了幾分。

「這是下人告訴我的，也不知是真是假……說您府上七老太爺的侄兒媳婦金夫人，竟和我們家老夫人說，我和您家九公子是見過的……又胡謅些什麼，九公子跟外人談論我之類的話……

「我……我聽見這話，當時就昏過去了……先生，我一個未嫁女兒家，哪能擔得起這樣的名頭！外人不知道的，不是笑我攀龍附鳳，豬油蒙了心嗎？就是您家九公子，也要被那些嚼舌根的人在背後指指點點的……要是這種混帳話，傳到……傳到陸家去……」

芳菲突然又放聲大哭，春雨忙急急勸慰說：「姑娘您保重，保重啊！別哭壞了身子！」她又對湛先生說：「您老人家別見怪，我們姑娘在家裡都哭了一整天了……」

湛先生氣得臉色鐵青。

她青年守寡，自然知道人言可畏，這金氏怎麼跑到人家家裡胡言亂語去了？早就聽說她是個多口舌的，沒想到竟會做出這種失禮的事！

還有小九，全是他惹出來的事！湛先生隱隱猜到了侄子對芳菲有別樣心思，但她還不知道她從小疼愛的這個侄兒是個什麼東西？她只是想把湛煊找過來狠狠罵一頓，有這麼在外頭說人家女孩兒的嗎？還讓不讓人家活了？

「芳菲妳放心，這不是什麼大不了的事。金氏那邊我自會去教訓她，妳就別難過了。」湛先生柔聲安慰芳菲。

她對芳菲的關懷確是出自真心。芳菲心裡一虛，自己這樣演戲哄湛先生給自己幫忙，是不是有些太過了？畢竟她可是一位值得尊敬的長輩。但想著自己說的也都是實情，又沒胡說八道冤枉金氏和湛煊，也就心安起來。她又不是要害湛先生，只是想逼得湛先生出面去替自己提醒湛煊不要胡來罷了。

在湛先生的一再安慰下，芳菲終於收了淚水，感激地看著湛先生。「先生，芳菲無父無母，全賴您替我主持公道了。」

第四十章 自盡

秦家人果然都是一個勢利模子印出來的。芳菲從湛先生那兒回到秦家，才喝了兩口水補補自己哭啞的嗓子，又被孫氏的人叫了過去。

芳菲想起自己這位堂三伯母孫氏，這幾年來是一年比一年富態了。原來孫氏沒掌家的時候，行事還算低調，人也長得清瘦。這兩年春風得意，孫氏就像個氣球似的鼓了起來。

芳菲來到孫氏屋裡，孫氏便揚著她那圓盤般的笑臉迎了過來。

「七丫頭，快坐快坐！」孫氏強拉著芳菲坐下，又讓人斟茶送水，又拿出許多點心來招呼芳菲。

芳菲以不變應萬變，低頭喝茶，心中冷笑不已。

果然孫氏迫不及待的開口問：「七丫頭，聽說妳今兒是去看望妳閨學裡的湛先生了？」芳菲出門用的車是秦家的，孫氏自然能掌握芳菲的行蹤。

這也是讓芳菲極度厭惡的一點，自己還要受制於秦家到什麼時候？

「嗯，是的。」她半個字都不願多說。

孫氏聽到「湛家」兩字，簡直雙眼放光。在陽城生活的人，誰不知道湛家的權勢？他家中眾多出去做官的子弟，又有偌大一份家業。

早聽說七丫頭和湛家有點關係，不然當年陸月名怎麼就能被湛家老爺推薦給知府大人的？

要是那金氏說的話是真的，七丫頭嫁到湛家去，不比跟了那個姓陸的小子強嘛！而且……孫氏還有一份私心，她還指望著如果芳菲能嫁到湛家，可以提攜她女兒芳英也嫁得好呢！

孫氏越發和藹。「聽說，這位湛先生守寡多年，膝下也沒個一兒半女，總是喜歡帶著一幫子侄玩耍的。妳到湛先生家裡去，有沒有遇見過這些湛家的公子和小姐啊？」

「偶爾見過一、兩位，也不知道如何稱呼。」

孫氏說：「聽說他家有位九少爺，年紀比妳大上幾歲，妳可曾跟他說過話？」

芳菲當時就變了臉色。「三伯母這是什麼意思？」

孫氏想不到芳菲說變臉就變臉，一時反應不及，支吾著說：「伯母這不是隨便問問……」

「伯母這話差了！這種事，能隨便問的嗎？」芳菲也不坐了，站起身來一臉憤慨。「父母自幼教我，女兒家閨譽為重，不可隨意與外男有所牽扯。我時時處處小心在意，三伯母何曾見我和男子說話來著？莫非是懷疑我和人有私情嗎？」

芳菲這話說得太重，孫氏臉上掛不住，也生了氣。「七丫頭，長輩好心問妳兩句，妳這是什麼態度！」

「什麼態度？」芳菲冷冷地笑著，這些人是看她往日太過乖巧斯文，以為她就是個容易讓人拿捏的貨色？

「我倒不知道，我的態度有什麼問題！我本是清清靜靜在家裡坐著，人家外頭就能給我潑上污水，家裡不幫我澄清就算了，還拿這些污髒話來問我！」

孫氏氣極。「妳胡說什麼呢？」

既然已經撕破了臉，芳菲也不怕跟她頂下去。實在是秦家這些人的態度讓她太寒心，他們就光想著自家的富貴，完全不顧她的名譽和幸福，她為什麼要再委屈下去？

「我是不是胡說，三伯母您心裡有數。不過是個和湛家有點親戚關係的老婆子來說了幾句閒話，伯祖母和三伯母妳們就急得這個樣兒，巴巴地想和人家湛家沾上親嗎？要攀附湛家，我可不夠格，把妳們嫡親的女兒送過去，或許人家湛家人還會看上兩眼！」

孫氏想不到芳菲會把話說開。這些年裡，她雖然將能和外頭搭上關係的芳菲看重了許多，可在她心裡並不認為芳菲有什麼能耐，只當芳菲是個柔順的女兒家。沒想到芳菲今兒居然會是這樣的表現！

這麼一來，孫氏倒不好跟芳菲吵下去了，畢竟是她們理虧在先。

芳菲不顧什麼禮數，扭頭就走。孫氏的兩個丫鬟想要攔著芳菲，被孫氏喝了一句。「讓她走！」把芳菲留下，也是個尷尬事情。孫氏心中煩躁不已，等芳菲一走便想著去和秦老夫人討個主意。

秦老夫人一聽，倒怪起孫氏來。「妳這麼著急去問她做什麼！七丫頭是個面嫩的，聽人問起和外男來往，自然不會高興，好好的事情，說不得就被妳攪和了！」

這些年來秦老夫人少有這樣教訓孫氏，孫氏又羞又氣。明明秦老夫人自己更熱衷促成此事，現在還成了自己的不是？可她又不能反駁秦老夫人，只能把這口氣嚥下去。

秦老夫人又說：「妳好好的帶點吃的，去七丫頭屋裡看看她。她是個知禮的，沒有說見了長輩來看她還跟妳賭氣的道理。到時候妳把這婚事的好處跟她細細說通了，她哪有不歡喜的？她又不傻。」

什麼，讓她去給晚輩賠罪？

孫氏更是氣惱，偏偏又發作不出。正在此時，孫氏的丫頭如雲小跑進了屋子，大聲說：「老祖宗，三夫人，大事不好了！」

孫氏正一肚子火沒出發，見了如雲這樣無禮，一個巴掌就打了過去。「浪得妳個小蹄子！做什麼死！什麼大事不好了？」

如雲被打得懵了，一句話也說不出來。秦老夫人知道孫氏是借題發揮，冷哼一聲說：「這裡是我的屋子，要教訓人回妳那兒去！如雲，到底是什麼事情，快說！」

孫氏見又惹惱了秦老夫人，心中一驚，便聽得如雲語帶哭音的說：「七姑娘……七姑娘剛剛回屋說要尋死，不知道喝了什麼藥，現在人好像不行了！」

「什麼！」

秦老夫人跟孫氏都大吃一驚，相視一眼，什麼都顧不上說就往芳菲的院子裡衝去。秦老夫人年紀大了，扶著兩個丫頭走得不快，一面趕一面讓下人趕緊去請大夫。

要是芳菲有個好歹，他們秦家的名聲算是完了！

將依附本家過活的孤女逼死，這可是要驚動官府的大罪！而且根本不可能蓋下去，因為如今的知府千金，就是芳菲的閨中密友。連知府夫人，都常常請芳菲去作客的……她要是一死，知府那兒肯替秦家掩蓋嗎？

七丫頭竟是這麼一個剛烈性子，平時怎麼就沒看出來！

秦老夫人和孫氏把腸子都悔得青了。兩人終於到了芳菲的院子，裡頭哭聲震天，丫鬟婆子滿院亂跑。孫氏大吼了一聲。「都給我站定了！」

她管家幾年，在秦家的威望雖然遠遠不及秦老夫人，但唬住一般的下人還是沒有問題的。下人們果然都靜了下來，趕緊打起簾子讓她們進去。

秦老夫人二人進了屋，只見芳菲躺在床上昏迷不醒。春雨在用力地掐她的人中，春草則往芳菲嘴裡灌水。

孫氏拉住在一邊哭泣的小丫頭春月，問她到底怎麼回事。

春月抽抽噎噎地說，姑娘剛剛一回來什麼話也不說，立刻從她櫃子裡拿了包什麼藥粉沖成水，自個兒就喝了下去。因為姑娘常常自己配藥吃的，所以大家都沒有太在意，只是在想姑娘到底在生什麼氣。誰知姑娘喝了藥以後就拉著春雨的手說她不想活了，就這麼死了乾淨吧，免得往後再出點什麼事情帶累了過世的父母的名譽……

「姑娘說完就不行了，我們嚇得去扶她，她一下子就倒在了地上……」春月才十二歲，哪裡見過這種陣仗？嚇得膽子都破了。要是姑娘出了大事，她們這些服侍的人通通都會被賣掉的！

「大夫呢？怎還沒來？」孫氏急得快瘋了，一下子過去把春雨扯開，自己用力地掐芳菲的人中，可芳菲就是不醒。

芳菲自盡的消息一下子就傳遍了秦家，所有人都為她的舉動感到震驚。昨天還好端端的七姑娘，怎麼剛從三夫人房裡出來就要自盡？下人們不停的討論著這件大事，有關老祖宗想讓七姑娘悔婚改配湛家的消息也捂不住了，很快便人盡皆知。

人人都說看走了眼，平時看著好性兒的七姑娘居然是個烈女！

秦大老爺也接到下人通報從外頭趕了回來，不顧禮數直接進了芳菲的屋子。

秦老夫人和孫氏就坐在芳菲屋子的外間裡，裡頭兩個大夫正在對芳菲實施搶救。

「母親，這到底是怎麼回事？七丫頭好端端的尋什麼死？」秦大老爺氣急敗壞，追問母親到底發生了什麼。

秦老夫人只好把事情避重就輕地說了一遍。

秦大老爺聽得事情竟是如此，又不能責備母親，只好把氣出在弟媳孫氏的身上。「三弟媳婦，妳是怎麼管家的！把個侄女兒逼成這樣，她要是有個好歹，往後我們秦家上下都不用出去見人了！說不得，我還得到官府去過堂呢！」

孫氏被罵得氣都不敢喘一口，如今再多的責罵她都已經沒感覺了，只想著讓芳菲快些好過來，不然她下半輩子都會不得安寧。

終於有一位大夫走出了裡間，拿著手巾擦了擦額頭的汗。秦家的幾個人都圍了過去，追著大夫問芳菲的情況。

「總算讓七小姐把肚子裡的藥水都吐出來了……」大夫說：「現在她脈象還是好的，但要是人醒不過來，還是難辦……」

站在裡間屋角的春雨，揪心地看著床上昏迷不醒的芳菲。

姑娘，您可千萬要醒過來……

第四十一章 餘波

當晚，孫氏就帶著丫鬟們守在芳菲屋裡。秦老夫人和秦大老爺在各自屋裡坐著，也是一夜無眠。

第二天早晨，昏迷了大半天的芳菲總算睜開了眼睛。

她才醒過來，發覺自己還活在世上，又哭喊著要隨她父母而去，不要留在這兒受人侮辱。孫氏見芳菲終於醒了，哪還敢再跟她硬來，連連求她不要再鬧，說以後再不會提湛家的事了。

芳菲這才作罷，只是還一味的哭泣，不肯吃東西。

秦老夫人聽到芳菲醒來喜不自勝，又扶著丫頭顫顫巍巍地趕過來安慰芳菲。

「七丫頭，妳這是做什麼！」秦老夫人坐在芳菲床邊勸她。「長輩對妳說了兩句重話，妳就尋死覓活的，這是什麼道理！難不成還不讓長輩說妳了？快把粥喝了吧。」

芳菲依然不肯喝那粥，低聲哭泣著說：「芳菲豈是因為這些難過？只是不想讓過世的父母蒙羞罷了。若是讓人傳出我明明已有婚約，卻又想著去攀附貴家這樣的話……」

秦老夫人很是尷尬。事情鬧到這一步，芳菲的意思已是明明白白，她是絕對不願意悔婚另嫁的了。雖然秦老夫人心裡惱恨芳菲把事情鬧成這樣，可是芳菲不是她的親孫女，她其實並沒有資格去替她包辦親事——若是她父母沒給她定親，那又是另一回事。

而且芳菲這番行事，往哪兒說都是正理，秦家長輩們只能耐著性子安撫她，好說歹說才讓芳菲把粥喝了下去。

既然芳菲醒轉了，孫氏也回了魂，就要發作芳菲屋裡的這些丫頭。

芳菲見孫氏要叫人把她們都領出去賣了，忙攔著孫氏。「這都是我不好，和丫頭們有什麼相干！三伯母要是把我的丫頭都攆了出去，換上新人來我也是不要的！」

孫氏見芳菲態度堅決，只好作罷。過後又把春草單獨叫去狠狠責罵了一頓，說讓她把七姑娘看緊了，可不能再出什麼意外，要是七姑娘再鬧這麼一回，妳們這些人統統都討不了好去！

等屋裡吵吵嚷嚷的人都走得差不多了，芳菲靠在床榻的軟墊上半閉著眼睛養神，唇邊露出一絲難以察覺的淺笑……

這回，她賭贏了！

她不太清楚湛煊到底有什麼打算。但在她這招雙管齊下之後，湛煊的謀劃，估計只能成空了。

先是向湛先生哭訴，讓她向湛煊施壓。再藉機和孫氏吵架，將自己準備好的藥粉吃了下去做出自盡的姿態，不怕嚇不倒這些利令智昏的秦家人。經過這一番，秦家是斷然不敢再逼她做什麼事情的，她往後行事便更有了退路……

這一石二鳥的好計，卻是要冒個不大不小的風險，就是她拿捏不準這藥的效力。

這是她從資料庫中找到的古方麻醉藥。主藥是茉莉花的根莖，加上其他幾味藥材炮製而成。在此之前，芳菲已經悄悄拿院子裡的貓兒、狗兒做過實驗，大概的估算了一下多少分量的藥粉可以昏迷多久。

接著她大膽地用自己做實驗，嘗試吃了很少的劑量，也就昏睡過去小半個時辰，丫鬟們只以為她是在睡午覺。反覆實踐幾次以後，芳菲大致上掌握了這藥粉的使用劑量。不過她刻意研究這個藥粉，一開始倒沒想過是拿來做這個用途，只是故意炮製出來做防身之用，也許自己哪天被逼得要逃走的時候也用得著……想不到這回卻發揮出了意想不到的作用。

接下來，自己該有幾天清靜日子過了……正好，蕭大哥也回陽城了，下一步的計劃就要靠他了。

秦家想把芳菲出事的消息掩蓋下去，但那兩位大夫是外頭來的，哪裡蓋得住？加上他家本來就家風不嚴，下人們多有嘴碎的，不到兩日就把這事情鬧得沸沸揚揚，連獨居梅園的湛先生都聽說了。

湛先生自那日芳菲回去後，還沒來得及找湛煊過來教訓，就聽到這等事情，心裡是又氣又急。她身為閣老之女，家主之妹，向來極為重視門風。如今人家在外頭傳說湛煊口齒輕薄冒犯了秦家的姑娘，秦姑娘便自盡以求清白。這可不是壞了湛家的名聲！

湛先生當即找到了她兄長，湛家家主湛建隆。湛建隆聽妹妹將事情一說，勃然大怒，把在家裡準備考試的湛煊叫了出來，重重地罵了一頓。

「我湛家的名聲，都讓你給丟盡了！這回幸虧那女子沒死成，要是她真死了，你就是跳進黃河也洗不清！還考什麼功名？這事被那些清流知道了，報你一個『品行不端』，你這輩子的前途就都完了！」

從小被家人寵著的湛煊哪見過父親如此震怒，嚇得一聲不出，只是唯唯點頭。他哪知道會弄成這樣？事情才剛起了個頭，那秦芳菲就有膽子去尋死，一下子就把他陷到了這等尷尬局面裡。

湛建隆身為一族之長，也不是個吃素的，知道這事背後還有蹊蹺。被他嚴厲責問之後，湛煊只好不情不願地供出他的「軍師」洛十二。湛建隆再追查下去，連湛煊找到藥材商人王良材去陸家游說陸月思退親，又派人去找湛七太爺的侄兒媳婦金氏讓她上秦家去探聽口風的這些小動作，全都被揭了出來。

湛建隆差點沒氣得昏過去。兒子為了一個女子，竟搞了這麼多花樣出來？要是被有心人握在手裡，在朝中參湛家一個「治家不嚴，逼死民女」的罪名，那幾位當官的湛家老爺通通要吃不了兜著走！

「逆子，逆子！明兒就把這逆子拖到祠堂裡受家法！」湛建隆的臉皮都脹成了紫黑色。

湛先生雖然也氣得不行，但她對湛煊打小就是溺愛的，趕緊替湛煊求情。「哥哥，雖然小九這回做錯了，哥哥你也不要聲張才好。本來人人只是以為小九口舌惹了是非，如果你這麼大張旗鼓的懲罰他，那……」

湛建隆冷靜下來，不得不承認妹妹說得有道理。湛先生又咬牙切齒地說：「小九小時候最是乖巧的，都是那洛家的洛十二把他給帶壞了。哥哥你該去警告警告洛家，讓他們把這小混蛋看得緊點，以後不許他再上我們湛家來。」

但凡父母親人，總不肯相信自己的孩子是天生壞蛋，出了事情都愛推脫到別人身上，認為是被人帶壞了才會如此。湛先生儘管品行高貴，卻也難以超脫這人之常情。

被妹妹一提醒，湛建隆點頭稱是，當下便到洛家去了。

不說這邊湛煊與洛十二被家中長輩如何處置。陸家這邊終於也得了消息，陸月思夫婦與陸寒皆是大驚。陸寒急得不行，馬上讓莫大娘去秦家探望芳菲。幸虧莫大娘去看望芳菲回來後帶回了好消息，說七小姐雖然氣色不太好，人還是清醒的，還託我給少爺您捎話說不用掛念，她養養就好了。

陸寒如何能不掛念？只恨他又不能親自去看望芳菲。他聽到了外間傳聞，心裡清楚秦家肯定是覺得與自己家裡聯姻得不到任何好處，才會想將芳菲另配的。幸好芳菲妹妹對我……想到此處，陸寒很是感動。

他卻不知是想岔了心，芳菲此次行事純粹是為了她自己，還真不是像他想的那樣……

這誤會更堅定了陸寒的決心。

自己以前年紀小，果然太過天真了。在這世上，若想過得遂心舒坦，若想保護自己所愛的人……就必須擁有強大的力量！

陸月思聽到芳菲自盡不成的消息後，暗叫糟糕。

這回想去退親，就更難了。如今秦家這女子成了城中人人稱讚的烈女，認為她不願捨棄貧寒夫家另許他人，乃是少有的義行。這種時候如果陸家沒個拿得出手的理由就上門去退親，豈不是要被全城人的唾沫星子淹死！

「這回麻煩了！」陸月思大嘆倒楣。

方氏不肯死心。「不管退不退親，那些田地你得想辦法給我拿到手！」

這貪婪的婦人心心念念的就是謀奪侄子的田產，絕不會去考慮陸寒沒了田產以後怎麼生活。

陸月思不耐煩地說：「怎麼拿？他都跟我撕破了臉皮，說我要奪他的田地。他不肯拿田契出來，難道我去搶？說他小，又不小了，萬一真的跑到衙門去鬧——衙門裡頭可都是他父親舊日的同僚，誰知道會不會幫襯他！」

「那，咱們就一點辦法都沒有了？」

陸月思摸摸下巴，嘆氣說：「容我想想……」

芳菲其實一點大礙沒有，這種麻醉藥就是吃了以後會昏睡一段時間，醒過來之後頭有些暈而已。不過她既然想要藉此敲打秦家眾人，也只好裝出身子極為虛弱的模樣，日日在床上休息。

秦家人怕她再鬧，都對她小心翼翼地，不敢再來招惹她。幾日後，張學政的孫女張端妍給芳菲來了帖子，說要請她過府去聚上一聚。

秦家怕芳菲出去了說他們的不是，又是秦老夫人親自過來對芳菲說了不少寬慰的話兒。芳菲淡淡地應下了，說：「老祖宗多慮了。芳菲也是秦家的女兒，自然不會說自家不好。」

有了她這麼一句話，秦老夫人才敢放心讓她出門見客。

芳菲看著張端妍送來的帖子，心裡明白，這是蕭卓來了……

第四十二章　花園

張家是一所百年老宅，門庭並不華麗，卻盡顯沈穩大氣，由此可見張家的家勢。

芳菲也來過張家幾趟，張家的門房下人都認得這是大小姐端妍的貴客。所以芳菲一從馬車上下來，張家的人立刻迎了上去，將她引到後院花園裡去。

她來得晚，來到花園時才發現盛晴晴、惠如、潔雅幾個都已經到了。張端妍看見芳菲來了，忙走過來招呼她落坐。

芳菲一坐下，和她面對面的惠如立刻把臉兒別了過去，一臉氣鼓鼓的模樣。

「惠如姊姊這是怎麼了？」芳菲奇道。

誰知聽她這麼一問，連潔雅的臉色也不好看了，嗔怪道：「還不是為了妳！」

「為了我？」芳菲眨巴眨巴眼睛，心下明白了幾分，不禁有些好笑。

惠如這時終於肯把臉轉過來，憤憤而言。「枉我們相交多年，妳竟沒有將我們姊妹幾個放在心上！就算妳有天大的難處，也不該這麼莽撞，貿然就去尋死……妳可知我聽到這消息時多害怕？」

芳菲知道惠如天性純真，對自己又有深厚感情，所以才會有這種表現。這時潔雅也說：「妳受了委屈，我們都是知道的，可妳怎麼就不想著找我們商量商量？妳在我們之中年紀最小，可我從來沒把妳當妹妹看，對妳的行事素來都是佩服的……這一回妳可差了！幸虧……幸虧妳吉人天相……」

多愁善感的潔雅說著說著，竟落下淚來。盛晴晴雖然沒有惠如與潔雅這麼激動，但言語之間也多有責怪。

芳菲看著眼前這幾個姊妹，心中大為感動。

她們是真的關心她，才會為了她「衝動自盡」的事情氣憤。她忙連聲向她們道歉，並說往後再也不會如此了，請姊姊們不要再生自己的氣。

「好了好了，芳菲都給妳們賠不是了，妳們就消停點吧。她心裡還不知苦成什麼樣子呢。」張端妍溫柔地看著芳菲，關懷地問她。「如今還有什麼不舒服的嗎？我們又不好去看妳……」關於芳菲這件事的傳言滿天飛，幾個姊妹倒不好大張旗鼓地去探望她了，不然外人更多了談資。

「沒有了，休養了幾天早就緩過來了。」芳菲早就反覆試驗過藥效的，知道這藥基本上沒有什麼毒副作用。

惠如聽了張端妍的話，臉上頓時又添了一重憂色，全然忘記了她剛才還在生氣。「芳菲，妳家裡如今怎樣了？」

「都好了，沒事。」芳菲不好說什麼，只得笑著讓她們安心。

惠如還想再說下去，潔雅拉了拉她的袖子，把話題轉到別的方向去了。家裡人再不好，也不是她們能夠當眾討論的，這點子事情誰都明白。

其實今兒大家齊聚張家，就只是為了要好好看看芳菲。現在看見芳菲氣色還好，心情似乎也不錯，大家的心也就安定了些。眾人一再叮嚀芳菲再有什麼大事一定要跟她們商量，幾人反反覆覆地說著已經到了囉嗦的地步。
芳菲卻不嫌她們嘮叨，反而覺得心裡暖融融的。
大家一起在張家用了午飯才告辭。張端妍先讓人把那幾位千金都送走了，獨獨留下芳菲。
「卓表哥在後頭東廂房裡等著我們呢，這會兒估計都等得急眼了。」
這才是芳菲來張家的最大目的，要跟蕭卓見面商量些事情。
惠如幾個待她再好，但也是女兒家，出不得門辦事。蕭卓卻是個青年男子，可以替她在外頭奔波走動，所以芳菲對於張端妍表兄妹更是親近些。
兩個月前，蕭卓也來過陽城一趟。當時芳菲委託他去替自己辦一件大事，不知他辦得如何了？
張端妍和芳菲來到東廂房，蕭卓已經在此等候多時了。按理說，芳菲雲英未嫁，是不適宜和蕭卓這等外男私下見面的。但是事關緊要，芳菲顧不得避嫌了。幸好張端妍安排得妥貼，事後定然不會有什麼閒言傳出去。
十九歲的蕭卓已是個不折不扣的英偉青年。他也知道了芳菲近日的這樁大事，看到芳菲走進廂房，面上不禁帶出了些關懷之色。但這些隱私問題，他也不好當面問芳菲的，還是事後和表妹細說好了。
幸好芳菲沒有真的出事……不然……毓升不知道會激動成什麼樣子？
每次毓升見到自己，都要不停追問芳菲的現狀，直到問得自己都煩了才肯消停……
蕭卓對芳菲的關心，也有一半是出於責任，毓升可是親口反覆交代自己要好好照顧她的。

「蕭大哥，你馬上就要去考武舉了吧？」芳菲問起蕭卓考試的事情。之前張端妍就跟芳菲說過，蕭卓不打算從科場晉身，而是想走武官的路子。

蕭卓點頭說：「嗯，下個月就要開考了。縣試問題不大，就看府試如何了。」

芳菲對於科舉考試尚算了解，但武舉這邊就真的很不熟悉，只能是預祝蕭卓馬到功成。不過看蕭卓成竹在胸的模樣，應該有七、八成把握。

她剛想問起上次託他辦的事如何了，蕭卓卻從桌上拿起一個碩大的錦盒遞給芳菲。「我上個月去了京城見毓升，這是他託我給妳帶的。」他又一指桌上的那幾疋緞子。「那些也是他讓我帶給妳的。」

本來私私相授，是為禮教所不容，朱毓升這樣行事卻是魯莽了。不過蕭卓解釋說，這批東西是和朱毓升送給張學政的壽禮一起運過來的，名義上並不是送給芳菲的東西。

「妹妹，妳就對人說是我轉贈的好了。」張端妍以為芳菲顧慮太多，才會一直捧著錦盒怔怔地不說話。

又有誰知道芳菲心裡的陣陣波瀾呢？

「對了，秦妹妹，妳託我辦的事已經辦妥了。我連車子都準備好了，咱這就出門去看看吧？」

芳菲驚喜不已，蕭卓辦事果然妥當！當下由蕭卓領頭，二人連僕從都不多帶，只帶了跟著蕭卓來的幾個護衛便從張家後門走了出去，搭上早已準備好的馬車一路向郊外馳騁。

張端妍幫著她瞞過隨同她來的秦家下人和他們張家的一干人等，也是擔了不少風險。她原先不同意蕭卓的建議，但蕭卓還是把她說服了。「這是秦妹妹為自己將來安身立命做的打算，表妹妳就破例幫幫她吧！」

原來張端妍對於芳菲瞞著秦家人自己在外頭弄些事情，覺得不太妥當，這豈是女兒家該做的？可自傳出秦家逼芳菲悔婚另嫁的事情之後，張端妍也明白了芳菲的處境有多麼艱難。所以這次幫助芳菲，張端妍更是盡心盡力，向芳菲保證不會讓外人知曉一絲半點。

兩個月前，芳菲將自己幾年來積攢下的那些分紅銀子，託蕭卓在城外給她買兩處好一些的園子，再幫著雇幾個老經驗的花農。蕭卓當時聽到芳菲的要求時很是意外，但還是答應下來。

這輛馬車是蕭卓從安宜帶來的，從車伕到護衛都是蕭卓信得過的人。馬車出了城，很快便在一處田莊前停住了。

「秦妹妹，就是這兩個園子了。」

蕭卓帶著芳菲走進園子，一面跟她介紹說：「這兩個本是果園，照妳說的意思已經都改造過了，全都種上了妳要求的那幾種花木。」

這時幾個老農模樣的人也在蕭卓的家人帶領下走了過來。他們都拘謹的笑著看著眼前這一對青年男女，知道這就是新主人了。

「這幾位都是附近極有經驗的老花王，」蕭卓對待佃戶的溫和態度讓芳菲很有好感。「秦妹妹妳要他們種些什麼，怎麼種，這就交代他們吧。」

芳菲知道時間緊迫，便跟那些花農們一起到園子裡看花兒種植的情況。因為是新種下去的花枝，要到明年才能真正的繁茂起來，她現在主要是看看他們選的花種對不對頭。

那些花農只見過小姐們買花戴花，誰知道這位嬌滴滴的小姐居然對種花也有一手？芳菲隨口說出幾句「茉莉過冬時應移入屋內避寒」、「月季耐寒耐旱，但不要種得過密」，便讓這些花農們刮目相看。連一旁的蕭卓都很驚訝，怪不得芳菲要執意買下果園來種花而不是買田產，原來是早有準備的。

「這園子後面是山坡，也都種上了月季，秦妹妹可還要去看嗎？」

芳菲看了看園中情形，說道：「不必了，蕭大哥你辦的事我放心。只是我不能時常出府來這兒查看，還想請你幫物色一位總管替我管事。」

蕭卓道：「我早已想到了。佳味齋的二掌櫃方和向來是知道秦妹妹給佳味齋幫忙的，也算是自己人，他嘴巴又嚴。讓他來總管這兩個花園的事情，再好不過，秦妹妹妳也可以在去佳味齋用飯時召他來辦事。」

芳菲不禁感嘆蕭卓思慮周詳。

買下這個園子，對於芳菲而言，也是在為自己將來能夠脫離秦家生活未雨綢繆……

可是，離開秦家的契機什麼時候才能夠到來呢？

芳菲自己也不知道。

第四十三章 糾紛

他們不宜在城郊久留，秦家的車馬還在張家院子裡候著芳菲呢。在粗略看了看園子情況之後，芳菲上了馬車往回趕。蕭卓當然不能和芳菲同坐一車，而是在旁騎馬相陪。

照這兩個園子和山坡上種植花木的數量來算，到明年春夏，就能採集到足夠的花苞和花瓣來批量製作了……

芳菲正沈浸在自己的思緒之中，忽然感覺車子慢了下來。只聽外頭蕭卓吩咐手下。「去看看怎麼回事！」

芳菲好奇的撩起一角車窗布簾，看看外面到底發生了什麼。

只見這鄉間泥路兩邊都是農田，一群穿著短衣、佃農打扮的男子圍在一起嘰嘰喳喳不知道在吵些什麼，把泥路給堵住了一大半。他們這麼一堵，芳菲的馬車就過不去了，所以蕭卓才要叫人去看看這裡出了什麼事。

芳菲正想放下窗簾，突然間目光被站在人群中間的那個熟悉身影吸引了過去。

雖然隔得很遠，她依然能一眼看出那是陸寒。

他到這種地方來做什麼？

事關陸寒，芳菲便留了心。這時那去打探消息的人也回來了，正站在車下跟蕭卓報告。「表少爺，前面那群農人都是一戶人家的佃農，說是因為租子問題在和東家吵呢。」

在芳菲的前世，她所受到的教育往往是說地主如何如何的剝削農民，農民在地主的壓迫下根本沒有任何自由，只能任由地主宰割——呃，比如〈白毛女〉之類的戲裡就是這麼唱的。

來到這兒過了幾年，芳菲才發現她的認知即使不能說錯誤，起碼也是不全面的。地主固然是土地的擁有者，可是佃農也不是任人拿捏的小可憐。尤其是一幫子佃農聯合在一起的時候。

佃戶們租種地主的土地，除了交租子之外，可以把餘下的收成都收歸自己所有。要是哪戶東家待人太苛刻，租子收得太高，第二年這些佃戶也許就不租種他家的土地了。而其他的東家可是很歡迎這些種地的老手「跳」到自己家裡來呢，要知道土地的收成多少，很多時候就是仰賴著種地人的手藝。

是不是這些佃戶看老東家死了，少東家又年幼，就起了欺凌陸寒的心思逼著他減租子？

芳菲想到此節，忙揚聲叫蕭卓過來。「蕭大哥，請你過來一下，小妹有事相求。」

蕭卓從馬上翻身下來，走到芳菲的車窗邊。「秦妹妹，什麼事？」

芳菲也不覺得有什麼要避嫌的，就把陸寒和自己的關係說了一遍，又跟蕭卓說了自己的擔心。

「蕭大哥，他年紀不大，又沒經過這些，你可不可以去替我幫幫他？」

蕭卓朝陸寒的方向看了一眼，點頭道：「行，那我讓人先送妳回張府去，等我處理好了，再叫端妍給妳去信。」

芳菲知道自己留在此處也是幫不上忙，同意了蕭卓的建議。她是不能下車和陸寒相見的，眾目睽睽之下讓陸寒知道自己和一個青年男子一起出行，她的閨譽就會毀於一旦。

蕭卓的家人把那些佃戶勸開讓馬車通過，芳菲坐在車裡從一角車窗的空隙間看見陸寒焦急的神情，感到一陣擔憂。旋即她又安慰自己。「蕭大哥辦事極為妥當，有了他幫忙，陸寒這回應該可以度過難關的。」

對於陸寒而言，這次的事情絕對是一個極大的難關。

本來陸月名去世不久，陸寒接手田莊的時候還曾在莫大叔的陪同下來見過這些佃戶，當時他們對他這位少東家的態度還是很恭敬的。

可這些日子，他們不知道從哪兒聽說了些閒話，就開始吵起來。一個說，聽說少東家要提租子呢，比去年足足高了幾成，還讓不讓人活了？又一個說，少東家明年說要讓他們改種別的糧食，那個他可是不會種。少東家要是非叫他們改種，他就不在這家幹了！

事情鬧得沸沸揚揚，說什麼的都有。莫大叔特地來了田莊好幾趟來安撫他們，說這些都是沒影的事，大家只管安心種地，少東家不是那種愛折騰的人。他們愣是不信，直到陸寒親自來一戶一戶人家的勸說，佃戶們才肯重新上工。

結果到了這秋收的時節，按照往年規矩東家是要加請許多短工來幫忙收割的。可今年莫大叔下鄉來請人，居然一個都請不到，那些往年用慣的短工都說已經有了東家了。莫大叔急眼了，請不到短工，這麼多田地只靠佃戶搶收不完的呀？

現在短工沒請上，只能先讓佃戶們收割。佃戶們又不滿了，說別的東家都請了好多短工，少東家這是怎麼回事？光讓自己佃戶收割，想讓他們累死嗎？

今天陸寒到田莊來，也是為了安撫佃戶，答應給他們減租子用來抵工。可是人手不夠不是減租子能解決的，所以佃戶們還是很不滿意，把陸寒和莫大叔堵在了田邊吵個不停。

「吵什麼吵什麼！」

蕭卓策馬來到眾人面前，馬鞭一揚打了個響亮的鞭花，先把眾人震了一震。

佃戶們不知這騎著高頭大馬的貴氣青年是個什麼來頭，立時噤了聲，只拿眼看著蕭卓。

蕭卓看也不看他們，只把目光放在陸寒身上。連他身為男子，也忍不住暗讚一聲「俊雅不凡」。雖是在田頭地間，他穿的也是平常衣裳，他的風姿依然不減，只是面上帶著焦灼神色。

這樣的少年，和秦家妹妹確是天造地設的一雙璧人……蕭卓想起自己那遠在深宮的表弟朱毓升，心中暗嘆一聲。

蕭卓下了馬來到陸寒身邊，拱了拱手說：「在下蕭卓，請問這位小兄弟可是陸寒？」

陸寒正在被這些佃戶吵得焦頭爛額，忽然見有人相援，驚喜的問：「我就是陸寒，蕭公子你認識我？」

蕭卓微微一笑，說道：「說來話長……」

芳菲回到張府，從後門拐進了宅子，張端妍已經等得心焦。看見芳菲獨自回來，奇道：「卓表哥呢？」

「我又麻煩卓表哥幫我做事了……唉，一天到晚麻煩你們兄妹幾個，我真是慚愧。」芳菲誠心向張端妍道謝。

張端妍說：「妳還說這樣見外的話！我們不幫妳，妳還能靠誰呢？」芳菲出了那事之後，張端妍並沒有像惠如晴晴等人一樣直接說出責怪秦家的話。但從她這句話裡，不難看出張端妍對於秦家長輩們的不滿。

在外宅等候多時的春雨和春草脖子都等長了，終於看見了自家姑娘在張家小姐的陪伴下走了出來，後頭還跟了幾個捧著禮盒、錦緞的家人。

芳菲說這些是張端妍送她的禮物，二人也不疑有他，從張家家人手中接過禮物便陪著芳菲回了秦家。

「哎呀，這些都是張家小姐送妳的禮物？」

芳菲回房不久，幾個姊妹芳芷、芳芝、芳英就都過來看她，當然一貫與她不合的芳苓是絕對不會出現的。這些年裡，芳苓和她照面的次數，兩個巴掌都數得過來。

「天哪，這種緞子我在湛家開的那家大布莊見過，」芳英這兩年受寵，見的世面也廣了。「這料子好像是叫『流霞』吧？湛家的大布莊裡頭，也只有兩疋呢，聽說是宮裡內造的，一疋這樣的緞子就要一錠金子！饒是這樣，出得起錢的人家，也買不到……張家姊姊一送就是三疋！」也太豪氣了吧？這三疋「流霞」色澤還各不相同，有豆綠、茜紅、湖水藍，都是少見的顏色……

芳英的話把其他幾個姊妹也都吸引了過來，大家羨慕地摩挲著那幾疋布料，口中不住稱讚。

另外那幾疋絹和紗，雖然沒有「流霞」那麼名貴，也都是在陽城裡難得見到的宮造料子。待得芳菲把那大錦盒一開，幾人忙匆匆圍了過來，看看這裡又有什麼寶貝。

錦盒裡分門別類的裝了許多東西，有些她們叫得出名字，有些連她們都認不出來，但都知道是好東西。做工精巧的堆紗簪花，一整套的銀製耳挖、小剪子、小銼刀，幾盒顏色淡雅的胭脂水粉，兩瓶清香撲鼻的桂花香露，還有幾方名貴的印石……

這個大禮盒就像一個小寶庫。芳菲拿起那幾方印石，入手感覺溫順圓滑，應該是被人拿在手裡把玩了很久的吧？

她眼前似乎又浮現出朱毓升冷傲中帶著一絲外人難以發覺的羞赧的模樣……這些禮物，或許是他一件件，一樁樁，慢慢搜集齊了再攢在這個禮盒裡，一並託蕭卓給自己帶回來的……

每一件禮物，每一疋緞子，都凝結著他的許多心思。

芳菲緊緊握住一方印石，感受上面那已經消失了許久的朱毓升的體溫……

她想起「手澤猶存」這個詞，不知不覺，喉頭像是被什麼東西堵住了一般的難受……

再多的心意又如何？他們今生，不可能再相見了吧！

身邊那些姊妹興奮的討論聲音像是被隔絕在另一個空間裡似的，一點都沒傳到芳菲的耳中。

她靜靜地想著自己的心事，眼角漸漸濕了……

第四十四章　散家

孫氏聽女兒說了張家小姐給女兒送了重禮之後，心裡驚疑不定。「張家小姐這是什麼意思？」

芳菲剛出了那樣的事，張家小姐就發帖子請她去相聚。聽春草說和芳菲交好的幾個閨秀都去了，而現在張家小姐又送了這樣的厚禮給芳菲……

看來芳菲和這些名門千金的交情，果然不同一般，並不是只在一處喝茶說話那麼簡單……張家向來行事低調，想不到這次張家小姐竟出手這麼大方，可見對芳菲的重視。

聽說那位張家小姐冬天就要出嫁，夫家遠在京城。她公公乃是張學政的學生，據說如今在禮部當著高官。這樣的官家千金，秦家人可是得罪不起。

自這事以後，秦家長輩從秦老夫人以下，可不敢再想著拿捏芳菲。芳菲倒也沒有順勢囂張起來，在秦老夫人等長輩面前依然維持著應有的禮數，教人挑不出半點錯處。

幾天後，張端妍派一個婆子給芳菲送了幾樣佳味齋的點心和一封信。芳菲讓春雨將那些點心分成幾份，給秦老夫人、林氏、孫氏和幾個姊妹送去，自己拿了信回房慢慢細看。

張端妍在信上說了陸寒的情況。

蕭卓那天對陸寒說明了自己是張學政的外孫，並說曾在學堂裡和陸寒有一面之緣，還說他曾在濟世堂抓過藥方，這才消去了陸寒的疑慮。他先是幫陸寒安撫下了幾個佃戶，又請示了張家的家長，從張家分了幾個短工過去幫忙收割，總算把秋收的事情應付了過去。

芳菲略略放了心。她之所以有了錢不去買田產，就是擔心遇上陸寒這樣的事情。田裡是不會自己長出莊稼來的，買田產就需要管佃戶，就得收租子，就得賣糧食……這一連串的事情牽扯太大，很容易就會被人知道自己背著本家在外頭置產業。

而買園子種花，就沒那麼多麻煩。雖然同樣要請花農，可是請花農用的是真金白銀，他來幹一天就給一天的工錢，沒那麼多煩惱，自己讓他種什麼他就得種什麼。而且，最重要的，是買園子種花的事情一旦暴露，也很容易說得過去——女孩兒家想養些花草，有什麼不可以？就算多花了些錢，也是她自個兒的脂粉錢，別人想干涉也難找出名頭來。

在世人心目中，田產是安身立命的本錢，也是分家必爭的財物。至於花園……則完全不是那麼一回事。

「陸寒這事，看來還沒完呢……」

芳菲手托香腮坐在窗前，細細分析陸寒遭遇的這場佃戶風波。具體的情況，張端妍信裡都有交代。芳菲想了又想，總覺得事情沒那麼簡單。

佃戶一般不會平白無故去跟東家鬧事的。無風不起浪，佃戶從誰那兒聽說了陸寒要漲租子？又是誰說陸寒要他們換種別的糧食？莫大叔去請短工，為什麼一個都請不到？

每一個環節都透著古怪——更古怪的是，按照常理，這事不該由陸寒這麼個未及弱冠的少年去交涉，而應該由他的長輩出頭幫忙。

他那個叔叔陸月思，在侄兒遇到這樣的難題時，一點忙都不肯幫嗎？

一環扣著一環，最後所有的問題都歸結到一件事情上，那就是——在這場風波裡，誰會是得益的人？

顯然不會是陸寒，更不會是那些佃戶——儘管他們得到了減租子的承諾，可是雇不到短工耽誤了農事，他們自己的收益也會受到影響。

芳菲伸手輕輕敲著桌子，輕聲嘆息道：「禍起蕭牆嗎……」

芳菲能想到的問題，陸寒也想到了，而且他想得更為透澈。

儘管秋收風波已經過去了，但陸寒依然沒有任何輕鬆的感覺。

莫大叔在陸家還兼任著帳房的活計，他把收上來的租子算了又算，確認無誤後才把帳本遞給陸寒。「少爺，您看看還有啥問題沒有？」

陸寒接過帳本，認真看了半晌，才點頭說：「可以了。」

莫大叔又遞過一個帳本。「那，這是這個月大家的月例錢，少爺您再看看？」

陸寒又接了過來，將那帳本攤開來逐一對帳。他想了想，又讓莫大叔把記錄家用的帳本拿出來。

算了好一陣子，得出的數字讓陸寒的眉頭緊緊鎖了起來。

太緊巴了……儘管有租子進項，但一家子這十幾口人的開銷，也不是說笑的……以前家裡有濟世堂的收入，還有陸月名在官府裡的俸祿，日子過得很是滋潤，哪是如今這般情形？

陸寒把帳本全都放下，走到窗前凝思起來。

窗外是一派蕭瑟的景象，秋天已經完全過去，冬天就要來了。

冬天還得燒不少炭火，又是一筆開銷……陸寒揉了揉眉骨，心中一陣煩躁。每天顧著打理這些家務，只會耽擱了他的正事。失去了父母的陸寒，再一次感覺到頭上沒有人遮蔭的悲涼……沒有父母蔭庇已是苦事，更令人難受的是，那無良的所謂「長輩」還要趁火打劫，落井下石。

再這樣下去，是不行的。

時間進入十一月，天冷得緊了。女學的學堂裡都燒起了銀炭，人人都披上了大毛衣裳。午間休息的時候，大家都三五成群的聚在一塊兒抱著手爐取暖說話。

端妍早兩個月就不來女學了，她再過幾天就上京待嫁，據說算好了日子是在年節前成親。而惠如也會跟她一塊兒坐船上京，她的婚期在明年春天。

「唉，等惠如姊姊一走，我也要回家去了。」潔雅的父親在鄰近陽城的凌州任知州，她母親早逝，家裡是繼母當家。想到回去要看繼母的臉色，潔雅就一陣發怵——幸虧再過幾年，她也要出嫁了，夫家是姨母盧氏給牽的線，就是盛晴晴的兄長盛襄。

「妳跟兩位姊姊一走，就剩下我和芳菲兩個了唉，芳菲妳可別太快出嫁啊，不然我會無聊死的。」

盛晴晴大大咧咧說了一句玩笑話，又被芳菲擰了一把耳朵。「說什麼出嫁不出嫁的，這也是女孩兒家該出口的話再說了，我才不想出嫁呢。」

「唉喲，我的妹妹，妳要把我耳朵擰下來了——」盛晴晴捂著耳朵躲到一邊。「鬼才信妳不想出嫁呢，人家都說妳對妳那未婚的夫婿可是好得不得了唉，那陸家的小子真好福氣啊，不過嘛……」盛晴晴又壞笑著看向潔雅。「我家哥哥更有福氣。」

潔雅的臉唰地就紅透了，撲上來就撕盛晴晴的嘴。幾個人笑做一堆，湛先生走過來看見她們笑鬧，也忍不住笑了。「妳們都多大了，也沒個正經。」

幾人見湛先生過來，忙都住了手，一起向湛先生施禮說：「先生好。」

「嗯，晴晴、潔雅，妳們先聊。我找芳菲說句話兒，芳菲妳跟我來。」

芳菲雖然感到奇怪，依然溫順地跟在湛先生後面往女學院子另一角幽靜處走去。

兩人穿過遊廊，在一處假山石前站住了腳。芳菲不知湛先生要找自己說什麼，但看見她神情凝重，不由得也打起了精神。

「芳菲，上回的事情……是我們湛家的不是。」湛先生誠懇地說。

芳菲知道湛先生說的是湛煊想壞她姻緣，使人去毀她的閨譽這件事。這事說起來還真是挺嚴重的，她可是差點就被湛煊害得身敗名裂，最後還得靠吃藥假死來破局。要說芳菲對湛煊沒有恨意，那是絕對不可能的，而且她這輩子都不打算原諒他。

可是湛先生一直對自己情意義重，在她面前，芳菲不能說出自己對這件事的真實心意，她只能淡淡的回應：「都過去了，先生不必再提。」

這句話，就堵死了湛先生再為湛煊開脫的一切後話。湛先生見芳菲如此說話，明白她心中的怨憤是很難消除的。也是，這事要是擱在自個兒身上，自己也會是這樣的心情吧？

湛先生嘆息一聲，轉了話題。「芳菲，有件事本來不該我和妳說……但我知道妳對陸家一向極有情義，所以思來想去，還是告訴妳吧。」

芳菲眨了眨眼睛。「陸家？」陸寒又出了什麼事？

芳菲不禁緊張起來。

湛先生看見她這樣反應，曉得她是真的不知情。這些也是湛先生昨兒回湛家老宅，無意間聽人說起的。說的那人當是軼聞，湛先生卻替芳菲上了心。

「我聽說，就在前幾天，陸家的那位小公子，自己作主把祖上留下來的田地都給賣了，連他住的屋子也都租了出去。他還把家裡下人的身契都發還給了他們，自己一個人不知道跑到哪兒去了」

什麼?!芳菲驚得差點要高呼出聲，連忙掩住自己的嘴巴。

「先生，那人有沒有說陸寒為什麼這麼做？」

湛先生說：「那人也就說了這麼多，我也不好追問。他沒給妳去信說這些嗎？」

芳菲說：「沒有，連他家裡的下人都沒有來說過此事……」

陸寒還不到十五歲，又還在孝期不能出來做事，他……能跑到哪裡去？又是什麼事情，促使他作出這樣決絕的決定？

芳菲不禁焦急起來，這個陸寒，做事也不跟自己打個商量，多個人合計合計也好啊！

第四十五章 追尋

陸寒就像是在陽城裡突然蒸發了一樣，誰都不知道他去了哪裡。

陸月思簡直要氣瘋了。

他好不容易煽風點火鼓動那幾戶佃戶鬧事，又在短工那邊不知下了多少苦功，才把陸寒逼到了絕境。他原想著如此一來，陸寒再討厭自己這個叔叔，也不得不來向他求援，他就可以名正言順地把陸寒手上的田產接管過來。

誰知道那個張學政家的外孫是從什麼地方冒出來的，竟能幫陸寒那幾個農戶都勸住了，又找了短工給陸寒收割，幫他度過了難關。

陸月思布局了一整個月的計劃宣告失敗，每天被方氏在家裡戳著脊梁骨罵，又煩又惱。還沒等他想出第二個法子來奪田產時，就聽到了一個驚人的消息。

陸寒把田產賣掉了！那可是家裡的祖產啊，是陸家的祖輩傳下來的，他居然就這麼領著中人去把田產給賣了！而且因為是冬閒季節，賣的價錢也不理想，可陸寒依然毫不留戀地把所有的田地統統賣掉。

陸月思輾轉得到這個消息的時候，氣得立刻就要去找陸寒算帳，還想著要從賣田產的收益裡分一杯羹——雖然在法理上，陸寒是這些田產絕對的主人，他有權處置這些田產。但在陸月思看來，只要是陸家的產業，就得有他陸月思的分。

誰知道等陸月思趕到陸寒家中，才發現了一個更加驚人的事情——陸寒把所有僕人的賣身契都還給了他們，把他們全放走了，而住在這間宅子裡的，已經不是陸寒，而是一戶剛從外地搬來陽城的商賈。

那男主人面對陸月思關於陸寒的詢問是一問三不知。「那小哥兒是個爽快人，一下子就跟我寫了兩年的租契。他去哪兒了？我怎麼會知道，反正我交了房租給他，其他的我不管。」

陸月思一下子就蔫住了。

侄子這一招釜底抽薪實在太老辣，太狠絕了！

陸月思再一次發現自己低估了這個看似牲畜無害的小侄子。上次陸寒敢和他撕破臉對峙，就已經讓陸月思感到意外。可是他真的沒想過，陸寒為了不讓他霸占他的田產，竟使出了這樣壯士斷腕的招數。

「那個小兔崽子到底上哪兒去了！」方氏歇斯底里地尖叫著，那些田地、那些田地應該是他家的才對啊！分家的時候，死老頭子偏心多分了三成給老大，又把濟世堂給了老大家，不就是因為老大是個秀才嗎？秀才有什麼了不起，有本事考個舉人，考個進士！

現在陸寒把田地一賣，跑了個無影無蹤，讓他們上哪兒去找他？

「你快把那小混蛋找出來啊，死鬼！」方氏一直看不起自己的丈夫，總覺得丈夫要不是有自己這麼個賢內助幫襯著，早不知道潦倒到什麼地步了，現在這麼件不大不小的事情也辦不好。

「沒用的，找到他也沒用。」陸月思頹喪地倒在椅子上。

「為什麼？」方氏還不死心。

陸月思只好跟自己其蠢無比的妻子解釋，陸寒下個月馬上就十五了。律法有定，男子十五，便算成人。自己這個叔叔，再難對陸寒的生活指手畫腳了。何況他賣掉的田地，租出去的房產，都是從他父親陸月名手上直接繼承過來的，完完全全可以任由他處置。

「要是鬧到官府，官府的人可不一定幫著咱們……」誰讓死去的大哥曾經在官府裡當過一個小吏呢？而且大哥屍骨未寒，自己就跟侄兒爭產，這事情哪能見光？

陸寒就是要讓他無處下手，才會做出這樣斷了自己後路的事情。

方氏聽丈夫說完，才像是被抽空了全身力氣似的癱坐在一旁說不出話。

陸月思恨得咬牙切齒，憤憤地說：「他把祖產賣了，沒人幫忙牽線，憑他手上那點銀子，很難再買到便宜的田地。那點子錢也就夠他過個一、兩年的，我看他以後怎麼活！」

大多數人，不到萬不得已，是絕對不會賣田地的，這也是陸寒一說賣地就馬上有人過來接手的原因。

那點兒賣地錢，加上兩年的房租，也不過是幾十兩銀子……能吃個兩、三年就不錯了。

芳菲人在深閨，無法出去打探消息，蕭卓又考武舉去了——據張端妍說，蕭卓考上了武舉人，正要進京去明年春天爭取考個武進士。沒有男子在外頭幫她跑腿，芳菲根本得不到陸寒的任何信息。

不管陸寒是不是她的未婚夫，芳菲都覺得她有義務好好照顧他。想當年在她最艱難的時候，陸月名夫婦對她是何等的關懷？如今兩老故世，她不能替他們把陸寒照顧好，芳菲深感內疚。

最後她總算想到了一個人，就是替她掌管花園事務的佳味齋二掌櫃方和。

芳菲藉著去給佳味齋送冬天新的藥膳菜單的名義，來到佳味齋找方和。方和在外頭跑了好些日子，找到了被陸寒遣散的一個家人——也就是陸家原來的廚娘三姑。她如今成了自由身，便和她當陸家馬伕的丈夫一起開了家小吃鋪子。

從三姑那兒才知道，陸寒是到鄉下去住了，但她只知道大概去了哪條村子，具體的地址也說不清。

方和又跑到鄉下去一戶一戶人家地探聽，跑得腿都快斷了，總算在一戶農家裡找到了陸寒。

「方掌櫃，真是辛苦你了。」

芳菲等了大半個月，好不容易得了陸寒的消息，心裡好過不少。她從荷包裡拿出一塊一兩重的銀子遞給方掌櫃。「這是你這些天的辛苦錢，就請你收下吧。」

方掌櫃連忙推說不要。

芳菲很誠懇地說：「方掌櫃，這都是你應得的，怎麼能不要呢？往後的日子，我要請你幫忙的地方還多著呢。」

她太明白世情。方掌櫃或許是真心想幫她，一開始沒想著要得她什麼好處。可是她重重地謝了人家，人家當然會心生感激，往後才會更加盡心盡力地替她辦事。所以，這點謝禮是絕不能省的。

芳菲一直認為，做大事的人不可錙銖必較，該大方時就要大方。小財不去，大財不來，就是這麼一個道理。光當守財奴，是發不了家的……

她想著，一定要親自去見陸寒一面，聽聽他的真實想法，還有他日後的打算。他遇到的困難，芳菲已經猜到了一些。但……這樣做，真的好嗎？

十一月十七，是阿彌陀佛誕日。芳菲跟秦老夫人請示，說要到甘泉寺去上香禮佛，順便替兩件玉器開光，給後天上京的兩位姊妹惠如和端妍戴上。

秦老夫人一聽「甘泉寺」三字，就一陣哆嗦，幾年前那場大禍她到現在都沒忘記，時不時還會作惡夢。

「既然妳有這個心意，那就去吧。」她一般不會過多管束芳菲的行蹤，也懶得去管了。芳菲再弄出點大事來，他們秦家的人都不用出去外頭走動了。這幾個月，孫氏根本就不敢跟外頭的人來往，人家說她什麼的都有，她都快鬱悶壞了。

次日，芳菲帶了春雨和春草，乘著秦家的馬車去了甘泉寺。

她和兩個丫鬟進了甘泉寺正殿燒了香，一個小沙彌走過來說：「施主，您前日叫人送來開光的兩件玉器，正在小殿裡供奉著。師父說，還請您過去親自唸經才算虔誠。」

芳菲聞言說：「那好，就請小師父帶路吧。」

春雨、春草正想跟著過去，芳菲說：「在小殿祈禱最講究清靜，妳們就不要過來了。在這兒候著，我去唸一百遍平安經就回來。」

春雨和春草二人見芳菲就在寺裡活動，既然她都發了話，她們也就乖乖聽從了。

芳菲跟著小沙彌轉過了兩道遊廊，很快地就來到了甘泉寺的後門。小沙彌把芳菲送出了後門，那兒已經有方和雇來的馬車在等著了。

「走快些！」

芳菲催著方和趕緊上路，她只有不到兩個時辰的時間可以拖延。幸虧陸寒住的地方離甘泉寺不遠，不然她這計策可就難以實行了。

方和駕著馬車飛快地奔馳，芳菲被坎坷的山路顛簸得胃裡一陣陣地翻滾，不由想起了自己頭一回坐馬車到甘泉寺來的情形。

那次來甘泉寺，她見到了最美的桂花林，也見到了那個人……

「到了。」方和勒住馬車，在一家農戶前停了下來。

芳菲強壓下嘔吐的感覺，一下子跳下馬車，在方和的帶領下往那農戶走去。

這是一座最普通不過的農家小院。那用枯枝紮成的柴扉根本沒有上鎖，輕輕一推就可以進去。她幾步走過了墊滿黃土的院子，走到屋門前喊了一聲。「陸哥哥，你在不在？」

吱呀——

屋門應聲而開。

穿著一身粗布衣裳的陸寒，就站在簡陋的茅屋裡，目光灼灼地看著芳菲。

「芳菲妹妹……妳來了。」

第四十六章 諾言

土磚牆，茅草頂，昏暗的光線……

這間農舍和鄉間所有的農舍一樣殘舊不堪，沒有什麼特別。

但在農舍中站著的陸寒卻依然散發出他獨有的光芒，並不因為身處陋室而顯得粗鄙。他的粗布衣裳洗得很乾淨，無論是頭髮還是雙手，都沒有一絲一毫的塵垢。

走進屋裡，芳菲才發現，這間破舊的農舍也已經被陸寒打掃得纖塵不染。一桌，一床，一椅，還有地上的一個衣箱、一個書箱，這就是陸寒現在全部的家當。

「芳菲妹妹，妳坐。」

陸寒請芳菲在屋裡唯一的椅子上就座，他剛剛激動的表情現在已經稍微平復了下來。早在方和找上門來，說他是受芳菲所託來尋人的時候，陸寒就知道芳菲某天一定會出現的。

時間緊迫，芳菲來不及坐下了。方和自覺地退出房門外，把空間留給這一對少年男女。

他是市井中人，對於禮教並不太在意。而且秦家這位小姐對自己的未婚夫如此緊張，正是有情有義的表現，和那些暗行苟且之事的男女怎能一概而論？

「陸哥哥，你怎麼也不跟我商量商量……」芳菲咬了咬下唇，忍不住出口埋怨。

陸寒輕聲說：「芳菲妹妹，我這麼做，也是逼不得已。」

他直言不諱地把叔父侵占了濟世堂之後，還想謀奪他田產的事情說了出來——此刻，在陸寒心中，芳菲就是他最親的親人。

「只要那些田產還在我手裡，叔父就會寢食難安，他會想盡一切辦法來找我的麻煩。我不是應付不了，可是將時間和精神花在這些事情上，不值得。」

陸寒斬釘截鐵地吐出「不值得」三個字，芳菲聽後心中一震。

她聽出了他的決心，第一次在陸寒身上感受到了他也有強硬的一面。是的，能夠毅然將無數人視為立身根本的田產拋售出去，能夠作出這樣的決定，本來就要具有比一般人更加大的魄力——儘管，這樣的行為也許會被人視為敗家子的作風，但芳菲絕不會這樣看待陸寒。

一直以來，芳菲都將陸寒定位在弟弟的位置上。她會關心他，想照顧他，對他的事情極為關注……可是她剛剛才發覺，她竟沒有真正在意過陸寒在想什麼。

直到此刻，她才開始正視陸寒的內心，也才反應過來——他已經不是一個小少年，而是一個青年人了。

「那你往後有什麼打算？」

「我之所以選擇在此地居住，一方面是想過幾年清靜日子，另一方面則是因為這村子裡的村學裡有位博學的老先生。」

陸寒解釋說，這位老先生曾經到他以前讀的學堂指點過他們讀書。據說這位老先生是位致仕的翰林學士，學問極好，為人更是清正。因為他出身本村，又年老無子，便回到這兒來養老，順便在村學裡教教小孩子們識字。

「很多人都不知道這裡有一位翰林學士在隱居。我也是適逢其會，才無意中得知的。我上門去拜訪了幾趟，蒙他老人家不棄，已經將我收入門牆，做他的關門弟子了。」

芳菲聽到此處，倒是極為驚喜。「陸哥哥，你的意思是，你……真的準備好好去走科舉這條路了？」

陸寒緩緩點頭，將一聲無言的嘆息默默壓在心中。

他曾經是個天真的孩童，因為開蒙時識字很快，寫文章又容易上手，便對四書五經起了輕視之心。小的時候，一心只想著要去鑽研醫學，當個懸壺濟世的名醫，逍遙地過他的小日子。

但父母相繼去世之後，他才明白自己過去的想法是多麼的可笑，也終於理解了父親一直逼著他去考科舉的苦心。

在這世上，你不掌握足夠的力量，便只有受人欺壓的分兒。

而要得到這種力量，他就必須要得到一定的社會地位——在一個官為貴，民為輕，商為賤的國度裡，走上科舉之途，是他必然的選擇。而且，他不僅僅是為了自己……

他以前曾經兩次報名考試，都因為父母的喪事要守孝而耽擱了，可那兩次都是父親逼他去考的。

現在，他終於自覺自願地走上了這條道路，而且下了破釜沈舟的決心。

賣掉祖產和把舊家租出去所得的錢財，如果省著用的話，剛好夠他撐過三年。三年之後，他孝期已滿，當可參加秋闈。

不破不立！

只有斬斷自己的一切後路，他才能凝聚起強大的自信，去爭取那萬千學子所渴望的高位。

芳菲對於陸寒潛心攻讀，等待三年後的科考這一決定並不反對。以前他想當大夫，她覺得很好；現在他想考科舉，她也認為不錯。只要是他自己認定了要走的路，她都會支持他往下走。

她問了問他生活上的安排。陸寒說現在他一個人過，住在農舍也沒什麼不方便的。他從村裡請了短工，每天給他扛足夠的柴火過來，還幫他把兩個大水缸挑滿水。至於吃飯，他指了指隔壁的院子。「我跟鄰家大娘說好了，我每月給她二錢銀子，她管我一日三餐，他們家吃什麼我就吃什麼。」

「那不行，你正在長身體的時候，要多吃肉。」芳菲從懷裡掏出一包銀子。「這點錢你先拿著，你讓她給你多做肉菜，補補身子。讀書最耗精神了，要是吃不好，很容易就變成一個瘦不拉幾的瘦竹竿呢，我可不希望陸哥哥你變成那個樣子。」

陸寒把那包銀子推了回來，說：「好，我再給她添點銀子，讓她給我做肉菜。但這些錢我不能收，我的錢還是夠用的。」

芳菲還想勸陸寒，但看見陸寒臉上堅決的神色，知道這事沒得商量，只得把錢收了回去。算了，以後請方掌櫃每個月挑多多的肉到鄰家去，讓那大娘給陸寒做好吃的就行，現在沒必要堅持。

他有他驕傲的自尊，芳菲是懂得的。她也想通了，為什麼他不來找她商量——男人總是不願意讓女人看見自己狼狽落魄的一面的……

陸寒的心裡確實是像芳菲所想的一樣。

芳菲估摸了一下時間，知道自己不走是不行了，便對陸寒說：「既然陸哥哥你決定在此長住讀書，也是好事。我今兒偷空出來，現在就要趕回去了，等改日有機會我再出來看你。」

陸寒知道芳菲一個女兒家要瞞著人出來一趟不知道有多難。芳菲舉步將行，陸寒突然叫住了她。

「芳菲妹妹……」

「嗯？」芳菲回頭問陸寒。「陸哥哥還有什麼事要託我辦嗎？」

陸寒嘴唇張了又合，合了又張，終於鼓足勇氣說：「我向妳發誓，我一定要取得功名，然後……用我的一生來保護妳。」

用我的一生……

來保護妳。

這是芳菲聽過的最直白的情話，最深沈的諾言。

她竟無法做出任何回答。在陸寒這句擲地有聲的誓言面前，她全然失去了語言的能力。

陸寒說完，就那樣深深地看著她。好半晌，芳菲才吐出了一個微不可聞的「嗯」，幾乎是逃也似的離開了這間農舍。

啊……怎麼辦？臉好燙好燙……

芳菲坐在回程的馬車上，雙手拍打著自己的面頰，心兒一直怦怦直跳。

他對她……從什麼時候開始，竟有了這樣深的感情呢？

而遲鈍的自己卻從未察覺……

他說，要保護她。是因為自己假裝自盡那件事而起的嗎？

芳菲猜得沒錯，真正讓陸寒痛下決心要求取功名的，便是聽到她因為不願悔婚而服毒自盡這件事。

就因為自己家境普通，就因為自己沒有父母、族人的庇護，秦家的人就敢打芳菲的主意逼她悔婚。

都是自己沒用，才使芳菲陷入那樣無望的處境……

陸寒那些日子一直在不停地自責。如果自己不是這麼沒用，芳菲何至於被人欺負成這個樣子？

他要保護她，保護她一輩子……而且，要讓所有人看到，他將會是一個讓她感到驕傲的男人。

——未完，待續文創風066《競芳菲》中卷……

既來之，則安之。

再不想再受盡白眼，

她就想個法子討老祖宗歡心……

慧黠有情．宅鬥精巧／

薔薇檸檬

競芳菲

文創風 065 上

她原本好好的在高中教語文，還是該校小有名氣的「王牌教師」。
無論是上級、同事還是學生，都對她的工作能力十分佩服。
唯一美中不足的是，她到現在還沒有談過戀愛……
但這幾近完美的一切都在瞬間有了天差地別的改變——
她意外地穿越到古代，被困在一個名叫秦芳菲小孤女身上，
她有著成熟的靈魂，卻被迫當個十歲的小女孩，
像個拖油瓶地似寄生在秦家本家大宅裡，
不只不被老夫人待見，受盡冷落，還得領教惡僕欺主，
幸虧來到古代時，她腦中攜帶而來海量資料庫——
百草良方，盡在掌握；花經茶道，樣樣精通；發家致富，不在話下。
縱然有再多的艱辛波折，坎坷磨礪，
她也一樣可以把小日子經營得有滋有味，風生水起……

文創風 066 中

「我向妳發誓，我一定要取得功名，然後……用我的一生來保護妳。」
陸寒是從什麼時候起，對她竟有了這樣深的感情呢？
遲鈍的她卻從未察覺……
雖然他是自己的未婚夫，在這一世還長了幾歲，
但在她心中，一直當他是弟弟般地照顧著。
她已不再是剛穿越過來的那個沒本事、病弱氣弱的小孤女了，
她懂得怎麼營生，怎麼撐起小小的天地守護自己，
就算秦家逼她悔婚，她仍是可以周全自己的意願。
只是不嫁朱毓升，難道，真的要嫁陸寒嗎……
她相信他是個一諾千金的人，
他話一說出口，即便是天坼地裂，他也不會改變心意。
可她的心卻……

文創風 067 下

上天就是這麼愛捉弄人……
當她覺得她的人生、未來的幸福應該就這麼安穩地定下來了，
茶館的生意她做得叮噹響，手邊寬裕了，
陸寒也提親了，往後他們成了小夫妻，兩口子可以好好安生了，
皇上突來的恩寵卻攪亂了她的天地。
曾藏她心上的少年，竟成了當今的皇上，
她心中深藏的情意早已遠去，
然而皇上對她的思念卻日益深沈，
強烈的情感竟化為獨占，擄了她，軟禁她，
恩威並施，語帶威脅……她再怒也只能忍下；
她不能拂了皇上的面子，更得顧全陸寒性命，
她不想當皇上養在精美籠子裡的金絲雀，她的心早已飛了，
她該怎樣才能脫身，回到所愛的人身邊呢……

復貴盈門

善良無用，心慈手不軟才是王道！
重生之後，鬥權勢地位更要鬥心！

文創風 057 4

她深知自己總是看不透周十九，
便不費心猜他，睜隻眼閉隻眼地過了，
而他，卻時不時透露些自己的小事、喜好，彷彿在引她親近，
彷彿對她說，既然成了親，
便有很長、很長的時間，與她慢慢磨……

文創風 058 5

成親前，從未想過這個狡猾如狐狸、
狠如虎豹的男人能如此呵護自己，
但關於他的事，真真假假、假假真真，
或許有時也要由她「出擊」，
讓他明白，他想讓她心裡有他，
她也想他心中擱著她這個妻子……

文創風 062 6

曾幾何時，她對周十九的猜疑及不確定淡了，取而代之的是相信他的許諾，
從前，總覺得相識開始，他便要將自己掌握在手，連她的心也要算計，
但如今，她明白結了婚不是誰拿捏了誰，誰要主內主外，
卻是累了有個溫暖懷抱可倚靠，傷心了能放心地落淚……

風 文創 065

競芳菲 上

國家圖書館出版品預行編目資料

競芳菲 / 薔薇檸檬著. --
初版. -- 臺北市 : 狗屋, 民102.02
冊 ; 公分. --（文創風）
ISBN 978-986-328-002-6（上冊 : 平裝）

857.7 101027935

著作者	薔薇檸檬
編輯	王佳薇
校對	黃薇霓　蘇虹菱
發行所	狗屋出版社有限公司
地址	台北市104中山區龍江路71巷15號1樓
電話	02-2776-5889～0
發行字號	局版台業字845號
法律顧問	蕭雄淋律師
總經銷	知遠文化事業有限公司
電話	02-2664-8800
初版	102年2月
國際書碼	ISBN-13　978-986-328-002-6

原著書名：《竞芳菲》，由起点中文网（www.qdmm.com）授權出版。

定價250元
狗屋劃撥帳號：19001626
網址：love.doghouse.com.tw　E-mail：love@doghouse.com.tw